突然好想大哭一场

黄伟康—著

中国友谊出版公司

"据英国媒体报道，2010 年 5 月 8 日，一头灰色鲸鱼在以色列沿海突然出现，海洋生物学家对此感到非常惊讶，因为这种鲸鱼的家在数千英里外的太平洋。它究竟是如何辗转千里，最后成为地中海这片陌生海域的隐士呢？"

红心兆赫

一个安静的雨天，阿慧来到了这个家。

透明雨伞收起来，沿着地面一路滴水，最终与阿慧的雨靴一起被搁在房间外。我蹲在木头柜前问阿慧："想要吃曲奇饼干还是巧克力呢？"阿慧没有吱声，我拿过饼干，回头看见阿慧专注地坐在我温习功课的书桌前。她探着头，在仔细地翻看一本图集。然后，掰着指头在草稿纸上涂鸦。

图集上是一只灰色鲸鱼。这是我搜集到的资料，我正在为学校的广播社写最后的一次主题稿。稿子内容大概是关于一只孤独的鲸鱼因为气候关系游过了一段惊人的距离，来到了一个全然陌生的环境生存而备受人类关注，由此推导出地球气候正在恶化这一不愿听到的声音。

没错，广播社的节目主题就叫作《最不愿听到的声音》。这是渗透我很多心血的一档广播，原先的定义是搜集和披露人们生活中的一些坏行为，从而呼吁文明与关爱，让大家投入公益行动。起初，广播内容无外乎是类似"陈同学消息，在英语角通往教学楼的树梢上挂着早餐遗留的豆奶"这种话题，直到前阵子由新生主持的一期中，宣读了投稿中披露学校领导的一则事项，广播社被下了停播令。

广播社大概就要完蛋了吧。

阿慧是我的外甥女，此时她仿佛在跟那只灰头灰脸的鲸鱼交流，全神贯注。我把她抱在怀里，指着图集上那只露出海面的鲸鱼，用手指戳了戳它问："阿慧喜欢鲸鱼吗？"她侧起头，用水灵灵的眼睛盯着我，微笑地点头。"阿慧是鲸鱼吗？"瞥见阿慧涂鸦里的鲸鱼多了两只脚和一个领结，我逗她。阿慧还是用大眼睛看着我，扯着自己的领结腼腆地笑起来，仍然是点头。

"原来阿慧是鲸鱼呀。"我笑起来，亲吻她的额头。

就在这个时候，隔壁房间又传来了重重的敲击声，嘭嘭嘭——那是安田发出的声音。安田是体育生，性格刚烈又冷酷，爱好拳击。因为力道凶猛，房间里的沙包时常会失去控制撞到墙壁上。

而另外一个房间住的是一名柔弱又平凡的女生，身材娇小，可是看上去却有着无穷尽的力气——因为患有洁癖，所以总是在干活。我正回头盯着那堵无辜的墙，忽然又隐隐约约听见房间外有水桶与地板摩擦的声响。

糟糕，阿慧的雨伞和雨靴应该晾干净再带进家来！

我顿觉不好意思，朝房门大喊："梦泽，对不起……把地板弄脏了哦。"

"没事，我擦擦就好呢。"隔着房门闷闷的声音。

这时，阿慧拉了拉我的手。我重新探过头，发现涂鸦上的鲸鱼多了一双丑丑的翅膀。"哈哈，飞出海面的鲸鱼吗？"

……多么奇怪的一只鲸鱼呀。

我想。

高考失败后，我便从家里搬到学校附近的一幢公寓。十八岁的我，爱好画画和写作。因为艺术生的日常开支较高，何况爸爸也不让自己当艺术生，所以不能再继续画下去。业余爱好就只剩下写作，一直在为学校的广播社供稿。广播社是高二那年由我与小一届的艾略特一起向学校申请组建而成的，如今被学校下了停播令，还剩最后一次机会向大家告知"停播是我们'最不愿听到的声音'"。而艾略特呢，艾略特是我的女朋友，有着非常性感的睫毛，但是很爱哭，特别是到了高三被迫分开的时候她哭得最凶。

一切都像是一部坏掉的机器，停止了运作，便再也没有继续运作下去的意志。

为了便宜，我住的是合租房。分到的是朝南的一个小房间，只有窗户没有阳台。刚搬进来的时候，碰面的人是隔壁房间的安田，他正在组装一台买来的健身器材，表情冷漠。后来发现多半时候的午休，另外一个室友梦泽都会在客厅里拖地板。直到有一天，顶着两块硕大胸肌的安田来我房间借书，我带着愧疚说"需不需要去帮梦泽的忙"时，安田冷冷地说："不用理她，正好有人天天打扫卫生，有洁癖的人哪帮得完呢。"那时，我才得知梦泽患有强迫症。

于是，安田每天都在运动，梦泽每天都在打扫卫生，我每天都在六点起床，然后六点半开始早读，接着八点开始一天的课程。因为离开了家，所以每天吃的几乎都是一样的食物，走的都是一样的路，读的都是背过的书籍，看着是每天按部就班地生活着，实际上根本不知道自己在做什么。

日子过得浑浑噩噩，毫无生气——

我觉得自己什么都做不好，我什么都不会。

"早在十八世纪，灰鲸就已在北大西洋地区灭绝，此后，再也没人在这个区域见过它。而这头身长约十米的庞然大物第一次被目击到，是在以色列中部的荷兹利亚，至于它是如何到达这里的，科学家也不得而知。"

有一天我接到了姐姐的电话。因为外婆的忌日将到，家人打算回母亲老家探亲，加上处理各种琐碎事项，需为期一个月。所以，正在读幼儿园的外甥女暂时由我来带。阿慧便来到了这个家。

我与姐姐的年龄相差甚大，阿慧出生那年我还在读初三，帮忙带过阿慧，与她一起被迫地感受过照顾别人的那种酸楚与责任。可以说，阿慧成长的一点一滴都印在我的眼底。我爱阿慧。但是这次不一样了，这次是我独自一人去试着照顾一个需要榜样的孩子，而且是在我把生活过得最意志消沉的时候。

我还清楚地记得那个雨天，我打开门看见阿慧撑着一把小雨伞，站在姐姐旁边冲我笑。我蹲下来，阿慧便过来熟络地亲吻我的脸颊，然后冲我大叫。我抱住她，微笑地把手指抵在她的嘴唇上，示意她不要太大声。然后我问："阿慧做好跟舅舅一起生活的准备了吗？"阿慧用她水灵的眼睛紧紧地盯着我，良久，笑着朝我点头。

于是，除了读书和发呆，生活的重心似乎开始有了着落。

阿慧的幼儿园离家并不远，每天清晨帮阿慧刷牙洗脸然后准备早餐；在阿慧早餐的空隙将她的书包装进一壶白开水，帮她穿好革皮鞋，最后牵阿慧去幼儿园；中午领阿慧回家，午饭过后送她回幼儿园午睡，自己再去上学。每次见到我，阿慧都会开心地放声大喊，十分快乐的模样。

傍晚也是一样，见到我的阿慧那期盼的眼里闪着光，高兴地冲过来被我牵回家。晚上为阿慧洗完澡，多半的时候是我在房间里复习功课，阿慧在床上自己玩布娃娃。阿慧很乖。

日子看上去好像也并没有多大的变化，只是重复做的事情又多了一件罢了。如果写成日记，大概又可以一周写一次总结了吧。但是，很多个午后，当我趴在数学课的课桌上时，我就会想："阿慧现在在做什么呢？"

在做什么呢？

世界上的人们是否都在做着自己有所计划的事儿，是否都是每天做着同样的事情，把我们的人生定下了课程表、工作表、时间表，循规蹈矩而又精力充沛地去进行着呢。如果是这样，别人为什么不会迷失自我，又是如何做到这般甘心？

这个年龄的我，永远都不可能明白。

"阿慧到吃甜点的时间了吧？"单单这样的想法，便让我期待时间过得快一点。快一点便能去接阿慧回家，看到她开心无忧的脸庞，然后温暖我。

"以色列海洋哺乳动物研究与援救中心负责人哈那·舍伊宁博士对这只灰鲸做了鉴定，他说：'这是一个令人难以置信的事件，有人把它

形容为最重要的鲸鱼目击事件之一。'

更新奇的是，这只灰鲸被人们称为'52赫兹'。

'52赫兹'的名字取自于它唱歌的频率，它与同类有所不同。一般的须鲸亚目都是以较低的频率约15至25赫兹在唱歌，可是它却是用频率高出许多的52赫兹，就这样唱着只有自己听得见的歌，至今仍无法找到伴侣，成为世界上最寂寞的一只鲸鱼。"

最近回家的路上，阿慧突然闷不作声了。

连续几天，她既没有踩着小步摇晃着我的手臂，对身边经过的小摊贩的气球也提不起兴趣。我蹲下来问阿慧，她表情木讷，只是摇头。我一边对小孩子也有心事而感到好笑，一边又为之感到担忧头疼。之前很乖的阿慧，此刻显得十分倔强。

今天阿慧的心情看上去糟糕透了，她走路索性连头都懒得抬，对我递给她的糖果拧在手里拧出了一手汗，也懒得吃。问她，她也不开口。

这个时候，前女友艾略特给我发来了短信，她说希望与我见一面，想跟我谈谈。末了，她又补发了一条："关于广播社的事，无关感情。"

我回了："好。"阿慧感觉到我停下来，拉了拉我的衣角。我看着她那直愣愣的眼神，只想快点把她带回家。

我马上给阿慧洗澡，察看她身上是否有被处罚的瘀青，未果。这个晚上我都在试图让阿慧开心起来，偶尔会逗得她咯咯笑。阿慧的心思我似乎可以摸透，因为阿慧一直都交不到朋友，难道是这个原因困扰阿慧吗？

第二天。

课间操过后，天空下起了雨。雨水敲在窗户和树叶上，教室像一个封闭的容器,沙沙作响。我两眼空空地盯着一道阅读理解题出神,无法静心,趁第三节课的铃声还没打响,便逃出了校园。

我决定去趟幼儿园窥探下情况。一路上,我的脚步不由自主地加快,直到我撑着雨伞突兀地停在幼儿园的门口。

雨还在细细地下着,我从铁栏杆往里窥看,里头非常嘈杂,有几对孩子排列整齐地在走步子,有几个则在嬉笑着跑来跑去。我再扫一眼便认出阿慧,她站在又踢腿又旋转的两个孩子旁边,模仿她们的样子,把腿笨拙地举得老高,像在学一支舞蹈。明显,那两个孩子不愿意让她加入,没一会儿便朝她说着什么推开她。

早就应该料到。

在其他人的眼里,阿慧是个怪孩子。今年已经五岁的阿慧还不会说话,性格孤僻,不吵不闹,但高兴的时候就会扯着喉咙大喊大叫。没有特别喜欢吃的食物,也不贪吃。唯独喜欢漂亮的裙子还有跳舞。

跟她玩的孩子们都嘲笑她是哑巴,久而久之阿慧受到排挤,没有朋友。久而久之,为了保护阿慧,我宁愿不让她跟其他孩子在一起玩耍。而实际上,阿慧是听不见声音。因为耳朵听不见所以永远学不了说话,被大家误以为天生是哑巴。

家人多渴望能听到阿慧甜甜地叫我们"爸妈"和"舅舅",这种感觉有多少人能理解呢。多半的时候,是我们自顾自地跟阿慧说话,而阿慧只能看着我们的比划,点头或者摇头,高兴就大叫,委屈就大哭。

这是我们的心事。曾几何时,阿慧连最正常的生理权利都被上天剥夺。为了保护阿慧,我们操碎了心。

我收起雨伞走进去,蹲下去抱住阿慧,抚摸她的头。她看见我露出惊喜的表情,喉咙里咯咯地喊着听不懂的话。我轻轻比划着,用柔软的眼神看着她,安慰她说:"不要。"

"唉。"

"不要。"

"欸哎。"

"不要，不要。"

我也不知道我在要求阿慧不要做什么，是不要学，还是不要跟她们玩，但我相信阿慧明白我模糊的意思。阿慧的世界能接受所有模糊的信息。

我捏着她的小手，环绕四周看到黑板上贴着一张海报——"省幼儿第四届育苗杯舞蹈比赛通知"。这时老师看到我，我道明来意，并被邀进办公室。我告诉带班老师阿慧最近的情况，最终询问到原来是幼儿园正在准备舞蹈比赛，而阿慧无法参加。

"阿慧听不到音乐，你知道，本来孩子就难教。所以在孩子们练习期间她只能在一旁玩耍……我们有安排其他老师看护她。"

脑海里立即浮现一群排成队伍的孩子在学习舞蹈动作，而阿慧在一旁站着张望的画面。我的心脏瞬间被揪住，疼并且越跳越快。

"但是，"我接过话，仿佛跟阿慧一起被那席话赋予了羞耻感，"为什么不让她加入学习排练，她不去参加比赛只要参与过程，让她不被孤立不好吗？她还是个孩子……就算她是个孩子，她已经会察觉到异同并且会沮丧。"

"我也感到头疼，阿慧听不见，她跟别人不一样。起初想让她加入排练，可是有些队形是已经安排好的，她硬要插入或者嚷着我把她安排进队形，有时真的会耽误进程。跟她讲她又听不见，又倔。音乐又听不到，其他人老会笑她。阿慧跟其他孩子真的不一样。"

我的脸刷地红起来："既然让她来幼儿园就是为了让老师教的呀，您耐心点跟她比划下我相信她会乖的。"

"明知道做不了的事还硬去做就是傻瓜，怎么可以呢？这次比赛很重要，去年拿了二等奖。本来当初不愿接受阿慧入学的，因为她的情况比较……"

不同，不一样，不正常。

"不要再强调她跟别人不一样！我知道了。"我的眼神锐利起来，一团火焰陡然在我身体里腾烧，我沉住气，心想大人们永远都是这么自以为是。不愿意我当艺术生的大人，说我高考失败是因为不认真学习的大人，擅自决定解散广播社的大人，还有此刻在我面前强调阿慧跟别人不一样的大人。你们懂什么呢！

在我看来，阿慧跟其他孩子一个样。有喜有悲需要正常的生活，需要人疼也需要别人保护！我站起来准备离开，走出去看到阿慧还在那里纠缠，便挡在阿慧与那两个孩子中间，拍打阿慧模仿她们而抬起的腿，凶猛地拉起阿慧的手，使劲地指划并再次跟她说："不准学她们！"

有什么了不起！我心想。为了保护阿慧，不让阿慧再遭受这些嘲笑，我决定不让阿慧参加比赛，不让阿慧学习跳舞，不让她跟那些天真的孩子玩。

我扳过阿慧的身体，在阿慧咿咿呀呀抗议的声音中，扯着她的手把她带回了家。

我终于知道，小时候家境不好，我赖在那家昂贵的玩具店门口不肯走时爸爸为什么会那么生气，还打我。是无能为力，你却一定要得到。是无法抵达，你却一定要飞翔。是心疼，却又无法满足你。

这是我第一次对阿慧发脾气，不知道是在气阿慧的"不争气"还是气我的"不争气"——

明知道做不了的事情还硬去做，就是傻瓜。

"美国国家海洋暨大气总署数十年来都在追踪海底的一个声音，它听起来像是鬼魂的嚎叫，也像是低音号的鸣奏。这个神秘的声音便是来自这只名为'52赫兹'的鲸鱼。

有的科学家和鲸鱼生物学家猜测，'52赫兹'是一只未知的鲸鱼。它可能是一个残缺儿，或者也可能是一个稀有的'混血儿'，才会发出与众不同的声音。但无论怎样解释，这头'52赫兹'没有朋友，独自歌唱，却是独一无二的。"

我坐在床边喘着粗气，胸腔剧烈起伏着，良久，豆大的汗珠便从额头渗了出来。阿慧一声不吭地伏抱着我，她抬起头直勾勾地望着我，然后又抿起嘴用手抚摸我的脸，一下又一下。我看她的眼睛，她撇嘴勉强笑笑，然后摇头，再摇头。

阿慧在叫我不要生气。

我双手托住阿慧的脸颊，慨然叹了一口气。为了阿慧，很多小事都让我们心力交瘁，我对她说："没关系，总有一天阿慧会跟大家一样呢。"

是希冀吗？还是自欺欺人呢？

我们有多少个充满幻想的、不可预料的、会变好的"有一天"呢。在我与阿慧之间，好像只有一个月的期限。而那之后的几天，生活状态似乎还是那样，总是战战兢兢地担心起阿慧——

有一天，我在自习课跑来看阿慧，在铁栅栏外看着阿慧独自一人坐在一只木马上，看着另外一边排着队形的孩子在排练舞蹈。她看得非常认真，双手握在膝盖上，一动不动的背影朝着我。我盯着她那小小的背，用尽全身的力气隐藏住那快要迸发出来的情绪。

有一天，我来接阿慧。还没被家长接走的几个孩子在绕着圈，把她困在中间。他们大声喊叫"哑巴哑巴",阿慧开心地笑着,以为大家在跟她玩游戏。我冲过去,孩子们一哄而散,我拎住其中一个孩子的衣领,他害怕得哇地叫了一声。阿慧跺着脚使劲地拍打我的手,试图让我放手,咿咿呀呀地抗议我欺负她的朋友。

而今天放学后,我看到阿慧在那群孩子中又开始笨拙地模仿着那些动作,因为已经到排练后期,跟着音乐,阿慧更吃力又别扭地动着。有个女孩朝她做鬼脸,笑声中还夹杂着"笨蛋"。这次,我想跑过去拎起那名女孩,把她吓哭,可是我没有。"阿慧!"我吼阿慧,我对她感到失望。我既为有人欺负她而生气,又为她的重蹈覆辙而感到失望。

"你以为大家在跟你玩?大家都在笑你,你知道吗!"我尖锐地喊着,直冲冲地跑向她。阿慧大声喊叫,咿咿呀呀,眼神既惊恐又不知所措,仿佛还不知道自己出了什么错。

我扯过阿慧的手臂,想让她离开练舞的群体。她跺脚,蹲下去不肯走。我把她拉起来,使劲再扯,阿慧乱弹着腿,赖在地上。她涨红了整张脸,双手放在眼前,瞬间哇地哭了出来。

"呜呜呜呜呜……"

阿慧非常大声地哭喊着,那音调不明的哭声还有拧在一起的五官戳中了我的心脏。我索性抱起阿慧,就往幼儿园外蹿。

她的脚一路乱蹬,直到我听到有人喊我的名字,才把阿慧放下来。

"我一开始就在校门口喊你,不过你好像有心事一直没有听见,我就跟过来了。"跟着我的人是艾略特。

"不好意思。"夹杂着阿慧的哭声。

"我刚看到啦,你很强硬,为什么不让她跳舞?"

"嗯,外甥女,耳朵听不见所以别人会笑她。"

"这样,对不起,但我看出她非常喜欢咧。"

我低头看向哭个不停的阿慧："嗯……找我有事情吗？"

"广播社的事，之前说是暂停，前些天来消息，说直接停播了。"

"意料到了，之前跟负责老师谈过，一直没给我音讯。停了就停了吧。"

"可是你明明知道我们下面的学弟学妹可以负责，广播社的存在是他们的愿望，你是社长只有你能出面呀。"艾略特语气强硬起来。

"已经没有办法的事能怎么办呢。"

"你怎么变得这么冷漠？"艾略特跟以前一样，看上去还是非常容易哭的样子，"你怎么能这么自私？你对写作和广播社的热情被狗吃了吗？"

"正因为这样我才要用这种方式去保护它们。"我看向阿慧，无奈地劝她，"不要哭了，静下来。"

此刻只剩下阿慧的哭声，良久，艾略特抚摸着阿慧的头说："保护，说得好听。到最后，我们没有在一起，广播社停了，你也无暇画画写字，这就是你所谓的保护？就跟你对她一样，看上去是保护，明明就是自私的表现。阻止她就是保护吗？"

我自私吗？我为了不让阿慧被人嘲笑，我是自私吗？我擅自为阿慧作决定了吗？我阻止了阿慧想做的事情了吗？是这样吗？

直到艾略特的身影走远，把阿慧送回房间后，脑海里还在回荡着她那冷冷的话。我踱到洗手间，准备洗把脸冷静下来，推开门却意外地看见室友梦泽蹲在马桶旁边，蜷在一起的身子剧烈地抖动着。她在哭。

我愣住了，错愕地退了回去。"梦泽？"我试图靠近，缓慢地走过去，轻轻唤她。

"梦泽你没事吧？"

梦泽呜呜咽咽地哭泣着，看上去十分伤心。身边干净的地板淌着水，在灯光下反着光。我蹲在她身旁，试探性地安慰她："为什么哭？"

狭小的洗手间把梦泽喉咙里哽咽着的话，逐渐地放大开来——

"为什么……有些事情别人想做却不能做，为什么有些事情我不想做，可就是控制不住地去做，好像自己很乐意去做一样。我已经很努力在控制了呀，我已经很努力很努力了呀，可就是没有办法。"

这席话让我呆若木鸡，潜意识里的目光集中在梦泽反过来的手掌，我瞪大眼睛被吓了一跳。

那是一双皮肤极薄，泡得起皱并且还有伤口往外流着血的手掌。

"虽然喜爱鲸鱼的人们会为这头世界上最孤独的鲸鱼而伤感叹息，然而尽管她孤零零的，但是我们的'52赫兹'看来健康得很。"

昨晚的阿慧早早地睡去，到现在都还没有起床。我背着英语单词，看到安田做完运动回来，在客厅里来回走动。起身去准备早餐，推开门便看见安田正在把他房间里的沙包往外拖。他抬头看我，难得地喊了声"早"。

"早，沙包坏了吗？"

"不是，拿去扔掉。房间东西太多，而且得认命看书了，看它碍眼。"

"我以为沙包一直是你发泄的工具，怎么还会碍事呀。"我打趣道。

"哪有，体育生最懂，真正的发泄是没有声音的呀。"

安田把沙包拖出客厅，然后下了楼道，留我傻站在原地。

我洗了把脸，淘米下锅，当我推开房间的门，目睹了阿慧在做的事。醒来的阿慧背对着我，没有发现我正在看着她。她双手举成一个圈，合在头顶，然后踮起脚尖，左站右站。继而，左右脚开始踢起来，像那些排练的孩子一样，尽管没有拍子但却在偷偷努力地踢着步。

我的心瞬间沉了下来，侧身倚在房门看她跳舞……

良久，阿慧一个笨拙的转身便看见我。她急促地停下来，有点惊慌地抿起嘴，把手藏在身后，仿佛等着我过去责罚她。我盯着她，吸了一下鼻子，摇摇头。她渐渐放松下来，举起手拍拍身边的地板，召唤我过去。阿慧笑着拉起我的手，左右摇晃，她在教我跳舞，要我跟她一起跳。

瞬间，我蹲下去抱住阿慧……我紧紧地揽着她的身子，红了眼眶，我怜惜地摸她的脸，朝她说："阿慧去比赛好不好？"

让阿慧去比赛吧！

我像失了魂地拨打带班老师的电话，提出了我的恳求。讨论许久，对方还是那句"这次比赛很重要，每天孩子们都很辛苦地排练着……"

"请您一定要让阿慧参加！我会帮阿慧完成排练，她会很努力。"我坚定。

"可是……"

"拜托了！"我听出我的声音有点异样，不知道为什么，我在想着的事情是，我自己什么都做不好，我什么都不会。难道连阿慧的愿望也无法帮忙完成吗。

"明明她就是有困难，为什么一定要让阿慧参加呢？"

不是为了荣誉，但是这次活动如果完成，却是阿慧一生的勋章。

我把手搭在阿慧的身上，摩挲她那小小的身板，良久终于艰难地挤出那么一句，语气瘫软下来的一句："因为……因为我是她舅舅……还有，阿慧喜欢跳舞。"

"尽管如此，这头鲸鱼的适应力同时也鼓舞着每一颗孤独的心。"

我到幼儿园把一整套的舞蹈记下来，并试图用最简易的方法教给阿慧。阿慧很聪明，动作学得很快，并且很熟悉，可是听不到的阿慧无论如何都拿捏不到节奏。只能在排练的时候陪伴阿慧，教她跳舞过程尽量盯住其他人，学着别人的节奏。

就这样，每天都与阿慧一起努力着。很快，很多天连续的练习过后，比赛的日子到来了。

当天我在台下紧紧地锁定阿慧的一举一动，为她拍照。轮到阿慧这一组时，我的心脏开始猛烈地跳动起来。阿慧谨慎地站好在自己的位置上，脸蛋被扑上红红的粉，十分可爱。

音乐响起来，阿慧迟缓地跳起来，动作总是比别人慢。我揪心地凝视着，尽管阿慧不能非常准确地跟上节奏，但目前还没有出现错误。

开始变换队形，阿慧站在前面了，我的心就要被拧到了嗓门口。我用尽气力祈祷阿慧能够顺利完成这支舞蹈。

可是接下来发生的事却出乎所有人的意料。突然，音响发出啪啦啪啦的嘈杂声，最终啪嗒一声，音乐停止了——

心脏漏跳了一拍。

貌似是机器故障，音响出现了问题，全场一片哗然。舞台上的其他孩子都停下了脚下的舞步，可是阿慧全然不知发生了什么，不知道音乐停止的阿慧却还在继续卖力地跳着，于群体中突兀地显现出来。

我目瞪口呆，高高地大摇着手臂在心里喊"不要不要"！阿慧见到我开心地笑起来，仍欢乐地舞动着她的小胳膊。

"咦，那孩子怎么回事呢？"

阿慧踮起脚尖，身体还在十分认真地左右摇晃着。

"好好笑哟。"

台上的孩子也在后面捂着嘴，只有阿慧还不知道停止——

我挥动着手臂，艰难地恳求阿慧："不要不要！"

我的时间被冻结了。

2秒，4秒，6秒，8秒。阿慧一个动作一个动作地跳，我的心里也在数着时间。

周遭的笑声像此刻紧绷又轻松的气氛，瞬间就弥漫开来。此刻的讨论还有笑声，都关于阿慧。是嘲笑吗？是嘲笑吧？是嘲笑吧！我像被钉在原地，无法动弹，心脏一直漏着拍子地加速再加速。

我相信我们有很多很多种时候，在别人的目光下行走，在别人的眼里我们被嘲笑，被说成傻瓜，但是我们浑然不知，因为我们做了其他人不会做的事，我们做了别人不允许做的事。

看着浑然不知的阿慧，我心急如焚。这种心急就跟目睹阿慧当初生病时一样，在阿慧出生还没有两个月的时候，阿慧得了黄疸症。心急的我们看着阿慧的脑部被按着插进一支针管强行注射，或许就是那一次，阿慧的听觉神经受损，阿慧注定听不见，我们注定一辈子为阿慧感到可惜。

……不要嘲笑她好吗？她听不见，她无法听见，她喜欢跳舞喜欢交朋友，可是她无法听见。不要嘲笑她好吗，她是聋子，你知道吗？我的外甥女是聋子，是残疾人，你知道吗？你懂这种感觉和希望吗？

我不知道为什么在心里对自己这样说，我感到难受。

15秒过去了，40秒，60秒过去了，我第一次发觉时间过得如此地慢。当阿慧跳完了那支舞蹈，察觉台下的笑脸露出不知所措的表情，傻傻地站在台上时，我的眼泪夺眶而出……

我哭了。

"尽管它唱响的二十年都是无应答的呐喊，没同伴听懂的赫兹只是在冰冷的北太平洋里回荡着，它却一直唱下去。"

70秒!

现场奇迹般地响起了雷动的掌声，为音乐停止还继续跳着的五岁的阿慧。我被吸走了魂魄般瞪大了我的眼睛，泪水还无法止住，却情不自禁地又涌了出来。

当我终于理解到现场的那些笑声都是对阿慧的一种肯定与鼓励而不是嘲笑之后，那一刻，泪水早溢满我的眼睛。模糊中是阿慧那张由惊慌变得无邪的笑脸，一直循环在我的脑海里。

阿慧幼儿园的舞蹈得了第一名，这是永远属于阿慧的勋章。并且，一个月的时间即将过去，可我与阿慧的这件小事将永远留在我的心里。

几天后，安田作为体育生去到了省城培训，临走前有来向我简单地告别。而梦泽，我陪她去见了一趟心理医生，目前正在积极地与强迫症斗争着。艾略特在这个月的月考考出了非常好的成绩，我为她感到开心，我们偶尔会一起出来吃个饭，然后各自在校园里努力着。我觉得这样也挺好。我的写作也还在继续哦，一直到后来，我还开始为我梦寐的杂志投出了我的第一篇稿，希望写出我眼里生活的意义。

让其他人感到意外的事情是，广播社在前天重开，广播在昨天仓促地重新播出了。

阿慧的比赛过后，我把阿慧暂时托付给艾略特，然后我睡了整整一天。接着我又去学校活动部的主任办公室外站了一个下午，我恳求他接受我的意见，并写了一套解决方案给他。我决定把广播社的节目主题改为《最想听到的声音》，换一种方式播出，从此听到的便是无关教诲的声音，都是正面的消息。

于是，主题为"倾听你的心声，跟着你心里的声音去生活"，名称为"红心兆赫"的第一期广播开播了：

"它叫 Alice，它 1989 年被发现，从 1992 年开始被追踪录音。在其他鲸鱼眼里，Alice 就像是个哑巴。它这么多年来没有一个亲属或朋友，唱歌的时候没有人听见，难过的时候也没有人理睬。原因是这只孤独鲸的频率有 52 赫兹，而正常鲸的频率只有 15～25 赫兹，它的频率一直是错的。"

我知道，阿慧的心声将代替很多生活中的"鲸鱼"说话，步行在我们失意而雷同的生活里。

一个晴朗的早晨，阿慧离开了这个家。

而我的新生活才刚刚开始。

（此文给我的外甥女方铭慧，希望她健康成长。）

很多人相信一见钟情，却不相信我对你的这种爱。

不过。

也没关系。

初次见面，
爱了你很久

1

换乘车站的绿色站牌下，于小北又出现在了那里。

格玉戴着耳机，拧紧了自己的书包带子，扭头就朝另外一个方向走去。就算需要徒步三公里回家，我也不想见到你，于小北。格玉低着头疾疾地走，余光中，于小北的身影便跟了上来。

格玉几乎要跑起来了，于小北也是。

耳机里的歌声，一如既往地像糖水铺里的糯米芒果露，那是格玉所有的唯一的世界。她不想被打扰，于是她突然停了下来。于小北也骤然停住脚步，格玉转过身去，眼泪一瞬间便流了下来。

"跟踪狂！"

"变态！"

"神经病！"

耳机里的歌声覆盖了格玉自己的音量，一切好像毫不费力，可是在耳机的世界外，已经是声嘶力竭。

2

格玉第一次见到于小北，是在一次操练大会上。学校颁布了新的体操，体育老师让隔壁班的同学跟大家一起进行训练。时间在午后两点，没有同学提醒自己，当格玉趴在课桌上午睡醒来，发现教室已经空无一人。她胡乱穿上校服外套，跑出门的那一刻，于小北也从隔壁班的教室里踱出来。

格玉火急火燎地朝操场跑去，于小北气定神闲地吹着口哨跟在后头。可是到了操场才知道，操练大会是在礼堂，两人再次犯了错，又一起转移阵地，冲向礼堂。

当各自回到自己的队伍里，老师指定各班座位号为十八的同学一起上来演示，谁能想到呢，格玉和于小北分别就是那个十八号。

"你们还真有缘啊，一起迟到还同一个座位号！"体育老师一调侃，班上的同学纷纷嗤笑起来。

当格玉和于小北站在一块时，礼堂上又激起了一层起哄的声浪。格玉才反应过来，她的校服外套穿反了。而于小北也是。

格玉的脸涨得通红，低着脑袋，不言不语。于小北挠着头，耍嘴皮子说，你们笑个屁呀。

从此以后，格玉常常在走路的时候，听到她背后传来对她的各类花式昵称，有的叫她"于妈"，有的叫她"十八号夫妇"。

可是说实话，格玉不知道为什么别人能认出她来。因为她走路一直低着头，很少有人看清过她的脸吧。也因此，格玉也从没仔细瞧过于小北长什么样子。只知道他高、平头、手指修长。

3

在那之后不久，便是暑假，语文老师布置了一道故作深沉的作文作业，叫《我想成为的人》。格玉带着这个命题作文，穿过嘈杂的街边市场来到了自己的家。推开门的瞬间，妈妈正在洗菜，哥哥格玺手里攥着什么，正利索地藏了背后。

"妈，格玺在藏什么？"格玉问。

"能藏什么？书包快放下，吃完饭把你哥的衣服洗了！"妈妈正在剥生菜，格玉仿佛能听到菜叶分离的细碎声响。

"他自己的衣服，为什么要我洗？"

"你一个姑娘家家，干点活怎么了？你就不能分担下家务，你妈我有多累你知道吗？"妈妈生气地把生菜扔到盆子里，溅出水花。

其实，格玉知道哥哥在藏什么。格玉走到家门口的时候，隔着房门听到了妈妈跟哥哥的对话。妈妈说："格玺，你姑姑回国给咱家带了好吃的，这些都给你，你好好藏着，别让你妹看到，知道吗？"

想成为什么人呢？

格玉又拥有什么呢？她想起那道作文题目，开始审视自己目前的人生。

——"一个重男轻女的妈妈。"

暑期的第一天，格玉便被妈妈赶去城里卖西瓜。

因为害怕被同学看到，格玉拼命地将自己隐藏起来，胳膊用力推着西瓜车，脑袋却埋得很低，一路心惊肉跳。

可是很不妙，班上的富家小姐岳欣儿仿佛就在等着让格玉难堪似的，她适时地出现，开着粉红色小摩托，摩托车头还系着一只《冰雪奇缘》的艾莎公主小公仔。岳欣儿带着一群青春洋溢的女孩子，停在西瓜摊不远处，指着格玉哈哈大笑。

"大家快来看格玉欸，臭穷酸卖西瓜的，西瓜妹。"说完，她们用力又急速地从西瓜摊前开过，费力地扬起路边的粉尘。

格玉想，下次该换个地方卖。

——"一份难以启齿的生计。"

还有呢？

这几天，格玉经常遇到于小北。从礼堂的巧合之后，他们又遇到了各种各样的巧合。

每一天，格玉从家里出发去城里，一路上，于小北也在走那一条路。他不知道去哪里，但他每天也在这个时间点出发。

格玉穿着帽衫的那一天，于小北也穿了一件帽衫。格玉穿着红袜子的那一天，于小北的袜子也是红色的。格玉推着西瓜车在路边休息，于小北的摩托车就在路边抛锚。滑稽的是，格玉抱着卖剩下的一颗西瓜时，于小北则抱着一颗篮球回家。

格玉没有跟于小北说话，也不敢正视于小北。每次于小北朝格玉这头看过来，格玉就偏过脸去，只是嘴角轻轻一笑。

直到那一天父亲节，格玉想起爸爸了，格玉就去买花，买完花坐在小时候爸爸经常带她去的卖西瓜的地方，听着蝉鸣，手捧鲜花，暗暗落泪。

突然，于小北出现在她面前。格玉有点惊慌地擦干眼睛，怔怔地望着于小北，两人第一次看清彼此的脸。

于小北挠头说："那个，我刚好路过，又遇到你了。遇见你之前，我不相信缘分，但现在我相信了。"

格玉点点头，一时无语，正起身要走。于小北突然把她喊住："喂，于妈，我想吃你家的西瓜，你明天能不能送我一个？"

格玉望着于小北，半晌才反应过来："不能免费。"

"什么？"

"给你五折。不能免费。"平时格玉下意识地把靠近的人推开，现在故意这么说着，以为于小北嫌烦，就可以把他推开了。

于小北咧嘴笑，露出洁白的牙齿，说："好呀。"格玉马上偏过脸去，嘴角又轻轻地上扬着，但没有让他看到，然后格玉就走了。

当天晚上，格玉想起于小北阳光灿烂的笑，用心地给于小北挑选西瓜，专业地用手指在西瓜皮上反复敲打。挑了好久，最后选定了那颗又大又圆的小霸王，心想它一定很甜。

谁料到第二天，格玉拿着西瓜去约定的地址，于小北正在跟他的朋友们打闹，看到格玉如约前往，朋友们笑开了花——

"你还当真啊，我们跟他打了赌，看他能不能追到你。"

于是，人生的第一次恋爱，只维系了一天。

格玉一瞬间就红了眼，泪水自然也就淌了下来。原来世界上没有所谓的巧合和缘分，要么是蓄谋已久的喜欢，要么是蓄谋已久的玩笑。于小北冲那个说话的人一拳揍了过去，他们扭打在一起，但格玉早已看不清眼前的画面，她徐徐地把西瓜放在地上，又速速地退了场。

——"一个差一点是爱情的玩笑。"

就是在那一天，格玉收完摊，第一次没有马上回家。她在城里晃荡,就像一具上了发条的灵魂,空虚且又荒谬。她终于明白岳欣儿她们怎么那么喜欢在这里来回穿梭。

格玉经过一家家居店,橱窗里的电视屏幕正放着时下最热门的选秀综艺,换作平时,格玉是不喜欢看这类节目的。但那一刻,有一个声音钻进了格玉的耳朵,随即一张少年的脸猝不及防地映入了她的眼帘。

格玉盯着电视里的他,突然觉得,不,过了一会儿,格玉突然认定,这个明星她见过。

4

突然十年便过去。但格玉依然清晰地记得十年前的那个午后。

那时候,格玉的爸爸尚在人间,格玉的爸爸很怕老婆,每当被格玉的妈妈臭骂一顿之后,他就灰溜溜地带着格玉出去摆摊卖西瓜。太阳下冒着暑气,爸爸推着西瓜车,时不时抓起披在肩上的毛巾擦汗。格玉总是跟在爸爸屁股后,脸蛋热得通红,一边左摇右晃地扇着小蒲扇,给爸爸送风。

"我怎么会嫁给你这种穷光蛋!"格玉鹦鹉学舌,专门挑妈妈骂爸爸的话语,然后咯咯笑。

那时候,爸爸扭过头来望着格玉,眼角翘起来,脸上的笑容朴实而又宠溺。

那时候,格玉也不怕跟爸爸去卖西瓜,毕竟镇上的人们都爱西瓜,他们排着队,有的要串起来的西瓜串,有的要装在杯子里的西瓜汁,每个人因为吃了西瓜而变得清凉。

卖西瓜是多么美好又幸福的事情呀。卖西瓜最光荣。格玉和爸爸就是卖清凉的夏日使者。

也是在那时候，格玉遇到了他。

那个百无聊赖的午后，蝉鸣像雨水，从头顶上淋下来。格玉刚被哥哥抢走了一包麦丽素，跟妈妈告状无效之后，又被赶去守西瓜摊。她趴在西瓜上哭，哭累了，眼泪忘记擦，便给西瓜洒起水来。

就在那一刻，隔壁的一家音像摊响起了吉他声，格玉本想托腮打瞌睡的心突然就被打碎了。

有个男孩抱着一把粗制滥造的小吉他，男孩的年龄应该跟她差不多大，弹的是非常简单的谱子，但是歌声好听。音像摊上的叔叔在睡觉，格玉知道他经常卖一些盗版光碟和录音带，但他的儿子她还是第一次见。

男孩唱完跟格玉笑了一声，声音宛如糖水铺里的糯米芒果露，他问她："好听吗？"

5

"他离开了这里，成了明星吗？"

格玉在橱窗面前伫立许久，那个陈旧的声音正在唤醒她的记忆。格玉目不转睛，舍不得移开屏幕哪怕一秒。是他吧？就是他。他还好吗？那么……以及……他又是怎么做到的？

十年之后，格玉没想过现在的自己会变成这么一个黯淡孤独的人。尽管现在就觉得人生很无趣未免有点操之过急，也未免太过伤春悲秋，但此时此刻的自己，是拳打沙包般，切切实实的，活得非常潦草且不快乐。

她时时刻刻想要逃离目前的，年轻的人生。

当晚回家后，格玉压抑住自己不再去想于小北，而是敲开了哥哥格玺的房门。

"哥，我想要你用旧的 MP3 和手机。"格玉几乎使出央求的语气。

"想要什么，你去跟妈说啊，妈又不是不给。"格玺正埋头打游戏。

"妈只给你，又不会给我。"格玉在哥哥面前呆立许久，等格玺攻克完屏幕里的敌军和怪兽，"哥，我从来没求你，算我求你了……妈只疼你，妈不会给我买的。"

格玉说出这句话，莫名有点想哭，甚至有了被抛弃的感觉。

格玺突然停下手中的游戏，迟疑地抬头看了格玉一眼，格玉的眼神有点闪烁。格玺顿了一下，有点不是滋味。MP3 可以给你，手机你只能一天跟我借一小时，他说。

于是，格玉接过那个老古董 MP3，眉梢开心得像是落在地上的弹珠。格玺搞不懂，这破玩意儿有什么值得开心的。

回到房间，格玉连夜搜索了他的所有消息。她盯着那一张张写真，写真上的一张张没有阴霾的脸庞，第一次有了如获至宝的心情。

如获至宝到不想跟任何人分享。

所以，从此以后，任何人问起她"你喜欢谁？""你在听谁的歌？""你有偶像吗？"，她都不说名字，只说——"他"。

有啊，他。

今天的手机使用权只剩下十分钟了。

格玉还在极力搜寻他的信息，当她滑到经纪公司公开他的出身信息时，心脏瞬间就被拧住了。

上面公布，他，出身音乐豪门世家，法国长大，准备就读伯克利音乐学院。当下的瞬间，格玉想哭，甚至感到愤怒。只有她知道，根本不是这样的，他有故乡，他的故乡在这里。

手机被没收之后，格玉一夜未眠。好不容易熬到了第二天，格玉忐忑地点开了他的微博，置顶的那一条信息，让格玉泪流满面。

"大家好，我出身平凡，小镇长大，爸爸只是一个臭卖碟的。我的人生没有奇迹，只有努力。"终于看到了他的澄清。

谢谢你。

世界多虚伪，可你是真实的。

谢谢你。

还好你不是一个玩笑。

格玉闭上眼睛，去感受他的存在。

自此，格玉便开始有自己的世界了。在与他共处的世界里，都是暖。她握紧拳头，用尽气力去喜欢他。

6

"跟踪狂！"

"变态！"

"神经病！"

格玉指着于小北，眼泪一瞬间便流了下去。

暑期之后，格玉高三了。送完那次西瓜之后，到暑假结束之前，格玉没有再见过于小北。但新学期开始，于小北却又成了跟踪狂。他无时无刻地跟着格玉。

自从有了耳机，有了"他"的陪伴，格玉便开始与其他人的世界隔离起来。因为走路低头听歌很不安全，她已经渐渐地不再低着脑袋了。

她开始直视自己前方的路。

谁知道今天放学在换乘车站的绿色站牌下，又看到了于小北。只要是不浪漫的结果，所有蓄谋的巧合都被蒙上诡异的色彩，不是吗。

于小北就是彻头彻尾的一个跟踪狂！声嘶力竭一通之后，格玉抬起下巴抹泪，吸了吸鼻子，迎风跑了起来。

——"一个想摆脱掉的人。一段想删除的阴影。"

现在，格玉回家的速度比以前快了。

她回到家，立马放下书包，去帮妈妈做家务，争取多一个小时出来。紧接着，每天最快乐的时间到了，格玉去跟哥哥借手机。

格玉开始反复刷他的微博，给他刷榜，给他留言，给他评论。一次又一次。格玉期待他的每个行动，对他的每次发言，她都会去琢磨，推敲，吸收。甚至，一字一句地抄在笔记本上。

今天的采访问到他，喜欢什么样的女生呢。他答："勇敢，爱笑，努力。"

第二天午休，格玉坐在座位上，戴着耳机听歌。走廊里，于小北又倚靠在栏杆上，佯装不经意地朝她望了过来。随即，于小北的那群兄弟们簇拥了过去，互相打闹，随即也看向格玉，脸上的表情不明，像在释放一种调侃。

格玉按下了暂停播放键，听到了他们在讨论自己。

"于妈。"有人喊。

"又想挨揍了是不是？"于小北动怒。

"没事，反正她又听不到。"

格玉闭上眼睛，放下耳机，猝然站了起来，随即朝他们走了过去。随着格玉的走近，所有男生都面露死色。

格玉才知道，原来男生都很幼稚，都是纸老虎。

"把钱还我。"格玉在于小北面前，摊开手掌。

"哈？"于小北一米八的个子，竟然又傻气地挠起头来。

"上次我不是去找你的，是你跟我买西瓜。你还没有还钱！"

"多……多少？"

"全价。"

格玉一声令下，包括于小北在内，几个男生都手忙脚乱地开始掏裤袋。随即把皱巴巴的一堆零钱放到了格玉的手掌上。格玉数完钱，把剩下的拍到于小北的胸膛上，转身进教室。

于小北呆住了，脸颊发热，他捂了捂胸口，竟然感到有一股暖流淌过。"好……好暖？"

又一阵起哄声。

格玉坐回座位，重新戴上耳机，手里攥紧了那些钱，心脏却快要跳出来了。他们没发现，其实格玉全程都在颤抖。她其实怕得要命。她大口大口地喘气，差点以为自己要死掉。

她不过是想起十年前，"他"曾与她有过一个小约定。

那时候，他跟格玉的交流其实也不多。他只是经常唱歌，但又像是在给格玉唱，风度翩翩又阳光灿烂。

有一次他又问她，他唱的好听吗？格玉鬼灵精怪地摇摇头。"那我带你去一个地方听歌，你再听一遍。"他说。

格玉被他领到了一棵树下，然后被莫名其妙地怂恿爬上了树。他们两人坐在树上，看得到远处的夕阳。他重新抱着小吉他弹唱了一遍，格玉听呆了。

"是不是不一样？不同的地方，听歌的心情会不一样哦。"

听着他的话语，格玉第一次感觉到……人类的温柔。

可是如何从树上下去是个问题，格玉不敢往下跳。他拖来了一张路边的破床垫，叫唤着格玉跳下去，格玉不敢，他张开双手说："我接你，觉得自己做不到的时候，闭上眼睛往前迈步就好了！我跟你约好咯！"

于是，格玉闭上双眼往前一跳，两人重重地摔倒在床垫上，笑得忘了时间。

后来，他的歌里出现了那句话——觉得做不到的时候，闭上眼睛往前迈步就好了。

格玉做到了。

不仅如此，格玉还想做更多。

7

很快地，最近，哥哥便觉得格玉疯了。因为格玉要攒钱，准备去上海参加他的见面会。这可是格玉人生的第一次远行。

下定决心之后，接下来的每一个周末，格玉都给自己打气，然后去卖西瓜。只是这一次，格玉莫名地心无旁骛，格玉不再怕见到同学了。

"买西瓜，又大又甜的西瓜，大家快来买西瓜！"格玉仿佛回到了小时候，元气十足地叫嚷着，脸上灵动满溢。

格玉想念爸爸了，她的眼睛眯起来，笑出了泪花。

直到此时此刻，童年已经回不去了。她才发现，这条路绿树成荫，阳光飒爽，若不是她害怕面对自己的不完美，一定能看到许多美好的景致。这条卖西瓜的路，正如其他的所有路，从来都不应该被逃避。

她仿佛听到了爸爸的话，格玉，加油。

除了卖西瓜，格玉无止尽地学习。曾经格玉拥有的人生里，还有一条——"一份苟延残喘的成绩。"

但此时此刻，格玉看到那个"他"那么努力。她也要。

今天是公布月考成绩的时候，数学成绩单发下来，同桌橙子便埋头开始哭起来。

虽然自己的成绩也不怎么样，但看到同桌整节课都魂不守舍，格玉便抄了一份自己的笔记送给她。

"格玉，以后我放学你可以教教我吗？"橙子问。

格玉刚想答应，身后突然传来了岳欣儿的嘲笑："我还以为最近怎么不跟我玩了呢。"岳欣儿一副高高在上的模样，手里握着一把剪刀，正在给自己的艾莎公仔修剪头发。

"高三我不想再玩了。"橙子唯唯诺诺地低着脑袋，像极了以前的格玉。

"原来是交了新朋友啊，这个西瓜妹！"趁着说话的空隙，岳欣儿突然抢过格玉的课本。

"你想干什么？"格玉警惕起来。

"大家快看啊，这个穷卖西瓜的垃圾！你以为自己很了不起是吗！"岳欣儿把格玉的课本往后一扔，随即，岳欣儿平时的小跟班便围了上来。

她们揪住格玉的衣领，把格玉拖起来，朝墙上撞。MP3和耳线掉在了地上，格玉要去捡，岳欣儿一脚将其踢飞。

因为撞击，格玉的胸腔像是生出一团迷雾来，活生生地疼。但再疼，也疼不过她看到站在岳欣儿身后不敢吭声的橙子。以及，班上的其他人。

"都什么年代了，还 MP3？想要啊？求我啊！"岳欣儿刻薄地笑起来，随后便变了脸色，"你头发长啦，我给你剪头发吧！"

格玉闭上眼睛。

两人按住格玉的肩膀，岳欣儿将剪刀凑到了格玉的耳边。就在这个时候，突然有人一把抓住了岳欣儿的手。

格玉张开眼睛，便看到了于小北。

"你敢？你试试看。"于小北慵懒地望着岳欣儿。岳欣儿瞪着眼睛，刚要对峙，谁都想不到，格玉一把夺过了那把剪刀。

"喂！"

随后，教室里突然响起一阵尖叫声——格玉捋起自己的头发，一把剪了下去。

空气像是凝固了。

格玉又捋起另一边，又是一刀。此刻的格玉，已经是短发了。

岳欣儿傻了眼。

"岳欣儿，你嘲笑我的家境嘲笑了一学期了。我想知道，我卖西瓜到底怎么你了？又与你何干？"

格玉朝岳欣儿走近，岳欣儿一直往后退，所有人都往后退。格玉走到岳欣儿的座位前，反手一把将剪刀插在了她的课桌桌面上。

"啊！"

岳欣儿吓得瘫在了地上，所有人怔怔地看着，岳欣儿的裤下湿了一片。缓过神之后，岳欣儿哇的一声，号啕大哭。

而格玉却笑了起来。

8

勇敢。爱笑。努力。

从此以后，就做这样的女孩。

"欢迎大家来买西瓜！"格玉元气十足地叫嚷了一声，随即捡起地上的 MP3，支着一头短发，如释重负地坐回自己的座位。

教室里爆发出一阵掌声。

——这是格玉从来没想过的场景。

9

上海的见面会就在三天后。格玉的钱还没攒够，无奈之下，格玉决定去跟妈妈要。餐桌上，格玉帮忙摆完碗筷，妈妈和哥哥都开吃了，她手里的筷子还一直在米饭上撩个不停。

格玉在酝酿。

格玉甚至已经能想到，在她提出要求之后，妈妈会怎样对待她。妈妈会指着她的鼻子破口大骂，性别歧视的话语会充斥她的耳朵，羞辱她，让她难堪，让她自卑。甚至，还会揪她的头发，让她饭也别吃了。随后，便是为期一个月的冷战。

"你愣着干什么，吃饭啊？"妈妈见格玉在发呆，将她的魂收回来。

餐桌上只剩下最后一根鸡腿，妈妈正盯着那根鸡腿，格玉主动把鸡腿夹到了哥哥的碗里。哥哥傻了眼，妈妈也出奇地盯着格玉。

"妈……我想要钱。"格玉捏紧了筷子，话刚要说，喉咙里已经湿润了。

格玉突然泪如雨下。

"我本来已经想好要跟你吵一架，想着无论如何都要拿到钱，但是……"但是格玉放弃了，因为她想到……"你无论如何都不会给我的。我无论如何都不会得到你的满意，穷尽一生都不会得到你的认可，你相信你的真理，你就是个腐朽讨厌的母亲。"

格玉没想到，战役还没开始，她就已经放弃了。是她选择了投降。因为她脑海里预设了一遍画面之后，知道了自己跟母亲会有怎样的结局，她突然就心灰意冷了。

不去了。

"你……你在说什么？"妈妈咬牙切齿。看似冷静，骨头，手指，嘴唇，却都在颤抖。

"只因为我是个女孩。"格玉闭上眼睛，第一次在母亲面前倾诉起来——"只因为我是个女孩！我就不应该被你生下来！"

格玉几乎用尽了腹部的力量，将所有的气力化作一句嘶吼，跟随着手中的那双筷子，猝然抛掷在了餐桌上。

随即格玉跑进了屋。

格玉被前所未有的悲伤覆盖，她哭得昏天暗地，甚至听不到屋外的哥哥与妈妈的争吵声。

觉得做不到的时候，闭上眼睛往前迈步就好了。

可是最后还是失败了呢。

该怎么办？

十分钟过后，屋外的世界渐渐安静了下来。哥哥推开了格玉的房门，端着一碗饭送到了格玉的面前。"妈说让你吃饭。"格玉接过那碗饭，看到饭上有一根鸡腿。那根鸡腿，安安静静地盖在青菜与米饭的上面。

热腾腾地冒着气。

10

开往上海的动车在早上十点左右，格玉没想到，她又在车站下的站牌里见到了于小北。于小北再一次阴魂不散。格玉没辙了。这次，格玉把于小北当成一个莫须有的影子。

"我就知道你一定会去。你一个人很危险。我保护你。"

格玉不顾于小北的话语，将耳机戴上，找到自己靠窗的位置，装作不认识于小北。于小北没有去自己的车厢，而是一直在格玉的车厢里守候。

一路上，格玉捏着自己写给"他"的信，已经开始紧张了。她紧张得胃疼，紧张得想吐。

好不容易挨到了动车靠站，格玉背起书包就朝见面场馆赶。

她马上就要见到他了。

又好不容易挨到了见面会开始，格玉跟随人群和一阵又一阵的尖叫声，马上就要来到他的面前。

格玉却退缩了。

她突然停下了脚步，远远地望着他，内心感到前所未有的复杂。格玉似乎忘记了自己在呼吸。

"去吧。"格玉被往前一推，才发现于小北已经站在了自己身后。于小北仿佛知道自己的犹豫和迟疑。

格玉来到了他的面前，眼睛认真地注视着他，将手里的信交付，然后经纪人将其收走。

"你好。"格玉挤出一句可有可无的问候，再耳语般地说了一句——"好听。"格玉都不知道，他是否听到。

随着人流的拥挤，他们两人的世界，就在一分钟里结束了。

望着他给格玉的签名，格玉知道，他忘记格玉了。他不记得他的生命里，有过这样的一个黯淡孤独的女孩走过。

有过一次树上的弹唱。

11

华灯初起，上海的夜景一如既往的绚烂，宛如在欢迎和拥抱世人。格玉呆呆地在天桥上走着，毫无来由地，悄然流下泪来。

她是开心的，但这不妨碍她流泪。于小北无声地在她身后跟着。秋风在天桥上卷起来，格玉转过身，竭力地大喊道："你不要再跟着我了！跟踪狂！"

"每天跟踪他的资讯，评论，留言，跟踪他的一切，你不也是跟踪狂吗！"于小北抱头。

两人都沉默了。

格玉死死地咬着自己的嘴唇。

这时，一名民警走来，格玉突然报复性地抓起民警的手："叔叔，帮帮我，有个人一直在跟着我！"

话毕，格玉扭头就跑。身后的喧哗她已经听不清了，似乎民警跟于小北纠缠了起来。格玉极力地奔跑，然后站在一个十字路路口边泣不成声。

"喂！"

不知道过了多久，于小北四处寻找格玉，终于在街对面看到了她。格玉刚想逃跑。

"我喜欢你！"于小北远远地喊着——

"我暗恋你，很久很久了。你没有朋友，经常一个人吃饭，太特别了。你在体育课上，经常在旁边待着，太特别了。你经常放学后躲在树后背书，成绩却还提不上去，太特别了。你推着西瓜车的样子很吃力，经常惹人笑话你，太特别了。你胆子很小，经常被人欺负，太特别了。"

格玉止住了眼泪。

于小北又开始挠头，像在回忆他从最开始关注格玉的那些点滴。他佯装经过格玉他们班，只为了见她一面的那些点滴。

"我真的暗恋你很久了，一直不敢跟你说。因为他们跟我打赌，我才有正式的理由和勇气去靠近你。打赌是假的，我比打赌更喜欢你。那个乱说话的人，已经被我打了！"

格玉大口大口地呼吸，呆若木鸡地望着于小北。于小北的神情很别扭，似乎在说，喂，你倒是说句话。

良久，格玉才隔着一条小街的距离，喊道："这就是你喜欢一个人的理由吗？听着根本就没什么特别啊！"

格玉几乎要笑出来。

"明明很特别啊。"是啊，喜欢你就特别。"很多人相信一见钟情，却不相信我对你的这种爱。"

"不过，也没关系……"

这世界有很多很多爱，只是没人发现。

没人相信，世界上存在着这样奇怪的很多很多爱。

只有奇怪的人才懂吗？

只有孤独的人才懂吗？

你……懂吗？

总有人懂的。

12

上海的夜晚真繁华。格玉和于小北在街头晃荡，夹在下班人群中，正在寻找吃的。对于见面会上的"他"忘记格玉这件事，于小北问格玉："你失恋了吗?"

"没有。"

格玉的答案是，喜欢他，是在黑暗的时间里，他是明亮的。现实越糟糕，就越加剧她对他的喜欢。但喜欢他，从来没有把他当作恋人。

"很多人相信一见钟情，却不相信我对他的这种爱。"格玉想起于小北说的话。

"他是真实存在的吗?"

"什么?"

"你们以前那段往事是真的吗? 还是是你臆想出来的? 比如，因为孤独，每个小孩不都有一个幻想的朋友吗?"

他，不是真实的吗?

只是因为孤独而幻想出来的吗?

是这样吗?

格玉回答不上来，只是心跳加速，喘不上气，像被抓到了丢人的把柄，又梦魇般无比慌乱。

当晚，格玉回到她出生的地方，她猛地冲进家里，冲进房间，冲到柜子前。她惶然地翻出柜子里头的那个装着她的童年照片的铁盒。

终于，那张老旧的照片在铁盒的最下面压着——他抱着一个小吉他，而她抱着一个大西瓜。上面写着摄像人的签名。是爸爸。时间是2010 年 8 月。

太好了。一切都是真的呀。

格玉差点喜极而泣，她捧着那张照片，无比无比地心安。

很多年以后，格玉都记得当年她在写给他的那张信上，是这样的话语——

"黯淡孤独的人，是不被喜欢的宿命。但尽管如此，我还在努力着。"

"老师给我们布置作业，问我们想成为什么样的人。我说，我想成为跟你一样给别人带去温暖的人。"

"是你让我改变了。"

"与其说我喜欢你呀……其实我真正爱的，是追寻你时的我自己。"

而格玉也永远记得，当年在格玉追寻他的路上，有过这样的夜晚——

夜幕降临，世间的心正在走近。于小北第一次没跟在格玉身后，而是，站在了她的身旁。

平面世界

.

1

有些世界，你能看得见，但是你触碰不到。

"大人的世界你不懂，龙猫。"

从心理诊所出来，母亲便开车送我回自己的房间。房间在学校寝室群后面的居民区里，却因为道路不顺畅，车子在飞扬的尘土里迂回，像要驰进周遭的黑暗。我本以为母亲后一句话应该是"等你长大后涉足了你就知道了"，这该多庸俗呀，不料她稍后一开口，便像我手心里烫手的芋头一样，让我的话语还有口水都给烫得吞咽下去。

我无言以对，如鲠在喉。

"你要看清你自己。"她说，"怎么搞的，又开到这里来了！"

我往车窗外探头，回头捡起后座的背包，然后开了车门。"我自己小道回去。"

"也好吧……龙猫，无论怎样，妈妈都是希望你好。"我看不清她的脸。

"知道了。"

回到自己的房间后，我躺在劣质的钢筋床上，仰望着掉漆的天花板，把看清自己后的现实一字排开来。

我叫龙猫，十八岁了。有一个残破的家庭，家族条件不太好。没有朋友，没有梦想，却有一个理想，就是听母亲的话考上她传闻中口碑很好的一流大学，考取工商管理师还有注册会计师便可以继承家里的事业，然后，就结婚生子了吧。目前高考落榜于是托关系到原先的市重点高中复读。

相对于生活中对未来前景一片空白的迷茫人群，其实我想了想这种已经预定好的人生并没有什么不妥之处。一切的路都铺展好了，只要我的脚朝着它走就所向无敌。如今让母亲着急的事情是，此时，我却在别人眼里患有自闭症。

医生拿着钟表在我眼前摇来晃去的时候，我终于发火了。"开什么国际玩笑！得的是自闭你催眠什么！"

一脸尴尬的医生把母亲支走了，他解释是在试探我的注意力。随即他又问我，平时最常在哪里出现，跟谁。

"房间。自己。"

"都在想什么。"

我第一次跟别人谈起我的想法。

十八岁的自己，坚信我们所生存的地球上存在着一个与我们相对的平行世界。我们在睡觉的时候,他们大脑在运转,肢体在清醒、在行走。相反,他们睡觉的时候,我们清醒着。由于磁场碰撞,梦境里出现的画面,便是他们的世界。

所以我也坚信,世界上必定有另一个自己生活在我所无法涉足的世界里。他一定过着与自己截然不同的生活,我所无法完成的愿望他一定正在帮我达成着。

因而,我并没有什么遗憾。但是我却一直想要看看他,想要知道他在做什么,于是我一直在想这件事。直到他们说我生了病。

眼下我身处的这个房间,在夏末的深夜里毫无缘故地渗着凉。呼吸进的空气干嗖嗖的。我的床对着阳台的钢条窗,只要我躺平了就能瞧见对面楼一户又一户的阳台以及窗口。

那是学校的一幢女生寝室楼。窗台在每个睡眼惺忪的夜晚里零星地发着光,仿佛我眼里跳跃的明星。此时,最后一方窗台毫无征兆地关了灯,像是吹灭黑夜里的一豆烛光,掐灭黑暗里唯一的一星欢乐。

明天就是九月一日正式开学,我甚至能完整地回忆起母亲在月初把我送回这个房间时的场景。为了赶上八月的补习课程,还没从失败中走出来的我就来到了这里。公寓的热水还没开始供应,屋里的旧书本还有灰尘都还没来得及打理,阳台上的鸟粪还来不及清扫,一切都糟糕透了。

当时我缩在床沿就哭了起来,我觉得这样子非常没有男子气概,而且反手抹泪水的姿势娘爆了。可是就在我哭的同时,房间的灯坏了,啪嗒一声屋子和我像被吃了,一切都暗了。

于是我哭得更伤心了。

2

凌晨的时候，身体变暖了。

我从这个沉睡的世界中醒来，梦境外火车与铁轨摩擦的声音越来越清晰。周遭的声音都在悄然苏醒，随后一个小孩的哭喊声把身边的麦子给惹醒了。要死，他骂了一声。

此时列车员广播响起，说火车的下一站即将到达。

"你高考考得很好，我们是在陪你去上大学。"麦子像劝自己下定决心般地唠叨。我点头。麦子永远都是这副魂不守舍的模样，一件事情要重复很多遍来让自己的决心安定。

我叫龙猫，与麦子、老爹在我高三的房间里度过了一段异常猖狂的岁月。我们在那间房间里打牌、画画、大声歌唱还有骂娘。

十八岁的我梦想自己成为一名画家，房间的墙壁被我画满了涂鸦，分别有猫狗花草、泼彩以及一个裸体少女。而能悬挂的地方都被麦子的打口唱片、戴式耳机还有吉他占据了。麦子是学校的十佳歌手冠军，他的梦想是开一场演唱会，唱吵死人的重金属或者扣人心弦的爵士乐。老爹的房间在隔壁，安了隔音门，里头有三面大镜子还有一对音响。老爹是学校街舞社队长，去年刚拿到省里的青少年街舞个人冠军。他可以在周日没有课的时候从黎明跳到傍晚。

我们这三个异类走到了一起，时常让老师和父母感到头疼。大家都对我们眼里的梦想嗤之以鼻——

"你为什么不能跟别人一样？你表哥当初就是迷上了绘画这种鬼东西，书都没读才会落得现在这么疯疯癫癫！怎么就遗传了这些歪门邪道的艺术基因！"

"你太天真太自私，没资本你能画吗，没学历你能活下去吗？"

"什么梦想，真是矫情。"与父母都反对我们而言，我与麦子还有老爹所不同的是，我的家庭条件并不好，但我的家庭一直很和睦，母亲与父亲在这件事情上与我划了界限。每次在餐桌上，父亲只要向我投掷一句"龙猫，你是想让爸爸去卖血吗？"，我的舌头便在那一刻消失了。

所以世间很多事情的分歧上，大概只存在着一种情况吧，那便是你在想"那样到底有什么好"而我在想"这样到底有什么不好的"。

"大家都在走这条路，你们为什么偏偏要走另外一条路。走不寻常路，你知道有多困难吗？你说你们要徒手，不需要父母帮忙，可是你们有钱吗？你们知道现实吗？"高三第一学期的某个夜晚，父亲最后一次跟我提起换理科专业的事情，以决绝的方式结束了我的我行我素。

那个夜晚，我终生难忘。我被父亲绊倒在地，他抓着我的头就往地上磕，随即双手死死地揪住我的头发，扯着我的脑袋把我从客厅的地面拖到我的房间。他疯狂地砸掉我的画板还有奖杯以及撕烂了我所有的画作。

我曾经是他们多大的骄傲，"你儿子画画真好"这件事时常成为他们脸上的荣耀。如果没有高考、学历、工作打算等等这些事，我该是他们心里永远的明星吧。可是那晚的父亲一边嘶吼着"你不像是我的儿子呀"一边把墙上装裱好的得奖画作扯下来狠狠地砸在我的身上，玻璃碎片狼狈一地，碎渣陷入我的皮肤血液就自然地渗出来了。

"都怪你！"他掐着母亲的脖子扇耳光，不过一会儿，母亲的脸就肿了。邻居们听到声响都在无济于事地拍着门，大声劝解。最后，当父亲把颜料往我身上倒下去的时候，我彻底地崩溃了。我激烈地哭喊，锐利地尖叫，喉咙里像搁了一把刀。

"大人被别人问起都是在被扇耳光，我们是为你好，你说你们有你们的世界，你们的世界强大吗牢固吗？我们无法涉足！"父亲已经完全失去了理智。

和睦的家庭第一次被撕裂，因为我。我剧烈地抽搐着，随即头脑一暗便晕了过去。

如今，我与麦子、老爹在北上的火车里，正驰向一个未知的未来，一个没有大人的地方。我换了学科考得了好成绩，而麦子和老爹都双双落榜。上大学的借口让我顺利地拿到了卡里的学费，麦子和老爹从家里逃了出来，我们正在进行着一场预谋的远走高飞。

我盯着窗外往后退的景象，却感觉我们已经无法后退。

"对不起……"

十八岁的自己，相信一定有另外一个我在与我们平行的世界里，过着与自己完全不同的生活。那么，无法完成的事情就让他帮我完成吧。他一定会帮我安分守己，过着平常人的正常生活，每日在校园的教室里听老师上课，让家人安慰。我坚信。

"可是，我绝不放弃。"

3

开学后的第三天，是阳光灿烂的星期三。学校利用最后一节自习课，进行最后一次体能测试。操场上极其嘈杂，跑完一千米的我在树荫下灌着汽水，盯着篮球筐出神。一阵呐喊猝然充斥耳畔，我朝跑道瞥去，一名奔跑的男生失去重心摔在了黑炭跑道上，姿势很丑。

早就应该预料生活中那些猝不及防的事情，"同学们，这节课突击检查，考试"还有"刚接到通知这节课要跑一千米"这些事，尽管你完全没有心理准备没有预防，可是也得硬着头皮上。这不是跟其他事情一样吗，比如生命中还有更多类似"你哪个亲人没了"等等的事情，毫无预兆地击垮你的心理防线，更多的时候捂着耳朵也没用。

所以我不就坦然地在复读了嘛。

晚上睡觉的时候，腿部的肌肉群开始后知后觉地酸胀起来。睡得很浅的我被吵醒后，摸索着按亮台灯的同时，那声尖叫再次划破了夜空。在我正对面的那间房间，亮着煞白的灯光，随即旁边的几间寝室也都闻声开了灯。

器皿碰撞声、水流声还有细碎的人声开始烦躁地在空气中流窜起来。我趴在阳台上，像一个打扰者。就在我回到屋子时，楼下停了医院来的车。

隔天早餐的食堂显得有点沸扬。我埋头搅拌着碟子里的花生酱，邻座的女生们刚落座便开始窃窃私语——

"太震惊了你知道吗，消息都封了，但是这种事一传，那还得了?!"

"我说她也一点预感都没吗？怎么就在厕所里一个人生? ……欸。"

"室友一直在包庇她吧，但是其实她好像很瘦然后穿宽松衣服也没人多理睬。话这么说，肯定平时没什么人关注她吧。貌似是说昨天突然要跑八百米，晚上就受不了了。"

"我最讨厌八百米了! 要死咧!"

"听说厕所里的脸盆啊剪刀啊都是血，还一直强忍着不能出声。医生来时貌似看到她把孩子压在脸盆里打算淹死呢。真的好可怜啊。"

——但是这件事，却完全无法预料到。等到我缓过神来，已经漏掉了一些内容，只听到了一个熟悉的名字。

"好像叫方莹，文科二班复读生。"

4

来到这个陌生城市的第三天夜晚，麦子被我和老爹给拽到了天桥上。麦子在酒吧唱了两个晚上，因为与老板谈不妥薪酬产生了口角，最终厮打了起来。那条街都是酒吧，当我与老爹赶到街上时，麦子因为剧烈奔跑崴在了一家酒吧门口，身后一个酒瓶便偏斜地砸了过来。我们扶起麦子，那个满脑肥肠的戴金男人指着我们说，"外地小子，欺诈你咋了？你以后别在这里的酒吧混，进哪家都打断你的腿！滚！"

"呸，不稀罕！"我们跑到天桥上时，火车正从站口开出，呼啸着穿过。麦子倚在路灯下抽烟，一屁股坐在了地面上，吐起烟圈。本来这两天白天，麦子在旅店里睡觉还有翻报纸，我与老爹在外找工作。如今，麦子的唱歌活儿也给丢了。

我们在天桥上吹风，因为这里是市区火车站的纵线之一，身边的行人一拨又一拨，每个人都面无表情行色匆匆。我们都没有说话。

"因为我们才十八岁……"良久，老爹说。

这座城市太大了，容不了也没人会去理睬匆忙生活中的那声叹息。我的手搭在栅栏的铁丝网上，凝视着远处空空如也的站台。朦胧的橘黄光线如水般泛出来，使它看上去像一个发光的蛹。

我想起了方莹的窗台。

以前很长一段时间，我会对着方莹的窗户发呆。她的窗大多数时间里都是关着的，但是窗纱很薄，暖黄的光线常常投射出她走动时黑色的身影。我曾经无数次幻想过方莹更衣时映在窗纱上的身体线条。

高中前，我还是走读生。方莹在我小学三年级的时候与她母亲搬来小区里，她家在我家正对面。当时的小区还没扩建，非常小，邻舍都互相熟悉。刚开始，小区里的孩子们都会围着这位新人物转，跟她玩，后来大家就孤立她了。不是因为她没有爸爸，而是因为方莹的母亲是个舞女兼妓女。

"不准跟她玩，她妈妈不干净。"尽管母亲这样吩咐我，可我还是注意起了方莹。幼时的我只知道，方莹好漂亮。说也奇怪，自从方莹母女住进小区后，这里的母亲们就变得比以前漂亮了，也更注意保养还有打扮，跟传染病一样。

初一的时候方莹和我同班，我们仍然没有说过话。有一次，方莹得了病身上长满了水痘，一个星期没有去上课。班主任却交给了我一个棘手的任务，她要我把方莹的作业本给送回去，还有把一天的笔记借给她用。于是我那晚敲了她家的门，她母亲很热情地把我揽进去，为了表示感谢她塞给我很多零食。那是我第一次去方莹的家，也第一次看见满是水痘的方莹，当时我对里头的装饰布局没什么印象和概念，因为我很快就出来了。

回到家，被她妈妈拉过的手，还残留着很浓烈的香水味。我觉得方莹还有她妈妈好可怜。可是第二天，我就在学校被同学们揶揄"龙猫跟方莹好了！"这是方莹的邻居王昊传的。

我便再也没有去找她。到了晚上，我没有去方莹的家，而是把笔记本放在她家门前的垃圾桶上。我回到房间，便找了一面镜子还有一个手电筒，跑到了阳台。我用镜子反射手电筒的光线到她的窗台上，使劲地摇晃。

是很明亮很刺眼的光。

方莹开窗了，头探了出来。我高兴得笑了，挥着手中的镜子，张着"门前垃圾桶"的口型。可就在此时，左邻右舍的男孩子们以为我在欺负她，也都跟风用镜子反射光线在她的脸上，使劲晃然后大笑，喊叫着"水痘丑八怪"。

方莹气得又关上了窗。啪嗒一声。我急了，呵斥着"你们干什么啊"便回到了房间。不知道为什么，那晚我很伤心地哭了。

可是方莹好像接收到了我的信号，知道我的意思，隔天的垃圾桶上有纸条写着"谢谢"。我欣喜地把纸条带回家，压在了抽屉里。我接下来便是快速地用镜子把光线折在她窗口上，看到她开窗点头便马上停止手中的动作。

那是我与方莹之间的交流方式，是我们之间的暗号。只有我们能懂那些信号所代表的意义。

如今，天桥上的风急速地吹过，眼前站台里的光线如同荒野里的篝火，被风吹得摇晃起来。但是仍然在熊熊地燃烧着，无止尽地燃烧着。满是希望。

"才第三天，泄什么气呀。"我一鼓作气，对着麦子还有老爹笑。于是他们也笑起来。

我们只能往旅店的路走回去。我觉得身上的钱用得差不多了，途中经过自动取款机，便独自上前插进了卡。就在输入密码的后几秒，我便浑身打了个激灵，脑袋像被打了一记闷棍。

我目瞪口呆地按了按钮，确认了一次又一次。我探头朝麦子还有老爹他们看去，他们正在抽烟，有说有笑。我拿起手机，在拨出去的瞬间又咬牙掐断了电话。

有那么一瞬，我觉得世界黑了，焦了。

卡里的余额变成了"0"。

5

晚自习回到房间，到接近十一点学校熄灯前，那名叫方莹的女生的寝室还没有开灯。我起身洗漱，盯着镜子里的自己出神，越看越陌生。良久，我从抽屉里翻出一面镜子，踱到了阳台。

我无法习惯那扇没有开灯的窗台，里头难道没有其他人了吗？终于，镜子被我倾斜地摆在手电筒下，光折射了过去。调整倾斜角，转动。凛冽的光来回游离，有那么一瞬间，光线不知撞到哪面玻璃，汹涌地折放回来。

射进我的眼睛。

啪嗒一声，我的手电筒从手中滑落。我感到双眼火烧般灼热起来，我反手堵着疼痛的眼睛，干涩得无法睁开。

"唔！怎么回事。"

——"老爹！"

"给我走！"

刹那间，几声尖叫冲撞我的耳膜，我的耳朵嗡嗡地耳鸣起来，极其嘈杂。我慢慢地拿开遮住眼睛的手，瞳孔逐渐适应后猝然瞪大了。

这……这是在哪里？

这完全不可能，我不知道我在哪里，眼前像是在一处工地旁的休息所，废墟一样。我想要开口，却发现我好像没有舌头，我意欲恢复触觉，却无法动弹。

"啊！"此时檐下跑进了两名男生，一名捂着自己的眼睛在喊叫，另一名搀扶着他。我还看到了地上有碎掉的砖块，大概是被砸到了眼睛。男生们角度倾斜过来后，我怔住了。

那人跟我长得一模一样，那是我吗？

"龙猫！麦子！……爸，爸！放开我！放开我！"休息所外的砖块堆旁停了一辆私家车，有三名男子反手绑着一个男生的手臂，押着抵在车身上。他在凄厉地怒吼着。

天啊，他在叫我，那是我。这就是，平行世界里的自己吗？那我现在是什么？我心里充满了无数个疑问。

"放开我！求你了！"

"你是不是疯了！给我回去！"

随后，他被押在车里，车子开动了。"我"捂着眼睛跪在了地面上，麦子跑出去尾随着车屁股，一路奔跑一路怒骂。可是不用一会儿，车子便开远了。

麦子回来搀扶起他，嘴里叨念着"椅子，椅子……这里。"麦子拖着他，朝我走过来，坐在了我的身上。

我变成了一只椅子？

"我去接水洗眼睛，你别动。"麦子走远了。

我看不见他，看不见此时的"自己"。只听到他在哭，很难过地啜泣着。

"呸——"良久。

6

隔天，我大梦初醒般从阳台上醒来，察看自己的身体，除了被蚊子叮出了很多红印，手臂还是那双手臂。过了一个星期，午休时分我在篮球场旁看比赛。当旁边的人们开始偷偷指着校门通往寝室的校道的方向时，校园顿时像真空了。

"就是她。"

方莹提着一袋东西，步伐很慢，正低着头走路。路过的人，画板报的人还有看比赛的人，都在安静地看着她。她好像察觉到了，偏头朝这边扫过一眼，视线却停在了我的脸上。方莹怔怔地看了我一眼，眼神非常奇怪，只么一秒便若无其事地走了。对待陌生人也就是这个样子了吧，可是我却呆若木鸡地傻愣住了。

"喂，同学！"还没缓过神，我的脑袋便被篮球重重地击中了。我抱着头惯性地往前磕了一下，"搞什么。"

当我张开眼睛时，又意外地发现，自己身处于夜晚的天桥上。这次，我知道我又来到平行的世界里了。

过了一会儿，麦子还有自己开始跑进我的视野。麦子手持一根木棒，追着他。天桥上车辆驶过，霓虹斑斓。他们像是在跟疾风赛跑，要飞出这里。

咔的一声巨响，我眯了一下眼睛，再次睁开时，他已经趴在了地面上。麦子猛然用木棒敲中了他的后脑勺。他的头部开始有血液渗出来。

麦子与他滚在地上厮打。"龙猫！你听我说！只剩这些钱可以回家了！你听我说啊龙猫！我回家拿到钱了马上就来接你！龙猫！"麦子死命抠着他的手掌，最终歇斯底里地尖叫，"我回南方拿到钱就来接你啊龙猫！"

麦子一直重复着，一直重复。

此时的他们，浑身脏兮兮的，头发都硬邦邦地揪在一起。

"你怎么可以这样！你永远都是这么决心不定！"他嘶叫起来，口水从扭曲的嘴角流下去。

"我拿到钱就来接你啊！只剩这些可以回家了！"麦子双腿跨在他身上，一只手死死地掐住了他的脖子。挣扎一阵过后，他手里的钱被麦子抢走了。

随即，麦子丧心病狂似的朝天桥的一端飞快地奔跑，像要再次飞起来。

我看着他，觉得这个世界里的自己很可怜。他脏兮兮地抱着膝盖，头部还在流血，跟个被抢走了馒头的乞丐一样。良久，他猛然抬起头，他看见我了。他的一只腿已经崴伤，于是他拐着别扭的步伐朝我走过来。

他的眼神像是要把我看穿——"招画者，年龄不限。"他喃喃地念着，露出欣慰的表情。

我才知道，我变成了一张报纸。

他撕下我，把我攥在他手里，我感到异常温暖。然后，我就见到一个戴着眼镜的男生。"我"指着我说："招画者吗？"

那名男生用异样的眼神看着他："是的。你是遭打劫了吗？怎么这么落魄。我把画样给你，你按样子画完然后来这个地址找我，一张一百元。"

"不明白你们为什么喜欢画画啊？"男生递给他一本画册还有一沓纸，问。

"我也不知道，但就是无法停止。可是我家没有钱，爸妈不让我画，另外觉得画画没出息，他们极力反对，死也不肯让我画。"他暗自神伤似的，低着头自顾自地说。

我却看见那名男生盯着他蹙起了眉头，露出奇怪的表情——

尽管我被攥在手里，只能透过指缝察看。

7

我把手里的报纸垫在地上，趴在公园的石凳，借助路灯画了一个晚上。我已经一天半没有吃饭了，感觉胃里的酸水一直在往食道上翻跑。我甚至觉得，下一秒我便会饿死。不知道此时的麦子有没有买到车票回家，不知道他好不好，他也已经一天没有吃饭了。

我不知道现在的时间是多少，但是一等到太阳出现我便起身朝那个地址走去，尽管我力气尽失。走着，踱着，挪着，费了天大的气力，我总算是来到这间公寓前。我瘫在花坛边，开始孱弱地叫他。

"你怎么这个时间点就来了！"男生指责我，蹲下来拿过成品端详，"不错，钱给你，快走吧。"

他从兜里掏出钱的时候，我几乎忘记了饥饿，尽管我头有点犯晕。

"谁啊！"一名妇女从公寓里探头，随即跑了过来。

"妈，没什么。"

"你又这样！"妇女扇了他耳光，从他手里夺过了我的希望，"又叫别人给你画画！"

妇女揪住他的耳朵就一阵乱打，我无心追究，叹气般喊她："阿姨……我……钱。"

她并没有听见。

"你看别人家的爸妈有那么多钱从小就培养你吗？啊？爸妈花那么多钱让你学画画你以为好玩！你不画！你花钱叫别人给你画来骗爸妈！"

"我根本就不喜欢啊！是你们逼我学的！画毛线啊！都是你们逼的！"

"叫你嘴硬！"

我的眼睛犯花了，我好像看不清我所在的这个世界到底是什么模样。模糊中，那对拧在一起的母子在扭打中失手撕烂了一部分画作，其他的也被拧出皱褶狼狈地躺在地上。

我感觉我的身体跑动了起来，但是不听使唤。我跌倒了，我很饿但是我没有哭。我趴在地上，无望地想着，此时另外一个世界的自己是不是会比我好点。

我第一次质疑，我的路是不是错了。我第一次动摇……自己是不是应该羡慕另外一个世界的你呢，你过得好不好？

都是自找的呀。

我觉得我快死了，你呢？我多想看看你。

8

我……我变成了一面镜子？

天啊，眼前这个人就是另外一个世界的我吗。此时的他像是急坏了，我看到他从阳台失魂落魄地跑进来，把我给扯了过去。

我被他举到了半空。我看到对面有个女生正在往阳台的栏杆上爬，我没看错，她是方莹。"不要啊。"我听到他颤抖的声线，随后，手电筒炽烈的光线照在了我的身上，往方莹的窗台射过去，继而，再偏到她的阳台她的脸。

他一直在摇晃，使亮光在方莹的脸上晃，想阻止她。可是，好像一切都是徒劳，方莹接收不到他的信号。

嗒。

一声闷响过后，我再次看向方莹的阳台，空空如也。楼下传来值班阿姨的一声尖叫，随后我掉在了地上。

"无法交流，她无法知道自己的想法。"我看到自己蹲下，猝然撕心裂肺地哭了。他的下嘴唇被咬出了血。

跳楼的方莹是另外一个世界的方莹吗。我想起了我的世界里的方莹，无法参加高考的方莹。她在高考前的体检中检查出怀有身孕，她嘶哑地对我说："我已经离开了我的母亲，那个妓女。我以为我跟别人的世界融合成一起了……可是我们的世界根本无法沟通，你根本不了解我，不理解我的世界，因为如今我跟别人不一样，你就跟别人一样，跟别人一起孤立我，不跟我在一起。小的时候是，现在也是，把我当陌生人。你还是我的朋友吗？大家都一样自私，所有人都一样自私。"

我想哭，可是我无法动弹。我贴着冰凉的地板，直勾勾地看着他。楼下的骚动涌动起来了，他用领口抹了把嘴角的血珠——"对不起……可是我一直喜欢着你呀。可是我一直一直喜欢着你呀。从小到大。"

突然，他猛然朝我扑过来，把我握在手上。他眼睛红肿地看着我，像在看他自己——

"不想再待下去了。"他一定看到他那哭得很脏的脸，泪水又夺眶涌了出来，"我想跟你一样自由自在，我还想见见你，可以吗？"

9

面前掉下一个汉堡包。

热气活跃的午后，北方一座城市的公园角落里缩着一个少年。他仿佛受凉般双手紧紧地抱着膝盖。他很饿。他看上去有点邋遢，衣服像发馊的一层馒头皮。此时头顶悄无声息地掉下一个汉堡包，就在他的眼前。

汉堡包像长着眼睛，在看着他，又像在跟他说话，"吃了我。"

"终于找到了。"我抬头看到了母亲，她朝身边的石凳坐下，"吃吧。等会儿再给你买点其他。"

我颤抖着托起那个汉堡包，慢慢地咬了一口，它好像高兴地笑了。我可能是饿昏了脑袋才会出现这种错觉。

"知道现实是什么了吧？龙猫。"母亲停顿，"你那个叫老爹的朋友的爸爸跟我说找到你们了……"

"我是去上大学。"

"龙猫，别自欺欺人了。骗谁呢？如果真是走投无路你大可回到大学里，问题是，你压根就没去高考，而去市里画什么鬼东西比赛去了。在你坐上火车我们就都知道了，因为老师打听你，要你去复读。而且也没有大学八月份开学的，我以为弄掉卡里的钱你们就会乖乖回来，可现实是，龙猫，你太不懂事。"

"……"

"……我跟你爸爸离婚了。你以后跟妈妈还有另外一个叔叔一起生活。以后吃好睡好，再也不让你在贫苦的家庭受苦了。"

尽管早有预防生活的波浪的心理建设，也还是无法预料这样的事。"为什么？你们从来都很和睦啊。"

"早知道你不去参加高考，我和他就不必为你演这出戏怕影响你学习了。龙猫，你太自私。我跟你爸早就不是同一个世界的人。另外，如果不假装和睦能劝你不要画那些鬼东西吗？你早就趁着破裂的借口……"

"可是为什么我不这样想！"我把汉堡包吃光了。

"大人的世界你不懂！你也看过妈妈被他打肿的脸，之前早就破裂了。只有这个原因！"母亲猝然站了起来，最后一次笃定，"不要再执迷不悟了，你也试过了，结果呢？赶上八月的课程，我已经帮你安排好了。回去后，我就载你去学校。从今你没有什么朋友了，给我好好用心吧。"

那段自我的岁月，终究是结束了。

所有的世界，都无法交流共识，却还是融合成了一体。

尽管知道那不可能，尽管知道不可能存在着另外一个世界，但是我仍然坚信地球上必定有另外一个自己，他一定过着与自己截然不同的生活，我所无法完成的愿望他一定正在帮我达成着。

尽管这样坚信着，可是现实中，你和我，我和他，他和你的世界，能有交集吗？

尽管这样坚信着，可是——

现实中的世界，你逃得掉吗？

回到房间，我缩在床沿就哭了起来，我觉得这样子非常没有男子气概，而且反手抹泪水的姿势娘爆了。可是就在我哭的同时，房间的灯坏了，啪嗒一声屋子和我像被吃了，一切都暗了。

　　于是我哭得更伤心了。

我可能得了前任病

1

"我的前任要结婚了,我想给他筹划一场婚礼。"

这句话太悲壮了。

以至于姐妹们望着芭乐似笑非笑的脸,都不知道该夸她有骨气,还是骂她这疯婆娘脑子被前任踢了。本想劝她"你这又是何必呢",结果芭乐已经信誓旦旦地将她们四个人的微信群名改成"前任大作战"。

2

芭乐人生的第一场恋爱,非常认真地谈了一年,异地恋,最后以失败告终。芭乐恋爱得比较晚,去年才谈的，今年已经二十七岁了。

最开始的分歧是芭乐要留在北京。芭乐的男友叫杜辛巴，大学毕业后在北京工作了三年，说没有找到家的感觉，不想再漂了。

可是芭乐还想再漂一下。

芭乐知道，不是漂不漂的问题，男人根本就不在乎什么家不家的，男人只在乎累不累，责任太大身心太累就不想再漂，仅此而已。

于是就异地咯。

异地恋的煎熬在于像一场博弈。比如经常要比谁回微信慢，你回一条十分钟我就要回一条半小时，黏太紧你觉得我像你妈，你喘不过气了，不黏你，你觉得我变了，淡了，不爱了。还要彼此猜，猜你的心思我的心思，以及化身侦探，探敌方的真伪。最后把对方当宠物狗，怕你走丢，开始彼此监控，在手机上下载远程定位 App，随时知道你有没有偷人。

小作怡情，大作伤身。

一年下来，芭乐不忘自己都市丽人的身份，把恋爱发展成一种事业，但两人还是把这份事业作没了。最作的一次，杜辛巴从省道入京，开了一夜的车来跟芭乐道歉，却又不想让她知道自己很痴情，只在楼下远远地望着她。芭乐知道杜辛巴就在楼下，又不想让她觉得自己太弱鸡，本姑娘岂是那么好哄的？于是躲在窗边看他站在桂花树下，彼此偷看了一夜，看破不说破，莫名有种凄清的美感。

最后这幅唯美的都市秋风悲画扇的爱情画卷，骤然断裂。

明明相爱，彼此等待。

一年之后，芭乐时时刻刻没有忘记杜辛巴，她似乎也相信，杜辛巴也还惦记她。毕竟，他们之间的障碍，难道不是他们本身，而是北京这座城市吗？

可是芭乐错了。

3

"姐妹们，今晚喝一杯。"

得知杜辛巴就要结婚了的消息，芭乐的手指还在颤抖着，便在她们名为"时代姐妹花"的微信群里发布了一条消息。时间是周二的下午四点。

第一个响应的人是莉莉安，绰号"朝阳 Angelababy"，职业柜姐，在商场专柜里卖化妆品，平时的爱好和专业就是琢磨别人的心思。就在她忽悠完一个顾客将那瓶贵妇面霜买走之后，脸上的假笑还没松开来，便察觉到不对劲。没过节又不是小周末，芭乐要喝酒，姐妹告急，大事不妙。

莉莉安扬了扬她的水晶彩甲，在键盘上飞快地舞动起来："走您咧。"

第二个响应的人是丁小冉，她心思细腻又有点愤青，在一家婚庆公司做婚礼策划师。此时此刻，店里的新娘硬要把自己塞进那件比自己小两个 size 的杨幂同款婚纱，丁小冉正焦头烂额中，看到芭乐那条意味不明的信息，顿时捶胸顿足。

"芭乐你这个谎话精，不是一直说自己没行情吗？怎么突然就又失恋了？死女人，蜘蛛精！"

她竟不知道芭乐还心怀旧念，可见芭乐多会伪装。丁小冉义愤填膺，把她们的群名改成了"盘丝洞"。

十分钟后，雪碧才最后出来响应。

雪碧是一名摄影师，人如其名爱喝雪碧，但失恋时除外。昨晚酗酒睡死了过去，起床片刻，大脑还在断片中，说出来的话却令人醒目——

"正好，我又失恋了，可以喝一杯。忘了跟你们说，我跟他又分了。这次我们是真的不会再复合了。"

得了吧。

雪碧跟她那个男友分分合合了几百回，白娘子都被关进雷峰塔了，他们还没断干净。隔着手机屏幕，芭乐、莉莉安还有丁小冉不约而同地翻了个白眼。

"等一下，你不用写稿？快看微博。"

芭乐被雪碧提醒，登录微博，才发现热搜榜第一名，是又一个以好男人人设圈钱的男明星出轨爆料。

换作平时，芭乐作为一名自媒体人，每次赶上这种上帝垂青的大热点，天降神韵，半夜诈尸都要爬起来复命，但此时此刻，芭乐只发了三个字：今晚见。

"钱都不赚了，看来真有心事。"莉莉安下结论。

而雪碧看八卦却似乎看出了心得："唉，男人真没一个好东西。"

"李佳琦（口红带货直播网红）除外。"莉莉安反驳。

4

芭乐还记得一年前失恋时的阵仗。

当恋情陡峭，信息已经不再秒回，那些热恋时在聊天框里甜蜜的等待已经不复存在，换来的都是懒得说话的冷漠。当芭乐看到"我们分手吧"这五个大字跳出来的瞬间，那一刻，她突然有种喘过来气的感觉。

预感终于降临，宛如自己在心里搬起的那块石头，终于重重地自由落体，不用再备受煎熬和猜疑，甚至要再去乞求爱的那种如释重负。

可是，也只是一秒而已。很快，这块石头便砸向了自己的脚。

随后便是愤怒，凭什么想分手就分手？你什么意思？你说话呀？各种连珠炮的质问，语音轰炸，可是如同投掷到了黑洞，统统都得不到回音。

杜辛巴真绝情，等同于男人真绝情。

失恋第一天——

芭乐发布了两条失恋的朋友圈，第一条愤怒失望，对杜辛巴的行为加以谴责，一小时过去后，第二条状态体面优雅，表示各自安好便是晴天，一别永不再见。随后芭乐把朋友圈设置成三天可见，将头像和朋友圈封面都换成暗黑系图片。

决绝地删掉了杜辛巴，又没忍住，打脸地把他加了回来。

不是有那种失恋后一边流泪一边还不忘拍照发朋友圈的人吗，芭乐以前不理解的，她甚至感到匪夷所思和嫌弃。尔后她却打开了直播平台，写下"失恋第一天"的标题，开始直播，并在直播上大哭。

而这一切，仅仅是第一天而已。

这才刚刚开始并且毋庸置疑会无限循环。

5

"所以，你怎么知道杜辛巴要结婚了？"

芭乐发送求救信号之后，当晚，莉莉安、丁小冉和雪碧便奔赴三里屯的约会地点。在芭乐道明真相后，三人开始对芭乐进行循循善诱，直到严刑逼供。

"我的芭乐小姐，你不会还在觊觎他吧？"丁小冉恨铁不成钢。

"我也不想这样的，但我忍不住，我怀疑我病了。"芭乐快要哭出来了。

"这种感觉我太懂了。"雪碧附和。

芭乐觉得难以启齿，整整一年，其实她一直都没从失恋里走出来。自从她失恋开始就没有好过。

失恋第一周——

好像失恋直播之后，她的大脑和身体也开始进入了直播模式，不断地重复那些过往和回忆。杜辛巴的好，杜辛巴的坏，全部刻在她的骨头里。

一开始，芭乐用音乐疗伤。可是每一首情歌，都让她觉得是在唱她和杜辛巴，网易云音乐的每一首情歌下的评论，也全都是她的故事。不仅如此，看电影也是，每一个令人惋惜的结局都像极了她和前任。

直播模式开始升级到自恋模式，什么都跟自己有关。越听越难过，越看越悲伤，每每都潸然泪下。

终于，从一开始的故作镇定，到每天只能睡两个小时，无法自主地崩溃大哭，吃不下任何东西。芭乐像个废柴，她觉得自己的生活彻底烂掉了。

她很想很想杜辛巴，快疯了一样地想给他打电话，求复合，但她成功遏制住自己了。但很快就变得像戒毒瘾，她上瘾了，每隔几个小时发作一次，想他，想给他电话，再遏制住自己。

"你不爱我了吗？"想飞去杜辛巴的城市，堵在他的楼下，揪住他的衣领，先问候他妈妈，再抛出死亡问题。甚至有可能最后会演变成请求，你再爱爱我吧！

开始后悔，没有丢掉他就好了。

开始幻想，原本有他的未来，要去哪里旅行，要在屋子里养什么狗。可是他不在了。

开始好奇，他在做什么呀。

于是，开始追踪他。从保存下来的跟他可爱照片和聊天记录开始，全部回温一遍，再每天去看他的朋友圈和微博两百遍。化身语言专家，去猜测和破译他的每一条模棱两可的信息状态和分享的歌曲，是不是跟自己有关。

心想不能再这样下去了，否则自杀和绝食，痛下决心卸载了微信和微博，可是一天之后就又下载了回来。精神隔离一日游，再以失败告终。

芭乐做失恋斗士，一天又一天，本以为病情会好转，可是直到后来她才知道一个道理——失恋后只有第一天，和每一天。

"从此除了姨妈，失恋情绪也每个月光临一次。"

一年后，芭乐在如同一个久坐男病人患了尿不尽一样断断续续的追踪中，从前任的只言片语里拼凑出了一个讯号，这该死的家伙马上就要结婚了。

可是怎么办，我还爱他。

6

"曾经我们幻想过我们的婚礼，现在就算不能嫁给他，我也想为他策划一场，就如同我已经跟他步入过婚姻殿堂了。"

芭乐说完这一年来痛苦的失恋治疗史，再表明了自己的想法，虽然很疯狂，但她尽量轻描淡写。

这真是一个"男人听了哭泣，女人听了沉默"的故事。

姐妹们都沉默了，大大地吸了一口冷气。

"你是认真的吗？"丁小冉百思不得其解，问归问，但无所谓了，丁小冉已经不止一次见证过人类的疯狂——

就在今晚，还没来三里屯之前，丁小冉刚结束了一场令人疲倦的婚礼。婚礼上，新郎吊着威亚，从礼堂的入口上直直地飞向礼堂中央那个故作惊喜的新娘，美其言脚踏七彩祥云来娶她，可谓奇观。丁小冉有时怀疑，婚礼策划师的职责，就是去洞察人类在爱情里究竟有多傻多滑稽。

事实上，听完芭乐的供词，姐妹们沉默的一部分原因，其实也是想起了自己，她们每个人多多少少也在被前任所困扰。

比如，丁小冉最近一直在"逃婚"，她得知男友在策划跟她求婚，她心里恐惧甚至感到亏欠，她爱男友，但却下不了决心。因为她自从跟男友恋爱之后，从来都没有停止过把现任跟前任比较。

越比较，就越不满足。

丁小冉现在的男友是个直男癌患者，不懂浪漫，甚至大男人主义，最糟糕的是，他们在一起三年了，他记不得他们的纪念日。情人节不过，男友说那是西方的节日。七夕不过，男友说那是老一辈的节日。生日想过，可是彼此都忙，随便一个蛋糕就糊弄过去。

三年了，丁小冉无时无刻都会想起前任，甚至会从每一个细节上去比较，前任会在袜子里塞口红去讨她欢心，前任会为她做饭，前任会送花给她，男友呢？

男友虽然不浪漫，但上次鹅毛大雪，丁小冉病倒了，偌大的北京城竟然叫不到车，男友背着丁小冉整整四公里的路去了医院。中途摔倒了三次，他们扑倒在雪地上的凹陷是那么的深，丁小冉不是个无心的人，她统统记得的。她还记得，每次丁小冉出差，男友都会给她准备小夜光灯，因为他知道丁小冉夜里怕黑。她甚至因为每次想老家就会在夜里哭，第二天起床便看到一碗家乡的美食摆在自己的面前，那是男友清晨六点便满京城去找的味道。

很多个时刻，丁小冉都笃定，此生就这个人了。她想嫁给他。

可是，为什么又会想起前任？是因为不甘心吗？丁小冉还在寻找答案。

"你知道真正的失恋是什么吗？是看谁先死心。"芭乐先做恋爱样本剖析，再给自己找到又臭又长的台阶。

"只要婚礼一过，我就死心了。我的心一定死得透透的。"芭乐握紧拳头，宛如怒沉百宝箱的杜十娘。

"亲爱的，你不会的。"雪碧摇摇头。

雪碧心里想，饱受前任折磨的人又何止芭乐，要是前任的魔怔有那么容易摆脱，雪碧又哪会跟那个混蛋藕断丝连分分合合呢。

雪碧甚至有点羡慕芭乐，至少芭乐的前任不在北京。

很多次，雪碧都希望自己的前任能死了，只要不再出现，她的世界就一片光明。可是现实并不如人意。

朋友们都说，雪碧喜欢虐恋，因为每一次分手都是撕扯。男友是一家时尚品牌的服装集合店的老板，平时四处飞，已经忘了时装周一年几次了，每次身边都拥簇了那些光鲜亮丽的女孩。很多次都抓到了出轨的隐形证据，却又没有实锤，雪碧跟男友打架、争吵，彼此破口大骂，互删所有联系方式，可是过了两天，前任就又找上门求复合。

每一次分手都是大阵仗。一次凌晨三点，前任找到了芭乐，说雪碧分手离家出走，并留下了银行账号密码，看来是想闹自杀。电话关机，没人知道雪碧的去处，姐妹们全世界寻找，最后看到雪碧站在桥头上要跳下去。轮番劝阻之后，雪碧号啕大哭，去纯 k 唱悲伤情歌，继而酗酒睡到下午四点。

每一次，身边的朋友们都精疲力竭。雪碧是知道的，她不想再打扰朋友们了，于是她不再求救，甚至有点抑郁，任由前任每天将她掏空。

雪碧有一阵子甚至怀疑，爱情原本的样子就是这样，因为她从没有见过爱情的其他样子。

难道爱情的面目是妒忌、撕扯、占有欲？

是互相折磨，不得善终？

"死心没有用，爱情最擅长的就是死灰复燃。我觉得你不如闹场，把婚礼搞砸，不欢而散，彼此没有好印象，才能老死不相往来。前任去死，才能解脱。"雪碧抿了口酒，艺术家气质满满。

如今的雪碧已经被前任骗走了所有财产，这个财产就是她单纯的心。

"雪碧我劝你善良。"丁小冉拍拍雪碧。

"这样太不人道了啦，哎哟，你要小心杜辛巴的未婚妻，说不定人家是个狠角色！小心人家撕了你！"莉莉安说。

几乎没有人会相信，我们逍遥自在的小女人莉莉安竟然也在身陷前任之苦。

只是，这个前任是她男友的前任。

莉莉安的男友是金融业的投行精英，伦敦大学毕业，24K 镀金的潜力股。对莉莉安千呼百应，百般娇宠，莉莉安喜欢什么东西，男友就给她买什么东西。就连今晚莉莉安背着的古驰包包，也是男友带她去国贸买的。

莉莉安理当觉得幸福，否则就矫情了。

可是莉莉安一直觉得自己配不上男友。男友看的股票和投资，对她而言就是天文数字。就在莉莉安知道男友的前任是一名法学博士生兼精英律师之后，莉莉安更陷入了无止尽的愁苦。

男友的前任，成了横亘在莉莉安和男友之间的假想敌。

她视奸男友前任的微博，洞察都市精英的日常，羡慕她、妒忌她、讨厌她。诚惶诚恐地把自己与她比较，再轻而易举地被她打败，自作孽不可活。

对了，莉莉安查到了，她就叫李翰风，一听就很霸气，很精英。其中的"翰"字她还去查了什么意思。

莉莉安第一次那么渴望想成为霸气的女人，她不甘于自己只是个花瓶，她去报了班学习法语，可是坚持了三天就想睡觉。

改造自己太难了。

世界上为什么要允许女博士的存在呀？

都怪李翰风那个死女人，莉莉安想，她这辈子可能只配做一个小女人了。想想就想哭。

7

四个女人一台戏，戏上全是前任。

那天晚上，她们聊到很晚，中途四个人坐在卡座里各有所思。最后，芭乐心意已决，姐妹们只能陪她走这一遭马拉松，终点是让她死心。

"丁小冉承包婚礼，莉莉安给新娘化妆，雪碧全程拍照，我就做个陪衬。"芭乐凄然一笑。

可是，芭乐已经半年都没跟杜辛巴联系了。为了抛出给杜辛巴策划婚礼的橄榄枝，芭乐必须做一回贱人。

首先，丁小冉拿过莉莉安的手机，点赞了杜辛巴半年前的朋友圈，让杜辛巴知道，前任突然去怀念和光临他的生活了。然后，雪碧举起手机，给她们的聚会拍了一张自拍，在芭乐的朋友圈里发送了这张自拍，定位选择杜辛巴所在的城市，再配文："我来到你的城市，走过你走过的路。好久不见，你还好吗？"

果不其然，第二天起床，杜辛巴就被套路了，芭乐收到了杜辛巴的消息："你来这里了？你还好吗？"

看到杜辛巴的消息，芭乐突然觉得，一切已经不重要了。

芭乐怔怔地望着那条微信，心里却波澜不惊，对比前任给她发消息的喜悦，她更有冲劲想去把婚礼举办完毕，仿佛是为了证明自己在爱着或者已爱过。

"我还好，你呢？"

"我马上就要结婚了。"

"是吗，恭喜啊。那……还出来见见吗？"

只要杜辛巴拒绝，芭乐的阴谋将会付诸东流。但杜辛巴竟然答应了，男人真不是东西呀。芭乐甚至有点傲娇。

"你可以叫上你的未婚妻。"芭乐提醒，这是友好会面，可是心早就碎了。

次日，芭乐便跟丁小冉马不停蹄地飞去了杜辛巴的城市，然后见到了杜辛巴。杜辛巴并没有带未婚妻。

丁小冉是后半程才出现的，她打着哈哈说："原来你要结婚了呀，这么巧，我是婚礼策划师，不如我给你策划吧，你别不答应，我讨个喜气呢，我也想结婚。"

杜辛巴招架不住，被牵着鼻子走。

只有一件事，杜辛巴显得有点扭捏和不情愿——芭乐想要看未婚妻的照片。软磨硬泡了一番，杜辛巴终于翻出了未婚妻的照片，像是亮出了最后的底牌。

芭乐看傻了。

芭乐以为自己眼花了，因为未婚妻跟自己长得有点像。这是冥冥中的什么暗示吗？

婚礼的事情就这么定下来了。

回到北京之后，芭乐的魂魄还没有回来，丁小冉时时刻刻提醒她，该放下了。"让我沉沦一下。十分钟，就十分钟。"随后，芭乐又看向窗外，思绪又飘到了杜辛巴的身边。

好想他啊。好想好想他。

芭乐安慰自己，办过婚礼，就会死心了！

丁小冉把偷拍的未婚妻照片发给莉莉安，莉莉安便开始了人肉搜索。很快便有了进展，那个未婚妻叫纪婉，媒体人，也是写文章的。意外的惊喜是，莉莉安很在乎的男友的前任，也就是那个李翰风，竟然是纪婉的同学。

对于这场婚礼，莉莉安莫名期待了起来。

看过纪婉的照片，扒了她的信息，姐妹们的第六感突然一致地齐刷刷地迸发了。

"等等，纪婉怎么跟芭乐这么像？长相和工作都像。杜辛巴的口味这么固定吗？"大家有点摸不着头脑，但又有点兴奋，又或者说，有点幸灾乐祸。

——听过阿黛尔的 *Someone Like You* 吗？

里头唱"Never mind, I'll find someone like you"。看到了吗，人真奇怪，你被前任伤得体无完肤，你还要再找跟前任一样的人。

不是有统计表明吗，很大一部分的人在失恋后，寻找的新欢会跟前任很像。人就是念旧。

所以……

女人们的第六感一向堪比真理，她们围住芭乐："完了，前任还喜欢你。"

芭乐的脑袋轰的一声，宛如之前双脚一直被鲨鱼咬住不放，血流不止，走不动了，此时的鲨鱼终于张开了獠牙和嘴巴。

放你走。给你活下去的希望。

芭乐反而有点不习惯了，她慌了，这下该如何是好？

8

越临近婚礼，芭乐的心就越往喉咙上蹿。好像结婚的不是纪婉，而是她。

婚礼前夕，莉莉安去给纪婉试妆。

莉莉安仔细观察并向姐妹们通报，纪婉皮肤光滑，身体健康，除了穿婚纱的时候看出有一点副乳，算得上是一个知性美女。莉莉安一边给纪婉梳头，一边心里念叨："可惜是别人的替代品。"

末了，莉莉安还暗暗地跟纪婉试探："哎呀，我最近大伯的儿子被欠钱，不知道去哪里寻求法律服务。"

拐了好几个弯，终于问出来了，李翰风是纪婉的好同学，她会去参加纪婉的婚礼。

于是，莉莉安无比盼着婚礼到来，盼着她与女博士的世纪大会面。

失恋史走到了如今，芭乐越发被动了。这几天，她又开始故作镇定，终于熬到了婚礼前一晚，芭乐又崩溃地大哭了起来。

"你还好吗？"丁小冉看出芭乐的焦虑，半夜给芭乐消息。

这几年，在丁小冉策划的婚礼上，上门来撒泼的女人不计其数。

看似为爱奋不顾身的结局，却都只是狼狈收场而已。她有点担心芭乐明天会在婚礼上闹出什么幺蛾子。

"你明天不会闹场吧？"

"有可能。"芭乐回，"还爱我有什么用？他就要跟别人结婚了。我不甘心，我该怎么办，自己策划的一场婚礼，说不定明天我真的会去闹场，把杜辛巴抢过来，他会为了我逃婚吗？但这么一来，纪婉好可怜。我会害另外一个女人一辈子。"

"放下屠刀，立地成佛。"丁小冉叹气。

人类为何不能爱得利索一点呢？

这阵子，丁小冉筹划着杜辛巴的婚礼，看芭乐自虐得那么欢，反思自己活得开，但未必比她快乐多少。

丁小冉又回忆起那个让她一直拿来跟现任比较的前任，她始终记得他们分手时的场景。

那天凌晨两点，丁小冉醒来发现男友没在身旁，蹑手蹑脚地起来，便偷听到了男友躲在洗手间里，正在跟他的前任通话："她没你漂亮没你温柔，但这么久了，我就是太心软。以前我们多好啊，一起去旅游……刚毕业的时候，我没有钱，让你受委屈了，唉。"

"那你滚吧。"丁小冉倚在洗手间的房门上，冷冷地说了一声。

纵然前任很浪漫，会照顾人，在别人眼中也算半个完美情人。但丁小冉是个明白人，不爱就滚。

在那之后，丁小冉偶尔也会视奸前任，并且知道他已经有了新欢。丁小冉过得也不错，也有了新欢，但却总陷入回忆起那个甘蔗男的旋涡里。

9

杜辛巴和纪婉终于要步入婚姻殿堂了。

如果哪一天芭乐老去，静下心来，她一定发现其实这场婚礼没有想象中来得那么慢，这场婚礼也没有想象中那么漫长，那么煎熬，那么特别。

当晚，最忙的人是雪碧，她要负责全程的拍摄工作。

莉莉安暗暗铆足了劲去较劲，她穿上了她最贵的礼服，化上最精致的妆容，去迎接那个女博士李翰风。

丁小冉负责紧紧握住芭乐的手，提醒她不要支着一张苦瓜脸。最重要的是控制住芭乐，别让她去闹场。

当杜辛巴和纪婉朝花路走上去，踩过芭乐亲自撒的花瓣，接过芭乐亲自包的花束，现场响起芭乐亲自选的音乐，杜辛巴似乎发现了端倪，他朝芭乐看了过来，轻轻扫了一眼。

当初芭乐说，如果他们结婚，芭乐要放一首 *A Thousand Miles*，以敬他们异地恋时跨过的距离。

杜辛巴和纪婉交换戒指了。

芭乐、莉莉安、雪碧和丁小冉依偎在一起，丁小冉的手掌覆盖在芭乐的手掌上，她感觉到有那么一刻，芭乐似乎就要冲出去了。

但最后，芭乐只是躲在姐妹们中间落泪。

婚庆餐食时间，莉莉安找到了李翰风。从莉莉安走过去的那瞬间，李翰风似乎也感觉到了，她从莉莉安的脸打量到莉莉安的高跟鞋。

莉莉安准备了一下午的对话，甚至还在镜子前演示了一番，谁知道当她走到李翰风面前，李翰风却率先开了口。

"我知道你是谁。实不相瞒，我有在偷偷关注你，看你的微博什么的。今天终于看到你了，真羡慕你呀。"

"羡慕我？"莉莉安疑惑。

"是呀，男人果然还是爱会撒娇的女人。男人还是想要保护欲。"李翰风举起红酒杯，跟莉莉安碰了一下，"我什么都不跟他要，反而不行。"

说完，李翰风便孤傲地走了。

那一刻，莉莉安似乎明白了一直以来她都觉得自己比不上李翰风的原因。女人为什么要去讨好男人的保护欲呢。除了鲜花，女人不需要男人的其他馈赠。

不收男友礼物，比她去学法语更能改变自己。莉莉安庆幸自己没有悔恨得太晚。

现场气氛热烈，杜辛巴与纪婉开始喝交杯酒了。

雪碧正在忙碌，前任的电话突然不合时宜地打了过来。

"我想见你。"

"我在忙。"

"我想见你，出来。"

以前，每每前任发出这样的讯息，就是求复合。每每出现这样的讯息，雪碧都会抛下一切去见他。哪怕他是在天涯，她踩着刀山也会前往。

此时此刻，雪碧站在礼堂中央，她知道，她的自尊心又要开始崩塌了。

她放下了相机，准备最后一次奋不顾身。她告诉自己，最后一次，真的最后一次原谅他。

好不容易下定了决心奔赴你，可是下一秒，雪碧便听到了他的声音从话筒里冰冷地传过来："出来，你忍不住的，你忍不过今晚。你要是不出来，我就每天去找你。"

雪碧醒了。

一切来得太突然，雪碧大梦初醒。那句轻蔑的"你忍不过今晚"宛若一个高高在上的挑衅，企图敲碎雪碧的痴情，让她的每一次奋不顾身都变成了一个笑话。

雪碧挂掉了电话，拨电话给了警察局，将前任的电话抄送过去。"这个人正在威胁和骚扰我。"

随后，雪碧拿起一个酒杯，装满酒，将手机扔到了里头。手机不要了，电话号码不要了，明天就搬家。

"我敬您一杯。"

杜辛巴和纪婉开始每桌敬酒了。

现场连连起哄，丁小冉再次编辑朋友圈，记录现场的一切。谁知道刚点开，便看到了前任发给她的一段评论。

"在工作呢？我刚在商场逛宜家，想到以前跟你一起去买沙发。想着你要是在该多好啊。"

丁小冉盯着那条评论整整十分钟。

然后丁小冉点开了他的头像，给他发了信息："你不是有女朋友了吗？她知道你评论我朋友圈吗？你不怕她介意吗？"

"别提她，我被她烦够了。你比她好太多了。"

"你永远拿现任跟前任比，觉得过去的更好，你有病吧？"

"我想你，觉得你好还有错吗？"

"是吗？我有句话要跟你说。"

"什么？"

"去你的。"

丁小冉恨透了他。丁小冉后知后觉，她被前任害惨了。在前任心里，分开了的总是最好的，现任再好也不如前任。

丁小冉终于找到了自己心魔的源头——

她忘记受过伤害的人，也会想以同样的手段去伤害别人。之所以一直拿男友跟前任比较，都是沿袭了前任的臭习惯。

就在此刻，丁小冉无比想跟男友结婚。

10

杜辛巴和纪婉端着酒杯，朝芭乐走过来了。

芭乐僵硬地黏在座位上，不敢去看杜辛巴的脸。大家举起酒杯，所有人祝贺杜辛巴和纪婉，一饮而尽。

纪婉俯下身子，跟芭乐耳语道："我是杜辛巴的初恋，后来辛苦你照顾他了。真心感谢，他长大了。"

欢乐中，灵动的奏乐再次响起。

丁小冉四处寻找芭乐的身影，看到芭乐朝洗手间的方向跑去，于是安心地继续照顾来宾。

芭乐坐在马桶上，痛痛快快地哭了一场。

这么多年，原来我才是那个替代品。

到此为止，芭乐终于经历了失恋的最后一个病症——觉得前任还喜欢你。

这下，马拉松全程跑完了。

多图杀猫志

1

"你知道'多图杀猫'吗？"

二十世纪九十年代中期，互联网开始在中国创建。自从互联网如同一只硕大的昆虫被融嵌在时光的琥珀里，人类的世界便无时无刻不在被各种信息交合轰炸。好似为了吸引你的注意，一张主页面也有各类迥异信息夹杂其中——"泡妞秘籍请点我""阳春第三门诊部""英语不好怎么办"类似广告充斥你的眼球，争相挤进来。

人类的世界拥挤了。

到了二十一世纪初，以拨号方式的上网开始在中国城市流行，与之衍生了"多图杀猫"一词，仿佛也成了那一段岁月的代名词。

猫，即调制解调器 Modem。因猫在上网时最大带宽过小，图片较多造成页面载入量较大，需要较长时间载入，而导致电脑死机造成猫的断线，网络中断。"年轻人都不认识这个词咯。"八零后怀念起那个时代眼里总是熠熠生辉——

"这还是我跟你第一次对话时，我问你的问题呀。我还记得 2002 年的一天，我花了一个月的工资六百多元买了 56K 的猫回家兴奋得睡不着。以前上网可是大事，要经过家长的同意，拨号时那个期待哟。好怀念呀，一提起这词就会想起那时候，就跟想起你一样。"

这是个起风的夜晚，我和晴哲在异地的山顶上谈情。悬崖下，山庄寥落的灯火在黑暗中像一只只猫的眼睛，鬼魅般地窥探着这一切。下过雨的山顶还渗透在潮湿的空气里，几分钟前，晴哲在磐石块上成功地崴了一脚，身体颤颤巍巍地前倾着，一只手搭在就近的树枝上。"好险。"我一声尖叫，随即又努力使自己的血液冷却下来。在晴哲示意他需要我去拉他一把之后，我问了他那个问题，你知道多图杀猫吗。

时候到了。

这是我跟晴哲最后的一次旅行，我想要在旅行中把他杀死。我设想过很多种不够完美的场景，安眠药或者车祸再者溺水，可现在这场景是上帝赐给我的最完美的一种。我只需把手耷拉在他的肩膀上，轻轻地一推……

"你就是我的一整个年代。"按照他说情话的习惯，接下来本该是这样恶俗却能够打动我的一句话，可此时晴哲的语气在我听来更像是一种求饶……

——"Kap，亲爱的，你快拉我一把，你想杀死我呀，嘿嘿。"

2

十八岁的夏末，我一个人搬到南方的海滩城市就学。刚到大城市，分不清街道的南北方向，在偌大的校园里也会迷路。因为在地铁附近的杂货店找了一份兼职，下班时通常接近凌晨，所以在郊区租了一个单身房间，没有住在有门禁的六人床寝室，人际关系简单。

单身房间有一个大窗户，湛蓝的天空感觉触手可及，偶尔还会感觉有咸咸的海风吹进来，跑进我的被窝。窗户外的不远处是一所幼儿园，每天清晨孩童的嬉笑声以及歌声都会像太阳一样升起来，星期一会升国旗，星期三会举行朗诵比赛，星期五会进行本周十佳盘点。

养了一只猫，叫美丽的大胖。是的，要加上前缀，美丽的。美丽的大胖喜欢在窗台忧郁或者悲伤，挠着爪子晒太阳或者羞涩地大小便。星期二与野猫对望调情，星期六会在窗台与地板来回跳跃锻炼平衡力。"你真讨厌。"它当然毫不理睬。

早就摸索到生活的规律啦。

有一天，清晨的阳光透过没有拉严密的窗帘漫进来，屋子里一片白花花。窗外闹哄哄的声响此起彼伏，跟锤子一样敲呀敲的。我惺忪地眯着眼睛，拽过床头的日历迷糊地一瞧，星期五。"本周十佳盘点""大胖在床脚睡一天""给妈妈致电"我嘟囔地想着，"没有喧闹这一条，发生什么事了？"

侧耳一听，声贝陡然升高了！

"一，二，三……"

"漂亮的 Kap 小姐，有人喜欢你呐。"

一字一顿地，是在叫我吗？

"一，二，三！"

"漂亮的 Kap 小姐，有人喜欢你呵。"

　　我抖擞着脑袋蹿到窗台前，猛地拉开窗户一瞧，幼儿园的孩子们每人手中捏着一个红气球，乖乖地排成爱心形状的队伍，朝我笑。美丽的大胖激灵地蹦上来，跟我一样趴在窗台上高高地伸出头凝望着，傲慢地喵叫起来，像在说"瞅见没，真是不可思议呀"。

　　我错愕地瞪大眼睛，俯探四周，迎上了楼下那张仰着的脸。"看见了吗？"陌生男子露出牙齿，认真地看着我。良久，我缓过神"唔"了一声，随后孩子们手中的红气球被放跑了，咻地一下飞了起来。

　　一团红色，飞翔，飞翔，飞翔。

　　……真的是不可思议呀。脑里大概有几分钟的卡壳在思考这名素未谋面的男子是不是找错人了。"阿姨阿姨，快点接受晴哲叔叔。"幼儿园的铃声响起来，片刻，孩子们从嬉笑声中背出这句话。

　　我惊讶地捂着嘴笑，终于鼓起勇气与那名男子对望，指着不远处的孩子们——

　　"怂恿他们给糖果了吗？"

　　"什么？我叫晴哲叔叔，不叫唐乐。"男子侧耳喊起来。

　　我笑出了声音，朝大胖一看，今天的大胖竟然反常地在窗台上睡着了。邻舍都被吵醒，纷纷挪开自家窗户察看，空中还隐隐约约在回旋着那句，快点接受晴哲叔叔。

　　我感觉自己还在做梦，只是今天做了不一样的梦。

　　后来听说，早在之前就见过晴哲。那是还没到杂货店打工前的一段日子，自己急于找到兼职工作，曾到一幢大厦面试过一个助理的岗位。那时膜拜了关于面试技巧的网页，并紧紧地记得了"随机应变"与"兵来将挡，水来土掩"一条。

　　可是当天看着排队面试的人群，竟紧张得胃部灼热。面试过程当中脑袋压得极低，不敢正视四位考官，只是提着耳朵听见一句："你知道'多图杀猫'吗?"

怎么办——

兵,来,将,挡。

"你好,听见我的问题了吗?"

"知……知道。"屏住呼吸,"多图是十九世纪法国文学作家夏多布里昂笔下的一名人物,患有偏执型人格障碍,有一天多图的家里闯进了一只流浪猫……从多图杀死猫的故事讲述了家庭因素对成长的重要性。"

我一气呵成地捏造出一个连贯的故事后,面试现场鸦雀无声。我抖着眼皮抬眉窥视到最右边的面试官傻愣着脸,陡然嗤笑一声。

就真的爆发出一阵哄笑。后来我就放空了脑袋,听不太清大家在讲什么,只是听到有人点评"这孩子应变能力还是不错的""应该读了很多书"还有"真是可爱"。如果当时抬头,就能看到坐在中间的晴哲了吧。提了问题又如此点评好让自己下台的晴哲。最后,当自己被提醒所招聘的是全职性质的岗位后,就一溜烟地跑掉了。

真该改改马虎的性格呢。

晴哲是一名 IT 业技术人员,当时正在招聘一名全职助理。后来,在地铁口的杂货店兼职后,晴哲常常能在出入地铁口的空当见到自己。听说,是自己经常为地铁口的乞讨者送水给他留下了深刻的印象。还有一次是晴哲作为企业讲师到学校讲课,上课铃响起不久,我抱着一沓资料走进教室。刚踏进门,并没有注意到讲台上捣鼓电脑的晴哲,身后便有同学瞧自己走错教室大声疾呼:"Kap,设计系在隔壁。"

其实并非走错教室,而是中午在食堂的座位上拾到遗落的资料,根据班级信息找到恰好在隔壁上课的失主,于是赶着铃声踏进教室。"真的谢谢你,我一直在找。"同学道完谢,交过资料我便马上退出教室。

　　大概就是在那个时候被晴哲查到了姓名还有班级吧。所以，是见过晴哲的呢，只是与晴哲真正对话的时候，已经听到对方——

　　"我需要一个兼职助理，打理生活的那种。"

3

　　从那以后，很长一段时间里，我都还能清楚地回忆起晴哲的良苦用心。晴哲如何在人头攒动的地铁口假装点一根烟，佯装懒散地朝杂货店里一瞥，瞧我是怎么搬完那一箱又一箱的牛奶。晴哲如何从学生那里旁敲侧击到我的姓名还有住址。晴哲如何在清晨说服幼儿园的老师，给孩子们带来整套整套的玩具。

　　所以，爱好浪漫与擅长感动的十九岁，我谈了一场恋爱，与年龄相差甚大的晴哲。原本毫无波澜的日子，似乎多了几抹不同的色彩。有时候会想，生活的蜕变难道是源于恋爱吗——

　　似乎开始懂得关心身边的人的生活，开始懂得要为晴哲做一道美味的菜肴，然而却做不好，十九岁的自己根本不懂厨艺。主动为晴哲打扫房间发现水龙头漏水却不懂修，灯罩蒙灰却不敢蹬在高椅上，还是得寻求晴哲的帮忙。在晴哲的劝说下经常回六人床的寝室给室友捎带零食和水果，却发现无论如何再也融入不了她们的世界了。

　　"你倒是得学学啦。"晴哲偶尔会满不在乎地咂嘴道。

　　一直引以为傲的自强不息还有自主独立的品行，在与晴哲谈恋爱后，发现一切都是那样的差强人意。

　　"喏，学学元子啦，元子就是个好助理。"

　　所以，生活开始进入了不知所措的轨道。当面对充满红色气球的突如其来的早晨不知所措，当面对突然闯入我与晴哲之间的元子时仍然不知所措。作为虚拟的助理，我在与晴哲谈恋爱。而时常与晴哲在一起生活的，却是真实的助理元子。说我在打理晴哲的生活，还不如说是元子在打理晴哲生活的点滴。

于是，我与晴哲最后的一次旅行开始了——

爱一个人为什么不能忠贞呢？寒冷的冬夜手里握着一碗热气腾腾的浓汤，用一把勺子把汤水盛进嘴巴不是永远都能够温暖人类的心窝吗？用两把勺子喝汤或者交替着勺子喝汤，不会觉得很奇怪吗？晴哲当然不会知道这将是我们之间最后的旅行，就跟他不知道我已经得知他与元子之间的情愫一样。

"记得我们上次旅行也是吃过这道菜哦，豆蔻奶汁还有蜂蜜果丁，叫爱情菜呢。"此时对面的晴哲正在打量餐桌上的菜谱，不时加以评价，最后还提起："元子做这道菜的时候老是糖盐不分。"

"那你吃得还习惯吗？"我带着酸气揶揄着。

"哈哈，怎么跟助理过不去呀。"似乎能听出不满。

早上坐班机时，由于差点误机，晴哲的嘴里蹦出一句，怪元子没有准时提醒我起床。在我一句"怎么连这种生活细节都这么周到"后，晴哲便哑口无言。很多这种时候，提起那位我从来没见过的人，我就萌发要把晴哲杀死的念头。那一刻，那一分钟，甚至是那一秒。

就是在生活中开始频繁地提起这个名字后，露出了端倪。

而第一次开始产生这个想法并且开始密谋杀死晴哲，是在一星期前的那个夜晚。那晚的晴哲没有等我下班，于是我下班经过晴哲的家并打包鸡汤给送上去。转动钥匙打开大门，没有见到晴哲，可是卧室传来细微的说话声还有笑声。

"不怕被 Kap 知道吗？"

我把耳朵贴在房门上，听着里头暧昧的谈笑，然后僵死在门前。

那一定是他们开会议开得笑出声音了，我心里这样说着，踱出了晴哲的家。可是，当回到家洗澡时，不争气地一边哭泣一边用脸迎着喷洒头洒出的水，缓慢地蹲下去然后哭出声音。

晴哲怎么会骗我，晴哲怎么会是这种人呢——"杀死他。"

一星期后的某个夜晚，晴哲又跟我吃了一次爱情菜，然后来到了山顶。我们若无其事地谈天说地，跟往常一样，晴哲负责机灵，我负责迎合。直到晴哲在山边失步，险些坠落悬崖，只差我轻轻地一推。

我双眼空空地瞪着晴哲的后背，他后背倒像长着眼睛，再次打着哈哈，你想杀死我呀，嘿嘿。

终于，我伸出了手，笃定却又颤巍巍地搭在了晴哲的肩膀上。

4

夜深了。山区的雨无可避免地下起来。

我淋着雨一直往前走，还尚存着晴哲的气息的旅店已经开始被树林遮挡住，隐约发出不够明亮的光。我拖着行李箱，急促地来到一家复古式旅馆，木板踩上去都是咯吱声，像踩着一具干瘪的尸体。走廊的屋檐下摆放着竹筒，雨水落在上面发出清脆的声响，滴答滴答。我安放好行李，踱到了种满竹叶的后院，冷静地坐在廊边……

听着雨声，然后莫名其妙地恸哭起来。

我感到冷，抱住膝盖才察觉已经快要进入冬天了。"秋天快过完了呀。"冬天来了，那件晴哲送给我的大衣还落在他家里，以后也不会有晴哲拿着热咖啡在地铁口等我下班。

突然呼地一声，廊边有窗户打开，房间里亮起了灯。一颗脑袋悠悠地伸出来："别哭了，隔音效果不太好。"

我吸了一口气，没有说话，也没有办法完全止住泪水。

"怎么啦？男朋友死了？"

自以为是的幽默反而让我的哭腔倏然扩大，更加号啕痛哭起来。我极力控制喉咙里攒动的液体，意欲起身离开之际，对方扯开喉咙："开玩笑的，你哭什么大概可以跟我说说，反正已经睡不着了。"

"死了。"我哽咽着说，"男朋友死了。"

"什么？"

"你知道什么是爱吗？"我抬起满是鼻涕泪水的脸，认真地看着那张逆着光线的脸。

对方挠起了头，过了一会，唔了一声："不……不知道啊。"

我当时的脸非常扭曲，哭得拧在一起的五官舒展开来又弹回去，最终还是忍不住笑了起来。他也跟着笑。

"你笑什么？"我问他。

"你蛮可爱的。"

"你知道多图杀猫吗？"我拍了拍脸，放慢语速，特意强调了那四个字。

"多图是个人吗？为什么要杀猫，猫多可爱呀。"

我舒展了眉毛，虽然感觉有点头晕但还是捂着嘴笑了。我差点就跟他胡诌多图是文学作家笔下的一名人物——

"你看上去应该知道以前太多图片会杀死解调器呀。喏，在我看来，这就跟爱情一样，太多人，有了第三者就会杀死很多东西。"我一本正经地说。

"骗你的，笨蛋。我知道猫啦，不过另外一种真实的猫更有趣哦。有一种狸猫，斑纹美丽，极其妩媚。这种狸猫很神奇，善学声音，爱恶作剧，喜欢在窗外学男主人的女同学、女同事等声音，引女主人疑心吵架，引以为乐。这种猫像不像你说的第三者？"

"真的会说话？骗人的吧。"

"是真的，我这次旅行就是为了去看这种狸猫。就在明天，有个寺庙展览这种猫的皮毛及标本，还有抓猫大会，可以一起去哦。就在南山。"

"那你叫什么名字？"

"我叫树，可以叫我树先生。"

"阿树。"

在准备返程的前一天夜晚，就这样认识了阿树。阿树是十分狂热的旅游爱好者，喜欢自由的工作时间，于是成为一名网店卖家，随时准备朝远方出发。后来，见过阿树小腿处的一枚文身，类似老鹰的一双翅膀。大概是自由的意思。

当晚，听阿树聊了很多旅行时的趣事，当我感叹世界真的好奇妙时，阿树说，人一辈子不要一直把眼光放在人身上。阿树没有多问我为什么伤心，而是一直在讲述他遇到的趣事来开导我。哭过后的脑袋还有眼睛十分胀痛，末了听阿树的劝回房间洗了个热水澡，吹干头发竟沉沉地睡去。

第二天清晨，我做了一个噩梦。我的双手被绑在了悬崖的一棵树上，悬在空中奋力地尖叫，双脚一直乱蹬，最后一只鞋子绝望地脱落下悬崖……我满头大汗地惊醒，听到了阿树的敲门声，他喊，"Kap，该醒醒了，该醒醒了"。

接着，便开始了与阿树的探索狸猫之旅。

旅行还没结束。

5

"看见没有，那就是狸猫的皮毛。"

山脚的寺庙里，有一间密室的正墙上挂着一张动物的皮毛。它的毛发不像一般山猫那样呈棕褐色，更接近雪狐的光亮雪白，妩媚至极，像一件裹着丝绸布的保暖衣。密室里头围着限行的警戒线，旅客们围在外面饶有兴趣地拍照。

"是雪狐，是勾引人的雪狐精！"我稍有点激动地拽过阿树的手肘，嚷嚷道。

"不是啦，只是有点特别的狸猫哦。在这里，这种狸猫带着神奇色彩，不过刚才听人说，狸猫的标本被盗走了。话说狸猫的皮毛带有一种力量，不知盗窃者是福是祸呢，我想大概卖得了好价钱，要么就莫名被困在山里走不出了。"

"别说了，好可怕。"

"不过抓猫大会还是进行着，要上山，说是抓猫其实也就是探索啦，能亲眼见到已经很了不得了。传说见到狸猫能为爱情祈福，Kap，我们要上山吗？有点危险不过相信会是一次难忘的经历哦。"

"抓……抓狸猫吗？"

"抓狸猫！"

晴哲死去的第一天，阿树拉着我的手，来到山麓的一处入口。浓密的树叶树枝间硬生生地腾出了一条小道，幽深至极，此时山区又下起了毛毛雨。就在我和阿树套上雨衣之际，我的手机响起，收到一条陌生号码的短信：我是助理元子，晴哲的电话联系不上，按照返程计划今天应该回来，有重要会议要开，麻烦速回我。

"看什么呢？"阿树弯下身子，眯眼睛盯着我。我抿着嘴摇摇头，没有说话。阿树浅浅地微笑，用手轻轻地按住我的头："害怕吗？"

我侧眼盯着幽深的入口，想起晴哲身边的狸猫，扳过脸认真地凝视阿树的眼睛。阿树的眼神让我坚定起来，斩钉截铁地说："不怕。"

"准备好咯，刺激的旅程开始啦。"掠过入口徘徊的人群，阿树拉着我的手笃定地走进去，"拉好手哦。"其他人犹豫着也跟风开始涌入，身后的脚步声多起来。像侵犯一块神秘的地盘，一群人开始步入深山。

幽静的山林里潮湿又充斥着雨水声，树冠十分粗大，树枝茂密，身临其中像走进了无止境的夜晚。一路还有鸟兽的叫声，偶有岔道立着标示牌：山林一千米，山猫出没，危险。

经过一座破败的残桥，只允许一人缓慢地前进，摇摇晃晃。看着我恐慌的眼神，阿树竟把我背了起来，一步一步地挪过去。雨水从我的帽檐一股股地流下来，滴在阿树黄色的雨衣上，像泛着光的针，一根又一根。我紧紧地贴在一面之缘的阿树背上，泪水轻轻地流出来便被雨水吞没了。

山林两千米，山猫凶猛，禁止进入……

越往山里，人群便越发稀拉了。偶尔能听到身后旅客的埋怨："哪里有，还是没有见到。"当我跟阿树察觉雨水还有风开始大起来的时候，所有旅客已经分散了。

"阿树，怎么办，像要下暴风雨了。"我满脸雨水地喊阿树，山林里急速地暗沉下来。

阿树看着我的脸，再抬头望向深渊般的天空，再次抓起我的手："不好，秋末天气转化太快，暴风雨真的来了，我们快走。"

"啊——"突然山林里划起一声锐利的尖叫。是其他旅客嘶喊的声音，又一声叫喊回荡起来。"特种山猫！狸猫！"滂沱的雨水声中泛起嘈杂的喊声，随即，尖叫声拧成一团，然后便是混乱地跑动的声响。

轰隆隆。

"人群不该分散的！Kap！抓好我的手！"周遭被拉进了恐惧的气氛，阿树带着我准备往回走。就在这时，我感觉脚踝有东西蹿过，我边回头边嘶叫。一抹白色还有一双黑暗中发着亮光的眼睛一闪即逝，投入了茂密的丛林。没有祈福的念想，脊背顿时一片冰凉，头发剧烈地发着麻，急促地喘着气。"阿，阿树……"

"怎么了？没事吧，Kap！"阿树揽过我的手臂。

"没事，我们快走！"我扯着哭腔握紧了阿树的手，一路狂奔，雨声、风声、鸟兽声、跑步声全部敏感地掠过耳畔。心脏像要跳出身体般，砰砰砰地敲击着胸腔。当我们突然止住脚步的时候，几乎有几秒的时间整个人掐住了呼吸——

残破不堪的铁索桥，被惊恐侵蚀的旅客们慌乱地踩过，木板破损，断开了……

"尽管两边相隔不远，但没有桥完全出不了山林。"我缓缓地回过神，崩溃地瘫下去，嚎啕声再次被山林吸走。

"冷静下来，我们不能崩溃，Kap。"阿树蹲下来紧紧地抱着我的双臂，试图让我冷静。

我们从湿透的背包里小心翼翼地掏出手机，不是沾了水就是没有信号。暴风雨就是有点麻烦，阿树嘟囔起来。被安抚许久后，我与阿树才重新往山里走，企图找到停驻点。可是那个时候，我已经被吓得不轻了。

脑海里一直停留着那抹白色还有那双发光的凛冽的猫眼。

6

窗台上跳起一只雪白的狸猫，瞪着两个发光的眼睛直勾勾地盯着我。嗖地跳到我的床上，哀怨地叫我的名字。我无法动弹地张大瞳孔，看见晴哲伏在我的身上，伸起爪子朝我的手臂上轻轻地划了一道。他笑了，又划了一道。我尖叫着喊："不要！不要！不要……"

我做了一个梦，扯着喉咙弹起来，全身冒着冷汗。"没事吧?"阿树醒来，转过身，被我反射般地抱着。我全身都在颤抖，崩溃地哭出声音来。

"怎么了 Kap?"

"报应，是报应呀。"我用手捏紧了阿树的衣袖，呜呜咽咽地说。

"什么?"

"桥断，暴风雨，被困在山林，都是报应呀!"

"做噩梦了吧?"

"晴哲回来找我了! 晴哲变成狸猫回来找我了!"我伸缩着腿，惧怕地环绕四周察看。

"晴哲是谁? 那是梦呀，没事的。"

"不，应该是元子回来找我的，元子才是狸猫!"我已经悲伤到胡言乱语，哽咽地抱着阿树。

阿树拍着我的背，再没有试着与我说话，而是安静地把我揽在怀里，让我安静下来。山顶有一间没有人住的破屋，屋外的雨还在狂妄地下着。

"没事的，笨蛋。"过了好久，阿树终于说话了，"你看，山顶还有屋子，不是没有绝路吗。没有了桥还有屋子。无法淋着雨走过桥，却能在屋里避雨。这些都只是旅行或者人生中很小的困难之一哦，你看，明天雨就会停，暴风雨通常不会持续很久。我们下山打电话，有人来营救。接着我们就坐飞机结束旅途回到之前生活的地方，这可不是梦哦。"末了，阿树补上一句，"可惜的是，没亲眼见到狸猫。"

我稍微缓和下来，吸了下鼻子，说:"其实我见到狸猫了，在山林里往回跑的时候。"

"真的? 祈福了吗?"

"吓得不行。"

阿树笑起来。

"还会相见吗？"

"嗯？当然会，下一个暴雨天吧。登机前务必要留下你的电话号码，然后一直联系。因为呀，估计你这次吓得不轻，要是有什么后遗症，我好弥补。"

"是这样的原因呢？"

"嗯，还有……大概就是我挺喜欢你的。"

7

一个多月后的北方已经下起了雪。

我从海滩城市坐火车来到了阿树所在的城市，抖了抖羽绒服上的雪花，轻轻地敲了门。"亲爱的，瞧瞧我是谁。"阿树露出错愕的表情，然后有点勉强地笑起来："怎么不提前说声就来了，而且刚好是今天呢。"

"怎么啦？"我的脸暗沉下去，撇住嘴。

"没事，明天会有新的一轮暴风雪来袭，可能无法出去玩咯。而且今晚已经跟一个朋友兼小客户约好时间谈东西，可能不能陪你，得自己先睡哦。"

"唔，是这样。"心里有点小沮丧，但想想确实是自己没有提前打招呼。最后，尽管每天与阿树电话联系，但还是进屋跟阿树兴高采烈地聊起天——

已经很少会再刻意地想起晴哲，以及关于晴哲的事情。

到了夜晚，我在家里看电视，阿树出去与朋友见面。本地电视频道的右上角在预告，明天将会有新的一场暴风雪来袭，出门应注意防范暴雪。我起身来到窗户张望屋外的雪花，再次挂念着阿树今晚回家是否会遇上大风雪。"阿树带伞了吗？"我躺回床上突兀地想着，随后迷迷糊糊地睡着了。

一阵敲门声响起来，阿树出门没有带钥匙，正在门口喊我的名字。我摸索着瞄了眼时钟，凌晨两点半。阿树红涨着脸，一开门便摇摇晃晃地倒过来，喃喃道："Kap，我喝醉了，Kap。"

阿树已经醉得神志不清了，开始胡言乱语，间歇性地喊叫。"谁送你回来的？"我问阿树，第一次碰到这种状况突然手足无措，"哎呀。"我把阿树扶到床上，开始检查他有没有遗落钱包还有手机。

"对不起，Kap。"阿树突然又呢喃起来。

我一愣，听着愧疚的语气，有那么几秒钟我想起了晴哲。那个旅行的夜晚，我的手搭在了晴哲的肩膀上，惊恐之余，把他扯回到安全的地面。然后，双手从后抱住晴哲，无声地流着泪。"你差点死掉。"就在这时，晴哲仿佛知道这是最后一次旅行般，低声下气地跟我道歉："对不起，Kap。"

即将二十岁的我能做什么呢？即将二十岁的我，还天真地认为我可以守住爱情的忠贞。一度地认为背叛我的人就得死，晴哲，特别是元子，早就已经死去。一度地认为"真想把你给杀了"就是"我要把你给杀了"。一度地认为只要有人做出牺牲就能保住爱。一度的认为最后只换来无可奈何。

凌晨的房间里，我偷了晴哲的护照、身份证、钱包还有手机，离开了旅馆。我在山边，把它们一股脑地扔进了悬崖，然后淋着雨水逃走。

"死了，都死了。"那时的我咬着牙，像听见尸体破碎的声音，报复晴哲以及我们夭折的爱情。

阿树又难受地喘着酒气哀号，我迅速从回忆中抽离，应付他："没事，我在家看电视呢，是我自己没有先说我要来。"

"对不起，Kap……"阿树开始喊叫另外一个人的名字，"××，把空调开大一点。"

"什么？谁？"

"××，把空调开足一点。"

是送阿树回家的朋友吗，我察看阿树的手机，点开几条未读短信，顿时便被掐住了心脏。其中一条显示：

今天身体基本完全康复了，后天就能回家啦。听说会急速降温，注意保暖哦，赶在暴风雪前应该就能到家了。这几天想了太多，记得我们相遇也是三年前的冬天，三年了。我曾以为身体不会再好起来，还记得你曾听闻传说，一定要去那里帮我祈福，真是任性。不过，我确实好了。

结尾附着一个微笑的表情。号码名称显示为，女朋友。

原来阿树早有女朋友！

我呆若木鸡地握着手机，嘴唇或许因为屋里暖气不足而颤抖起来。我说不出话来，缓缓地闭上了眼睛。我笑起来，晴哲在后来也曾给我发过一条短信，他写道：元子曾经是他的未婚妻，因为家长因素分开过，他遇到我，可是没想到元子后来又回到他身边，辞掉工作甘心做他的助理。

谁还去理会这些事情呢，唯一庆幸的是晴哲居然能够背诵我的电话号码，以及短信结尾晴哲说的最后一句话："你已经报复到我了，你真任性，无理取闹。"

我任性，我无理取闹，可是此时的我却无法动弹。成年人的爱情法则到底是怎样的呀。

我想要让阿树解释清楚，可是此刻的阿树已经朝着地板低头呕吐起来，酒气开始在房间里弥漫。我真的无措起来，我终于知道我为什么总是输给我看不见的情敌。我或许能给别人带来欢乐，可是我还无法给别人带来实在的存在。

我什么都做不了。

我学着阿树，紧紧地握住了他的手，给他递纸巾还有为他拍背。最后阿树喃喃自语着倒在了我的手臂上，鼻息渐渐地安稳下去。

我要在暴风雪前离开这里，阿树的女朋友就要到来。当晚，我没有再睡。阿树枕着我发麻的手臂沉睡，我不动弹怕弄醒他。我只能盯着窗外的天空，希望它不要泛白。可是清晨终于还是要到来，我把手臂抽出来，给阿树盖好被子，为阿树清除气味冲天的秽物，再到厨房清洗了水槽里的所有餐具，收拾完毕最后拎着所有的垃圾袋出门。

这是我最后能为阿树做的事。

风开始灌入我的大衣，雪花布满了我的口罩护耳还有帽子。新的暴风雪真的像预报的一样，迅速地来临了。我跟跟跄跄地走着，踩进一摊又一摊深雪，却还是崴到结冰的雪块栽入了雪堆里。扑哧。

我倒在雪地里，捧起了一手雪，用力地吹一口，然后抬头流出了无声的泪水。我想，来年春天世界会是怎样的景象呢？美丽的大胖还在家等着我吗？杂货店的工作还会繁忙吗？

"妈妈你看。"一辆私家车经过，小孩子探出头，指着我兴奋地喊叫起来。

我低头看见我的手长着绒绒的白色毛发，我动了动爪子，手里的雪花便纷纷掉落。我的身体也长着丰厚的绒毛，泛着亮色的光泽。还有我的尾巴，尾毛十分蓬松。

"狸猫，我变成狸猫了！"

我欢快地叫起来，用尾巴蹭了蹭我的耳朵，转过身，朝远处偌大的茂密的森林快乐地奔去……

马累的明日

很多年前的一个春天，我搬家到了马尔代夫的首都，马累。

位于南亚的岛国马尔代夫有着"人间天堂"这样让人向往的称呼，可是当人类对全球暖化开始感到担忧的时候，这些岛屿被计算出最快一个世纪它们就将被海水逐一吞噬掉。科学家警告称，100 年内这里将不再适合人类居住。所以，我所居住的马累是一座正在消失的城市，将来的将来，人间最后的乐园将会消失。

消失，消失掉。

2004 年东南亚海啸像一只大手覆盖了马尔代夫在内的印度洋沿岸国家，灾情牵挂着全球人民的心，袭击着人类的心理防线。马累的岛民更是人心惶惶了。那个时候我还在沙巴读大一，忽然意识到我们的世界到处充满着突发的状况，好比我当初也是被当成突发的结合而来到了这个世界，成了孤儿。

听收养院的一位爷爷说，北方已经开始积雪的大冬天，我被裹在摇篮里搁在院子门口。当时由募捐而成的收养院在冬日里几乎断粮，我的到来就是一个灾难。过不久，雪又开始下起来了。

"当时那叫一个糟糕哟。"深深地记得爷爷那句话。

到我五岁的时候，我开始走出冰冷的收养院，被现在这个"爸爸"领养，顺便帮我改了姓，姓马。爸爸带我到一个南方小城镇生活，再后来，家里添了个弟弟，爸爸亲生的儿子，三个人生活在一起——妈妈离婚后就很少回来了。

随着弟弟长大，我和这个家的血液流着流着就开始渐渐疏离。我忘不掉爸爸对弟弟那种有生命的眼神，一对比起来，骨头都会觉得难受起来。

不知道从什么时候开始，长大后的我也常常被一种遗弃感伴随着。我的出生似乎不被这个世界所欢迎——尽管这样想着，也不会去死掉，就是生活没有什么斗志罢了，很奇怪。

马累这个城市非常迷你，人们出行不是骑单车就是走路。房子低矮整洁，街道上没有刻意铺整的柏油路，放眼望去尽是晶亮洁白的白沙路。花园种满了高大挺拔的椰子树还有面包树。

我一个人住在南部很小的一个住宅区里，每天起床吃过早餐，骑车去那桑德兰酒店做服务员。服务员的工作无非就是系着围裙端高脚杯，给旅客烤鱿鱼，偶尔还会负责跟不会讲英文的中国旅客交洽。日子过得孤独，一个人生病的时候最难受。但也因为过得简单，也就那么浑浑噩噩地混下去。

　　只是对于我来这里生活的决定，爸爸似乎不太理解——"干吗去动不动就可能有海啸袭击的地方住？"

　　很多次他都这样说。

　　记得跟爸爸最后的一次吵架，就是因为我笃定地想要在毕业后搬到马累。记忆里的爸爸还是那副喝醉酒的模样，红着脸梗着脖子，举起筷子使劲地把饭桌的桌面戳得咚咚响。十分粗俗。

　　"你说因为前途要到国外留学我同意，我以为你毕业就会回来！"

　　咚——

　　"可是干吗去随时就有海啸的地方住？会死掉你知道吗！"

　　咚咚——

　　"人不能冷血啊，你死了我怎么办，我怎么办？"

　　那年的爸爸已经五十多岁了，看上去非常的糟糕。曾经在我读初中的时候，爸爸的眼睛还很深邃，做事情气宇轩昂，非常有精神。就在 2002 年，我读高二的时候，爸爸在工地视察被掉落的一捆钢筋砸到了左腿，成了瘸子。

　　成为瘸子后的爸爸仿佛一下子就不年轻了，无论怎么看，身上的帅气都被那条走起路来一跛一跛的左腿所覆盖。从此以后，爸爸喜欢上了喝酒，小喝点脸颊会红起来，坐在饭桌前傻笑，还有点矜持。一旦喝上瘾了就不管不顾，大吼大叫，着实把我们吓得够呛。那时弟弟准备升初中，不明来由就拔张的自尊心使得他连学校的家长会都邀请叔叔代替爸爸去，怕同学说起爸爸是个瘸子。

　　"我不是孩子了，我也有尊严。"弟弟说这句话在我眼里非常矫情和好笑，可是它的宣战人是正在发脾气的爸爸，爸爸顿时像个漏气的气球，软了。可能是幻觉，那段时间我看到爸爸的左腿仿佛更瘸了。

　　那个时候，我早已经搬到学校里住了，只是半个月回趟家吃个饭。我让自己忙碌于学习和兼职，向老师询问所有出国留学的事宜。而就是在每一次回家的时候，目睹了爸爸渐渐堕落的模样。

　　这次回家他只是喝酒，下次回家他已经开始满脸胡楂地摔着酒瓶，再下次回家的时候，爸爸看上去就像是一坨泥浆，可以随便软趴趴地摊在家里的各个角落。

　　爸爸变得邋遢、大嗓门、执拗还有慵懒。

　　"有海啸也没问题，会死掉就死掉吧。"这种话还是没有说出口，看着反对我定居海外的爸爸，一番争吵后我把语气冷下来，"我不会死的，爸，你喝多了。"

　　"你口中喊着爸爸，其实根本是没有感情地叫着吧。比如，像演员叫爸爸。"他一只手撑着脸，肩膀上披着的外套看着快要滑下去，歪歪地斜了一边。他看上去像要睡着了，眼皮疲倦地撑着。

　　我打了个冷战，压掖住不安的情绪说："爸你醉了。"

　　"要不然我跟你一起去，我要住到马累……"

　　"说什么话呢……爸……爸爸？"

　　我端详爸爸，他的嘴巴紧紧地抿着，身上躁动的气息缓慢地冷了下来。他真的闭上眼睛，就那样浅浅地睡着了。

　　在马累住了一个月后，一个周末的夜晚，外面下起了暴雨。

　　出门到便利商店买牛奶时，在回家的路上我撞见了一只猫咪。我左手抱着一箱牛奶，站在街道的这边仔细瞧它。它贴在地上，颈脖处正在流血，血的颜色被街道上的雨水冲淡，却更大范围地蔓延开来。我以为它死了，却瞧见它一副认真想要活下去的模样，撑着身板蹭啊蹭的，终于，看见了我。它奄奄一息，冲着我使劲却又微弱地叫着。

"咪咪。"

我面无表情地看着它，迟疑了一下，最后还是把箱子拆开了，再把牛奶一瓶一瓶地摆在地上，走过去抱起那只猫咪，把它放在箱子里。

我抱着箱子来到了布鲁斯先生的宠物店，急切地敲响了他紧闭的店门。最终布鲁斯先生在看完伤势时冲我说了一句话："估计被碾到脖子了，声带可能受损，以后痊愈了发声会有点奇怪。"

会变声吗。

我看着那只弱小的动物，想着一只小猫咪的叫声如果会变得很粗犷就觉得好笑。

不过，从此我便养了一只流浪猫咪。因为期盼它长得健康，起名叫大胖。

大胖的到来，似乎暂时缓解了我这个单身汉的孤寂。尔后的几天，大胖还是暂时安处在宠物店里，我会在下班后去看它。大胖的脖子包扎着消炎药，脑袋被捆着的纱布往上撑得动弹不得，十分好笑。一个星期后，我就正式把大胖接回家了。

大胖非常黏人，走进厨房它就会在你拖鞋旁边蹭，从厕所里打开门会发现它端坐在地上高高地抬着头等你出来，夜晚会趴在我盘着的大腿上睡觉。"大胖你怎么像只缺爱的狗，你不用抓老鼠吗，你是只猫！"大胖只是看我一眼磨磨耳朵，然后又不动了。

一天最开心的时候，莫过于上班前看见大胖趴在窗台上可怜兮兮地凝视着屋子外的你，还有下班打开门时大胖矫健地朝自己跃过来。

"病快点好起来，就能说话了。"渐渐地，像在养一个孩子。

直到过后有一天，隔壁的亚历山大老先生敲响了我的房门。

亚历山大老先生今年七十多岁了，是我的邻居。有过几次交谈，为我送过几份他亲自烤的面包。为人友善，还很喜欢打高尔夫球，看上去是个非常健朗的人。

老先生也是自己一个人住在马累，老伴已经去世，有两个孩子住在其他岛屿上很少会来看望他。于是他也养了一只猫，叫玛丽。今天，他就是为了玛丽来找我的。他说，他的儿子跟女儿因为生意的一些事情吵得不可开交，他得离开马累几天，希望我帮忙照顾玛丽。

"Please take good care of the pet cat for me！"临走前，老先生给了我个微笑，嘱咐道。

我接过玛丽，朝他点头称是，大胖马上从屋子里跑过来蹭我的拖鞋。

玛丽是只波斯猫，长得一副女王的样子，非常温文尔雅。我躺在沙发上把玛丽放下来，玛丽与大胖这只流浪猫愣愣地对视着，然后面无表情地走开了。不得不说，玛丽看上去真的非常娇贵，毛发蓬松雪白，眼球里的月牙瞳孔长得漂亮。"看来得好好照顾它，因为是亚历山大的宠物，"我在心里这样想着。

大胖毕竟是自己的猫咪，做错事惩罚它也仍然会是一只黏人精。而照顾玛丽真的是心有戚戚然，总害怕照顾不周。"大胖，你是男生，"我摸着它的头，一边把它从睡觉的软毯抱出来，"所以给玛丽住吧。"

大胖被我从它的专属地赶出来，蹲在地上郁闷地看着我。我仔细瞧它才察觉，大胖的伤口似乎就快要痊愈了。

可是三天过去了，亚历山大老先生还是没有来接玛丽。到了第四天的时候，马累开始狂风暴雨。这次的天空是彻底地暗青下来了，岛上的海风疯狂地卷起来——

2010 年的印尼海啸就是在那个时候来了。

印度尼西亚的明打威群岛附近海域发生地震再次引起海啸，所幸的是马累所受影响并不大，只是下了几天的大暴雨。那几天，城市时不时断电，信号出现错乱。

暴雨过后的早晨，街道上散落许多枯败的树枝树叶，有点狼藉。出门准备买点东西的时候，我看到邻居家阁楼的窗户是开着的，不禁想："亚历山大回来了？"

我抱过玛丽，走过去敲门，并没有人回应。绕过屋子到厨房的后窗户往里察看，瞬间便瞪大了眼睛，发现老先生倒在了厨房桌子旁边。我使劲拍打窗户，举起地上的盆栽把玻璃砸烂了爬进去。

"Alexander？"我使劲摇晃他，玛丽跳在了他的肚子上。我察觉什么似的突然停下了动作，愣了几秒后，用微颤的手指缓缓地凑在了他的鼻孔处……一股恐惧感像电流般袭击了我的身体，我打着冷战感到前所未有的惊慌。亚历山大老先生死了。

亚历山大为什么就死了！

我几乎是要哭出来地拨打了警察局的号码，失魂落魄。待到警察局的检验官们把亚历山大抬出去的时候，我在自家的门口抱着玛丽感到前所未有的无助。亚历山大就这样孤零零地放在一个支架上跟物品一样被搬走了。

在录完口供的路上，丧失气力的我满脑子想起的都是检验官的话。他冷冷地说："感谢通知，我们已经联系了他的亲属。亚历山大老人已经死去很多天了，心脏病发。"

我的脚步非常沮丧，我感到难受。亚历山大好好健朗的一个人为什么突然死了？他不是去找家人了吗？玛丽，玛丽怎么办呢？

我莫名心灰意冷起来，回到家打开门，似乎第一次认真地审视自己的生活。沙发上凌乱地扔满了衣服，餐桌上摊满的餐具还没有清洗，电视里的新闻台还在无声地播报着灾情，茶几上的手机没电几天了都从来没有充电。是这样没目的的，感觉什么都不在乎的生活状态。

可是，是什么时候变成这样的呢？

我把手机插上电，看见玛丽像什么事都没发生地在窝里睡觉，大胖走过来停在我脚边盯着我。我拿着猫粮蹲下去……"会不会跟亚历山大老先生一样呢，没人理睬，死去几天也没人发现，"我喂给大胖猫粮，"孤独死。"

大胖顿了顿，抬起头，痊愈的喉咙发声了。浑重的一声猫叫——

"你。"

"什么？"

"你！"

我的脸刷地红起来，拍打大胖的脑袋："笨蛋！笨蛋！"

莫名地，就被洪水般的悲伤所笼罩。

就在这个时候，刚充上电的手机突然急躁地响了起来。寂静的房间被瞬间爆发的声音充斥着。我惩罚大胖，收起猫粮，手机刚接通便是压抑的哭腔和劈头盖脸的一顿臭骂："你还认得我这个爸爸吗你！作孽！我以为你死了！"

"我以为你死了狗崽子！住在什么鬼地方住在什么鬼地方！"

…………

话筒里再传来的，是爸爸的哭声。

第一次见到爸爸哭的样子，也是在我五岁的时候吧。

那一年是我人生的分界点，在此之前，我所拥有的世界只是收养院的几面墙还有门前的一条河流。住在一个晦暗的毛坯房里，天花板上有一小块玻璃让阳光照进来，每天睁开眼醒来就盯着头顶的那个方块孔发呆。每天看着其他孩子在院子里的树下玩弹珠，从夏天玩到冬天。院子里不是孩子就是老人，大家只会方言不会讲普通话。

收养院的爷爷说，爸爸一眼看上我，这是缘分。哭闹的我不肯跟爸爸走，爸爸拽着我上了车，一路对着鼻涕横流的我说："我是你爸爸哦，我是你爸爸。"

爸爸把我从贫瘠的土地带到了一个小城镇，我才知道世界原来还长着另外一张光鲜的脸。街道上的店铺有挂着霓虹的牌子，有人围在水果摊前挑水果，烧烤摊正在冒着烟雾。穿梭在路上的摩托车和自行车朝我们按喇叭，我就躲在爸爸的身后，惊讶地看着那一切。忘记哭了。

爸爸走到哪我就跟到哪，最后到了家。

开始有人让你坐在桌子前一起吃饭，给我摆筷子。开始有人给我慢慢地洗个干净澡。也开始夹在爸爸和妈妈的中间睡觉，最后在妈妈讲述的童话里睡着。

简单的，其他人都觉得习以为常的这些对待，却是我的新世界。

除夕夜的时候，爸爸带我到街上买气球。就在爸爸付钱的空当，我被人贩子拎着蹿进了人群。后来的记忆是，被警察带回家的时候，看见家里挤满了邻居还有亲戚。在街上跟人贩子纠缠的爸爸磕破了脸，被亲戚们围着数落，一脸愧疚得好像写着"我已经努力了"。他憋屈着脸，没有说话，就在见到我的时候，爸爸朝我扑过来紧抱着，就在众人面前瞬间哭了起来。

"爸爸以为你丢了！"

我被愣愣地揣在怀里，爸爸的胡楂就贴在我的脸上，耳朵里都是他浑重黏糊的哭腔。

在那以后，就再也没有见过爸爸哭过。跟妈妈离婚的时候没有哭，成为瘸子的时候没有哭，直到弟弟死了爸爸还是没有哭。

爸爸只是张着口摸着弟弟的脸，哀号他的名字，一遍又一遍。

那已经是我大一时的事了，就是 2004 那一年东南亚海啸爆发期间，弟弟从凌晨的网吧里出来遭遇抢劫，被捅死了。或许就是如此，没有联系的两件事情摆在一起，就成了记忆的缺口。爸爸对海啸有阴影，海啸这个词一提起就会顺带想起家人的死。是个永远不会结痂的伤口。

弟弟的出生是家里的惊喜，妈妈终于怀上了孩子并且顺产。从此黏得比爸爸更近的是弟弟了，所有的关注都投在了弟弟身上。起先爸爸跟我说当哥哥要懂事，懂得让好吃的好玩的给渐渐长大的弟弟，听起来感觉自己也是个英雄，并且非常乐意去疼爱弟弟。后来慢慢听到邻居的同学传出我是被爸爸领养来的，并且接受这个事实之后，一切都不一样了。

爸爸疼爱弟弟的画面全部锁在了我的眼睛，每一分一毫都被我捕捉在心底。从此，就不是英雄了，变成被怜悯的丑角——原来不是让自己成为骄傲的小大人，而其实是不被关心。

直到高中时，爸爸变成瘸子家境不太好那一段时间，我想要报考美术专业，机会却被弟弟就读私立学校的动机霸占了。一心想要走画家路的我因为“美术专业花销太高，弟弟准备上重点私立初中”再次让步，梦想破灭，心灰意冷。

爸爸大概想要顺从弟弟来换回自尊。

“哥哥，学美术没前途的。我以后发财了你给我打工。”已经做出让步后，在房间里弟弟的语气轻蔑，便第一次跟他打起来。爸爸推开门，弟弟便扯着喉咙喊着“哥哥先打我”，当时气盛的爸爸二话不说手掌便扇在我的脸上。

现在想起来，我拼命赚钱背英语留学，就是为了离开这个家吧。那个时候已经很少能再想起家的温情，离开家的决心已经被爸爸的手掌扇出来了。我不是亲生的，这是最好的理由。

我不喜欢弟弟，也不至于让弟弟在这个世界消失。我赶回来的那晚，爸爸一瘸一瘸地拐到医院，带我去见弟弟。他长期拐着腿，背已经有点驼了，身形枯槁，头发和脸都没有打理干净。我站在他的旁边，他那粗糙的手搭在弟弟的脸上抚摸着，张大着口，然后哀号他的名字……

爸爸没有哭，可是我却挪到他的身后默默地流了泪。那种血液分离了的感觉就像我离开了这个家，所以我哭，但不能让爸爸知道。

"马累，你是想报复你爸爸吧？"

跟爸爸接通电话后不久，叔叔向我控诉起来，"为什么没有给家里回电话？"

"手机没有电，海啸的地方离这里可远着呀。"

"你根本没有放在心上吧？你爸怎么知道离得远不远？他这些天都没有睡觉，抱着电话打了一遍又一遍，没有停下来……我说，马累，你们都缺乏交流，你是不是在报复你爸爸？"

"没有。"我顿了顿。

"你死了你爸爸怎么办？"

"那只是因为……弟弟死了！弟弟死了所以才会把所有的寄托放在我身上，才怕老无所依！才会觉得没有我了怎么办！"

我红着脸提高分贝，话筒里却只有叔叔粗重的喘气声，良久，才听见他说："你是这样的想法吗？"

"嗯。"

"不应该吗？我觉得合情合理。"

啪嗒一声，叔叔把电话挂断了。可是不到一分钟，爸爸的电话又打了过来。爸爸说，当时心急如焚，已经买了到马累的机票，退不了了。他想要来看我，如果不能住下来，就当来马累旅游。

就算对于爸爸的到来有点为难，但是想想也好久没有跟爸爸见面了，我也就没有再做抵抗。

像爸爸说的一样，就当带他来马累旅游吧。

还记得那一天，我去机场接爸爸，大老远看到他在出检口捣鼓半天，连感应门都不知道怎么出来。

"马累！快来！"他的大嗓门引来众人注视。

"跟进安检一个道理呀。"我语气有一点指责，帮他拎起包。不料爸爸竟有点神气地拍了拍我的肩膀："我在飞机里还不会弄前面的那个桌子咧，还好有人帮忙。"

我对爸爸略带炫耀的语气感到诧异，这才仔细地端详起他。深邃的眼睛变得有点浑浊，胡子是剃好来的，可是衣服是他一直压在箱底偶尔出席亲戚活动才会穿的老式中山装，已然非常老旧。人好像矮了点，皮肤黝黑，这样的爸爸在机场里显得非常土气。

爸爸已经老了。这样的想法在心里升起后，陡然用微微变得柔软的眼神看爸爸，用轻松的语气调侃："爸爸，不会穿点好看的衣服来呀？一起去买吧这几天？"

"衣服能穿就行了。"爸爸看上去很开心，可就在这个时候，他四处张望，拍了下脑袋："啊，我下车的时候有个小行李被人牵走了！"

我像被打了一记闷棍。

"你怎么这么不走心！"我又不耐烦起来，撇下爸爸去跟警察沟通，最终肯定只能是一场空。"走吧。"我走在前面，爸爸有点委屈地跟着。偶尔回头看见他一拐一拐的模样，只想快点离开。

马累的机场在机场岛，要到马累就得坐船。我带爸爸上了船后，开始扯些家常，可是聊着聊着看见他脸色铁青，不料，爸爸当即呕吐了起来，直接吐在了船上。根本不知道爸爸会晕船，周遭的旅客都在诧异地看着我们。

"你怎么不说！"我咬着牙叹气，慌乱地找塑料袋和纸巾递过去。

"我……我怕你麻烦，以为忍一下就到了，我……"他一边吐一边说着。

"不要说了！"我气急败坏，连忙在外国人的面前把秽物清理干净。

这才完全地意识到，为什么要同意爸爸来呢。这里是马累，不是中国，爸爸也不会英语，或许很多事情都得一直跟着我——

糟糕透了。

直到进了家门，爸爸好像并不知道自己所带来的麻烦，还有点歪斜地躺在沙发上，对着向我奔跑过来的大胖絮絮叨叨："干吗养猫？我最讨厌猫了！在老家这种猫很不吉利。"

我没有跟他搭话，以为这样就能结束话题。不料他走去上厕所的空当，经过房间看见玛丽又用大嗓门突然喊了起来："怎么又有一只！"

或许，跟已经有过几年留学生活的我对比，爸爸跟其他许许多多人一样，对国外的环境有着非常大的不适应。但是，他的这些不习惯何尝不是也让我感到无所适从呢。

爸爸来的第二天晚上就忍不住吵着要喝酒和吃米饭，可是在马累是禁止喝酒的。他行走不方便，可是马累的出租车确实是比较少。那个时候的爸爸就无休止地唠叨起来，嘟囔着原来国外都交通不便，国内胳膊一挥什么的士摩托都求着自己上。

一说，就能说上好半天。

他不会英语，可是走到哪都揪着我的胳膊问"上面写的是什么?""这是家什么店?""这是哪条街? 为什么我看地图上面没有标示!"很长一段时间，耳朵被爸爸满满的喋喋不休充斥着。

有时候真的让人哭笑不得，爸爸会在极其普通的大街上拉着陌生人跟他一起合影，感觉跟外国人拍照很稀奇似的。殊不知，或许对于外国人来说，这不是一件有礼貌的事。可是他却跟我胸有成竹地说"哪个友好的'黄毛佬'向他比大拇指，在夸我们中国人热情"。

他在哪个场所都会莫名就突然提高嗓门说话，引来旁人的眼光，这让我感到很不自在。

他在街上走路的时候好像故意把脚步放大似的，让人家都注意到他那条不怎么漂亮的瘸腿，这让我感到很没面子。

他在商场买东西，会一直强求我去跟人家拿赠品，一边说着在老家这样的牙膏都会送杯子，这让我感到心烦。

是这样邋遢更甚、大嗓门更甚、执拗更甚的爸爸。

终于有一次，我们在广场上逛街，爸爸说累了。我好不容易买到了国内的山核桃给他，然后让他在原地等我，我去趟厕所。等到回到广场我就愣住了，爸爸摊着报纸就坐在地上嗑核桃，而且就坐在广场潜在的乞讨区。他懒洋洋地坐在报纸上晒太阳，一边剥壳，瘸着的腿就晾在一边。有个绅士走过去朝爸爸跟前放了个硬币之后，我的脸瞬间就腾烧起来……

我沉不住气了，走过去就朝他一声怒吼:"你知不知道你这样很丢人?!"

"没有椅子坐，我那条腿又不好！"

"不是这个！"

"那又是哪里不对了！"

是的，又是哪里不对呢。我只能无所适从地劝他跟我走，而不是再跟他争执给他灌输他听不懂的狗屁礼节。

"走吧！"我气汹汹地说，走在前面。

"我想回家了。"

"什么？"我回过头看爸爸，他停在原地，有点无助的样子，手里还拿着给我剥好的山核桃。

这一次，爸爸的嗓门很小。

"我说，我想回家了。"

爸爸临走前的夜晚，马累下雨了。

那晚我下班迟，洗漱完毕就入睡了。爸爸说自己想要喝一点酒，还仍在客厅里看电视。马累的海风有时候特别大，睡到半夜的时候，被窗户噼里啪啦的声响吵醒，我起来关窗。当听到房间外啪啪啪的声音时，我疑虑地开门，看到爸爸睡在了厕所门前。

爸爸脸颊红着，估计是喝醉了，堵在了厕所门前。他睡着睡着挪动了身体倒下来，身后依着的门板就被风吹动撞击墙壁，啪啪。"又喝成烂泥了！"我叹口气，到厕所里关上窗户，然后把爸爸背回床。

第二天，爸爸就回家了。

与爸爸在一起的糟糕旅行也算是结束了。看吧，果然无法适应这样的生活，还是一个人住着好。

我如释重负地回到家，做饭看电视，然后在夜晚叔叔电话说，爸爸也平安回国了，他们正在小喝几杯吃着小菜。就在通话的时候，房间里传来尖锐的猫叫声。

我搁下话筒跑到房间里，看见大胖跟玛丽咬起来了，马上把它们扯开。算是打架吗，我把大胖放在跟前，让它蹲着。

"为什么打架！"我细细地盯着它，看见它直勾勾地望着我，隔了很久……突然叫起来："你！"

大胖的眼神变得锐利起来。

"你！你你你！"

我愣了下。我，我吗？大胖再次叫起来，可是我却傻住了。

我像是被叫醒般才想起来，似乎已经很久没有把注意力放在这只流浪猫身上。除了伤口痊愈，没有长胖，现在还睡在了铁皮上……

"我……跟爸爸一样吗？"我抚摸大胖的头，陷入沉默。

尽管是猫咪，也能懂那种心情吗。但就我自己而言，同样是喜欢着的一只猫咪，只是因为习惯了它所以觉得没有必要再继续关注它，又何尝不是人之常情呢。

我思考良久，想起刚才电话说到一半，这才走过去拿起话筒，不料叔叔还没有把电话挂断。话筒里有着小摩擦的声音，传来的是爸爸的笑声。正准备按断的时候，听到叔叔开口了。

"马累好玩吗？"

"当然，岛名也叫马累，所以一去到岛上就感到特别亲切！"

"马累有带你好好玩吧？"

"对我可好了，带我去好多地方。但是我连窗户的螺旋开口都不会，你知道吗，国外的东西真稀奇！窗户不关，房门就噼啪响，马累当时又在睡觉，简直是太为难人！"

"哈哈，那最后怎么办！"

"怕吵到马累，我堵着房门睡着了！"

"真是怂。我说你们干吗不相依为命一起过，马累也是从小性格古怪啊。"

"马累从小乖，从来都不用担心他，只有弟弟让人操透心。话说回来，在国外牵着马累的衣角跟在他后面什么都不用愁地走着，那感觉真棒！"

……

我慢慢地放下话筒，然后挂断了电话。

深呼一口气，走到厨房打开冰箱门，拿出一罐可乐，拧开。拉环滑掉了，再拧，又滑掉了。我使劲用手指勾在拉环上，用尽了力气扯开，想着爸爸最后的那句话，汽水冒出来的瞬间……

便哭出来了。

我知道爸爸说的那种感觉，我记得那种感觉，那年我五岁。

我从收养院被爸爸抱上了卡车准备带回城镇，我一边哭一边晕车地呕吐着，爸爸疼惜地拿纸巾帮我擦着脸说"我是你爸爸，我是你爸爸"。我只会说方言不会说普通话，一路对着爸爸唧唧歪歪，爸爸耐心地跟我说"那是面包店，那是自行车，我是爸爸"。我在公共场合突然就大哭起来，引来别人的频频侧目，爸爸使尽全身气力哄我"不哭爸爸给你买甜的吃"。我到一个新的世界什么都不会，可是我有耐心地爱我的爸爸。

无论什么时候，我跟在爸爸的身后，拉着他的衣角，什么都不用想地跟他走。因为爸爸是我的信心。

我记得那种感觉呀。

"……爸！"

打给爸爸的手机接通后，压抑住了哭腔，听爸爸说了声："喂，马累。"

生活总有让人心灰意冷的时候，让人血液冷却的时候，也总有一些时候身体也会渐渐变暖起来，因为想起家。

"喂？马累？……你在哭？"

一味地认为自己应该被保护被关心的我，总是为所欲为地伤害着自己的家人。却没想过，父母有一天长着长着就长成了孩子。我们是他们的信心。

"过来马累住。"

"啊？"

每个家都有难念的经，但是还好不是等到无法挽救的时候才明白养育之恩不能忘。

"我说，爸爸，过来马累一起住。"

这次轮到我，像找到归属感般，在电话这头号啕大哭起来。

2010 年印尼海啸后，马累岛上的房子都建筑得更牢固了。为了防止自然灾害袭击，人们在地基时期就给房子加了好多固定材料，使得房子的底料要更坚固。

似乎跟人们一样，也懂得了很多事情都要先打好地基，我的房子重新改造装修后，爸爸就正式住了进来，跟我生活在一起。连同我跟爸爸之间的地基。

还是养了两只猫咪，一只叫玛丽，一只叫大胖，都给它们各自安好了舒适柔软的宠物屋。

每天太阳升起会有阳光照进屋子，爸爸会去煮粥，我的面包机会在叮的一声过后弹上来两片面包。

或许有一天，我跟爸爸会搬回到中国，过上曾经熟悉的日子。我会娶个不怎么漂亮的妻子，生个孩子，然后一家人住在一起。

马累的明日在很久很久很久后，还是会消失。

而我的明日呢……

却在眼底一点一点地浮现起来了。

次日危机

1

在我们这个以光速发展的时代里，每天都有无数令人咋舌的新鲜事儿在轰炸我们这个光怪陆离的地球。大家都在人心惶惶地接受着这个世界疯狂的变化，一眨眼的工夫股市跌了两盘、商业牌换了装潢、远房大姨妈的女儿已经开始跟我讨论怎样拥有美丽胸线、小学的暗恋对象已经跟同学甲完成了"造人计划"……

实在是太可怕了。

当我意识到这点的时候，我已经躺在医院的病床上灵活地剥着一个卖相很差的橘子，左腿打着石膏神气地被悬挂在半空。

我在医院躺了几天才醒来。听母亲说，我所在的大巴是在高速公路上出的车祸，然后有人从我笔记本里翻到了她的号码（手机已经被成功地碾成了两块废铁），于是她坐上了寻找女儿的飞机。

我所在的病房，隔床是同天入院的一位男生，还在昏迷的脑袋被纱布绑着。此时母亲正在跟他的家属们畅谈着物价，当她们蹦出一句惊为天人的"连药都能打折，我们一起合办张卡吧"的时候，我察觉到那名男生的脚指头亢奋地抖了一下。

"动了！"我猛然清了喉咙，她们打了个激灵嗔怪地看向我时，我指着他的脚趾，"他动了。"

随后医生还有三姑六婆便把他的床给堵住了。"他没事吧，什么病啊？"我说。

稍后那边从话语中传出端倪——"……所以医生，是遗忘症吗？天啊。"

遗忘症也太扯了吧，我在心里说。但如果是真的话，那也实在很倒霉呀。除了会忘记"刚才我吃过饭？"等琐事的祖母，得遗忘症的人还是第一次出现在自己身边。可祖母那是年龄性的记忆衰退，跟他是有本质的异同呀。只要他的哪条神经末梢闹脾气，他的某些重要的记忆也会不开心地消失掉。

"好可怜。"

我擅自评论着。到了当天半夜，我一直没有困意，眼巴巴地盯着那名我认为即将失忆的男生。这时，他咳嗽着端坐起来，正在喝水。他的嘴唇抿在杯沿上，把杯子抬得很高。

他看到我了，朝我眨眼睛。

"喂，哥们……"

"唔？"声音躲在杯里，闷闷的。

他把水喝光了。

"你叫什么名字?"

"子奇。"

"还记得呀?"一种被欺骗的感觉酸楚地涌上心头。

"医生说是心因性遗忘啥的乱七八糟……可能重要的事我记得了吧?"

"看来名字对于你来说很重要呀。"

"……"他鼻孔里出了一口气,笑了起来,仿佛我的话很好笑一样,"可是也有一些很重要的事不记得了,比如我完全记不起她了。"

"谁? 小学的班主任?"

"我,我女朋友啦。"

"呵呵……不好意思。"我失礼地发笑,努力平息,"那实在很糟糕,可能只是暂时的吧? 她的名字她的长相呢?"

他摇摇头。

"所以谈恋爱真是麻烦呀。"从没淌过爱河的我置身事外,发觉不对劲便掐住了话头,"不好意思,我又……"

"没事,你没谈过恋爱吗?"

我摇摇头。

"那你也没遗忘嘛。"

"什么嘛,我只是腿受伤,又不是跟你一样得遗忘症。用脚指头想我都记得一切。"

"真的? 那你叫什么名字?"

"阿绿!"

"果然记得呢。"

2

认识子奇真是一件凑巧又奇妙的事。

一年后的一天，我成功地拿到了研究生的录取通知书，庆祝聚会完毕后我窝在沙发里剪指甲，想起在英国的他，也想起那个对子奇猛追不舍的女生。稍后我拨打了那个女生的号码，听着里边传来了她的声音便掐掉了电话——"现在是语音信箱，你是子奇吗？子奇，我要嫁人了。"

接着，我发了呆。

就在这时，我的电话响起来，话筒里子奇用变得别扭的口音打着哈哈："得知你的消息不久，现在祝贺不算晚吧？"

"怎么会，有时差。"我顿了顿，故意打趣道，"那个……完全恢复记忆了吗？"

"还没，恐怕得再去一趟岛上旅游呀。这次你逃不了了，得跟我一起去。"

在我还没回复的空当，房门就被敲响了，门外是子奇的喊声——

"阿绿，可以吗？"

我托着话筒的手有点麻，或许聚会玩得太疯此时身体松软了下来，良久，才对着话筒笑出声来。"可以。"

于是我拧了拧把手——

为子奇开了门。

从此，我更深信了我一年前的推论——

不知道从何时起，快节奏的事物开始成为时代的象征还有科学的伟大成果。手机还有电脑的程序运作速度越来越快。我们的生活也都像是加快了一帧的影视画像，连人的运作速度都突飞猛进，世界都在频繁地变化着——

　　我们永远都不知道明天会发生什么。飞机横行轰炸高楼、天灾人祸降临人间、美丽白领劳动过度一夜猝死……

　　实在是太可怕了呀。

　　同寝室的女生小颜频繁地更换实习工作，平时文文静静的女生迫于生活压力在夜晚开始抱怨起上司的骚扰还有同事的欺负，甚至在深夜会猝然尖叫还有痛哭。出院后，由于身心都接受不了小颜的歇斯底里，我搬出了寝室——为了更好地准备考研。

　　租的房间在地铁第二线站口附近的一座公寓里，交通方便而且价格奇低，本以为会有一窝蜂的彪汉跟我抢租，事实却让人大跌眼镜——那间好房间居然无人问津，让人费解。

　　搬家第一天是个晴天。

　　我抱着牛皮箱的手有点疲软，于是把箱子搁在走廊的沿边上歇息。循着篮球撞击地面的声音朝下看去，篮球场上有人在打球。男生倾身投了个三分球，一切的动作好似都在时空里延滞了。我安静地看着这个干净的家伙打球，良久他便注意到我了，盯着我的箱子像在跟它说话："需要帮忙吗？"

　　我摇摇头。

　　"需要时告诉我一声哦，我在你附近。"他撑起个爽朗的笑。

　　可在第二天需要搬重物之际，却找不到他。然后我想起了子奇出院前留给我的手机号码，于是便尝试播出去，成功了。"子奇，可以借下你的劳动力吗？"我说。

　　没过多久，子奇便出现在我的寝室下，摘掉纱布的子奇看上很精神。"呀，看上去你不像是遗忘症的病人呀，很帅。"

　　"唔？"他挠挠头，又可爱又呆的样子，"哦……为什么没联系？"

子奇摇了摇手机。

"不好意思，我刚买新手机嘛。"

"这号码是我妹妹的，现在我是这个了。"他笨拙地摸出另外一只手机，"我抢了她手机很久了。"

我捂起嘴笑起来，觉得子奇真是一个有趣的男生。

互相交换完号码，子奇便开始帮我搬家。公寓其他人家都在阳台对着我们探头，时不时指手画脚，让人浑身不自在。"这到底是多久没人住进来？"我低声嘀咕，子奇一股蛮劲地敲着钉子，全然没察觉。屋子里环绕着钉钉子的声音，此起彼伏。

呼噼嘭——

"对了子奇啊，你女朋友的事想起来了吗？"

呼噼嘭——

"没有呢。"

呼噼嘭——

"怎么这样，她没联系你吗？你们恋爱的人到底是怎么想的啊。"

呼噼嘭——

"啊？！"

"算了。"我双手交叉着，觉得还是不要过问得好。我想起同寝室的小颜谈恋爱时，也是一副让人很费解的模样。她盘着腿吹头发，对着手机一会喊"死了吗不会打电话过来"一会耳语"你以为打过来我就原谅你了吗"。当我说"如果我是男的我绝对饶不了你，真受不了"时，她满不在乎地拉长了音"你不懂啦——"。

所以零恋爱经验的我，压根就只是局外人呀。

傍晚搬家完毕，答谢过子奇后便送他到地铁口，在我们挥手的时候子奇又摆了摆手中的手机，我便领会地点点头。就在他转头之际，有那么一瞬间我觉得子奇的背影很落寞。"该怎样能帮到你呢。"我在心里想着——虽然我是局外人,但是我知道失去重要的东西的那种心情,特别是当速度以"突然"或者是"一夜之间"这样的频率——"应该很孤单吧。"——这就子奇的心情?

失恋的心情?

我觉得子奇失恋了,丢失那份记忆不是失恋了是什么。

往回走的时候经过公寓下的咖啡厅,我进去准备提一杯咖啡回房间。

我窝在第一个卡座里休息,然后与一名靠窗的男子对上了眼神。我定睛,是昨天那个人。他的桌上端放着笔记本电脑还有几本杂志,像经常来这里。穿着蓝色衬衫,戴着品位不凡的手表。实在不敢相信他正在彬彬有礼地跟我点头。我愣愣地接过咖啡,跟他打过照面然后踱回房间,一路心情都非常舒畅。

到了晚上,疲劳的我早早熄灯入睡——

可是第一晚入睡,果然出状况了。房间里出现了怪声音,像牙齿在撕咬橡皮筋。

持续了很久的"呲呲"声后,我僵在床上眼皮颤抖着打翻,看见阳台外好像有鬼魅般的黑影。顿时,我的尖叫声锐利地划破了沉寂。我拽过床头的手机疯狂地往外跑,开门便使劲地栽在一个人的胸口上。

我抬头,是白天的那位男子。

"没事吧?"他换了一身便装,托住我的胳膊,"我住在你隔壁一间。"

"我……我……"我浑身颤抖着,语无伦次。

"果然出问题了。"

那名男子跟我在楼梯口坐着，他跟我说他叫许朔。当他告诉我真相的时候我几乎都要哭出来了——

"你的屋子其实是一间凶宅。"

许朔说，凶宅一般都是有人横死在里头，可是这间屋子不同，死的是一对猫。之前屋子里住的是一对老伯老太，老两口特别喜欢猫，退休后感到孤单便养了一对猫咪给自己做伴。一天晚上，两只猫咪在阳台上玩耍，老两口不知为何就把它们关在阳台上不让猫咪进屋里。那天晚上下了一场暴雨，第二天，两只猫就死了。当时是春季，并不是特别寒冷，可是两只猫死得很离奇。然而老两口却谁也没有表现出伤心，而是无所谓地把猫的尸体丢掉了。

厚实的被欺骗感又酸楚地涌上来。

许朔问我要不要暂住他家一晚，我不想给他添麻烦摇摇头，并把他打发走了。我看着自己房间敞开的门，身体禁不住战栗起来。

我哭了。我尝试在半夜给子奇打电话，没想到一遍便成功了。没等他询问我哭得更大声了，就算使劲压抑住胸腔的起伏，仍然是拉出了无望的哭腔——"子……子奇，你过来陪我好不好？"

3

"喏，电视的科学频道有说过，是天花板的旧夹层里长虫，所以才会有这些声音吧？"

那晚子奇陪我坐到了天亮，跟在医院里的那些天一样，早晨的光线透过窗帘的缝隙，照在子奇的脚指头上。然后我看着睡眼惺忪的他便会问"你是谁？"然后对方慵懒的声音就会响起——

"啥？我是子奇啊。"

其实在那些天，我已经跟子奇熟络起来，而且早晨像糊弄般问起他是谁，听到答案时就会浑身充满力量——

这种感觉真是微妙呀，见到子奇、跟子奇在一起会有异常舒坦的踏实感，因为仿佛全世界忙碌的人类都自我遗忘时，这个得了遗忘症的家伙还笃定地记得自己是谁，毫不犹豫地跟别人说起"我是谁"，这让我有方向感。

子奇陪我度过了几天，我在床上睡觉，他在地板上看书或者把玩着一个奇怪的建筑模型。

"所以不要乱想，没事的。"地铁站口前，是子奇明朗的笑脸。

"谢谢……不知道说什么好。"

"瞎客气什么！"他好像有点不高兴。

"为什么……"

"唔？"

"关于你女朋友的事……"我闪烁着眼神，抿起嘴唇努力看向他，"为什么逃避？"

"因为是完全没有胜算的事呀，没有办法。想不起来就是想不起来，或许……那是对于生命中的需要我遗忘的一部分。"子奇直勾勾地盯着我，"阿绿，你跟我女朋友真是完全不同的人呢。虽然我不记得她的长相名字，可是我记得她不会开玩笑，不会关心别人，伤心绝望时绝对不会跟我打电话，尽管她害怕得以为自己会死掉。为什么我只记得她这些，或许这些突出的特点就是试图让我忘记其他的部分吧，这些代表了她，淹没了其他所有记忆。"

"可是你还是喜欢她吧？包括……你现在也很孤单吧？就不能试着想起她？这样……也好给对方一个交代。"我只是不希望子奇那样子继续孤单下去罢了。

子奇笑起来，摆摆手，转身下了电梯。

"该怎样能帮到他？"我看着他的背影，呐喊着，"子奇！"

然后，子奇就消失了。

我泄气地回到房间，尽量不去想象两只猫晒太阳睡觉的情景，随即到天台去。早上因为洗了床单，于是连带着昨天的衣物一并拎到天台上晒。收拾完床单，我朝着铁架还有竹竿蹙起了眉头——

"起风了？"

裤兜里的手机响起来，是子奇。"阿绿，到家了吗？"

"在天台收东西呢。"我走到天台沿边朝四周窥探，停顿了下，"真不妙，有些衣服被风刮走了。"

"哈？"

"你怎么会打电话来？"我扶着光滑的竹竿，握了握它纤细的身板。

"你说得没错。我想明白了，我需要你的帮忙……"

"什么事，如果能帮上你的话。"

"找回女朋友的记忆。"

4

这些天，在午夜倒垃圾的时候常常遇到作为邻居的许朔。

"嗨，阿绿。"

"又碰见啦。"

每次推开房门的同时，许朔便会有礼貌地跟我打招呼。"我习惯在这个点抽烟，你也是按时倒垃圾。"

与许朔的交谈越渐频繁，如想象中一样，作为新时代男人的许朔，浑身散发着一股干净的气质。闲暇之时，许朔会邀自己到咖啡厅里歇息，有时候会想，认识许朔真是一件让人舒服的事。

今天许朔跟我玩着塔罗牌的时候，子奇过来了。"他是谁呀？"望着先行离去的许朔，他问。

"附近房间的，偶尔会来串门。对了上次说的事……"

"过来就是说这件事。阿绿，你看这个。"子奇从包里翻出一沓信，递给我，"可以拆来看。"

我鼓捣着抽出一封念出来："子奇……我等你？"

"是的，其他的也都是同样的内容。两天一封。"

"你听这个。"子奇用手机拨出了一个号码，贴到我的耳朵上——"你好，我外出无法接听，现在是语音信箱，你是子奇吗？子奇，我等你。"

"这是你女朋友吗？"我吃惊地望着他。

子奇摇头。沉默片刻，我问子奇："所以也就是说，出车祸前其实有另外一个女生在追求你，然后你的女朋友不知道……所以，这是回避的原因吗？因为不知道是否要找回女朋友的记忆？"

"嗯。"子奇看着我，"有其中一部分理由是吧。"

"这不妙呀……那，她还在等你吗？"

子奇没有说话。

"也确实……难以抉择呢。"我的心情不明所以地暗沉下来，"或许你们因为她也争吵过吧？"

"可能是，只得重返过去了。"

"重返过去？"

"就这样，拜托了。"

当电影院打起灯光时，我睁开眼睛目睹子奇正支着一张笑脸盯着我，着实被吓了一跳。我啪嗒一声蹲坐起来，刚嚷着"不好意思"又忍不住打了个哈欠。

"以为戴着 3D 眼镜别人就看不出你在睡觉了？"看他那样子真是要笑坏了，"为难了？"

"没有啦，以后不会了。"

按照子奇日记本里第一页的记载，他与女朋友"你"的第一个行程是看电影，于是我就跟子奇勾肩搭背地来到了电影院。我们要佯装成热恋的样子，我在前一晚已经把日记本统统扫视过一遍，说到有挽子奇的胳膊，于是我也照办了。

第二个行程比较让人头疼，我盯着本子上"我们来到了老家的田野，跟小外甥玩得全身都是泥巴"时，吸了口冷气。但实际上，却没想到那里的慢生活完全是一种享受。我与子奇探望了他的祖母并且呼吸了最新鲜的空气，所以浑身充满泥土味的这次行程，让人愉快。

平淡的生活除了备考，就以这种方式铺展开来了——扮演子奇的女朋友，跟子奇重返过去的点滴，试图找回记忆。

可是有一种莫名的恐惧感悄然侵蚀了心脏。我开始质疑我为何要奋不顾身地扮演着其中的角色，以及乐此不疲。我甚至不想再跟子奇扮演下去，只有我自己心里知道为什么。

直到那天，我与子奇并肩走在秋天的街道上，那是平凡的一天，不掺杂任何扮演的行程成分。我停在一家服装店前，橱窗里的衣饰吸引了我，这时，一阵风吹来，子奇撩起我的手塞到了他的衣袋里。

我有点别扭地挣脱开他的手。

"哈，天气有点冷啊。"

本应该开点什么玩笑来搪塞，可是后来我们一直都没有说话。终于，当晚我刚洗完澡吹着头发，话筒里子奇的声音有点亢奋，他提高了声贝——

"阿绿，我想起来了。"

5

"阿绿，我真的想起来了。"子奇抱着纸箱来到了我的房间，"你看，这是她喜欢的帽子款式，这是她喜欢的杯子款式，这是……"

子奇从纸箱里掏出那些他买来的新事物，像在证明他已经重新拥有了那些过往。

"你看。"子奇又在重复。

"想起她的名字地址了吗？找她了吗？"

"找过了……我、她和你，都在同一辆大巴上。但是她脑震荡，竟然对我有点模糊，好像不怎么想承认过去。我会让她想起我的。"

"难怪一直没联系你。"

子奇想起他们车祸前是一场争吵，他清楚地记着女生安静地关起房门的场景。房门缓缓地合上了，慢慢地看不见他的脸。

"我们永远都不知道明天会发生什么，对吧？"我不知道骨子里翻腾起的情绪是沮丧是愤怒还是其他，"谁也想不到。"

我是指，子奇恢复记忆了。

我觉得荒唐，可这就是事实，我甚至不知道我是否希望他女朋友还接受他。我不知道我一直帮助子奇恢复记忆直至大功告成之后，我为什么是这样的感觉。

我很害怕。得知消息的那一瞬间，我甚至希望我再也不要见到子奇，我再也不想扮演下去。

"越和你在一起就越喜欢你，所以宁愿再也不要见面，因为这是无法实现的恋情，因为这是角色扮演的恋情呀。"子奇走后，我对着房间里凝固的空气说，"这个白痴的家伙，永远都不知道女生的感受。"

我看着镜子里的自己。难道我真的喜欢上子奇了？难道这就是恋爱的感觉？这就是……失恋的感觉？

接下来的那些天，仍然与子奇联系着，只是推掉了任何外出的机会。我像是病了般对生活缺少了那么一星火光的热情，这不像是我呀。

子奇仍然信誓旦旦地在话筒里跟我表明着"我会让她想起我的，阿绿放心好了"。我感觉我的脸浮在生活平静的水面之上，而身体像被绑上了铅块往下无止境地陷着。我按时起床，也按时倒垃圾，每天也会准时碰到许朔。

生活按部就班，却渐渐地了无生趣。

直到后来有一天傍晚，我从咖啡厅里出来遇到同楼层刚逛完超市的阿姨。"小姑娘，你好像跟许朔很熟络啊？"

"因为是邻居所以也就……"

阿姨扳过了我的肩膀，抢住了话头："其实啊小姑娘……阿姨还是蛮担心你的。你要确认自己的态度才好呀。"

"啊？"

"他其实有病，年轻人说叫恋物癖，喏，公寓里之前的女生内衣都被他偷走了，专门偷女生贴身衣物。大家都知道的事呀，从录像里看到半夜里都是他偷的。"阿姨很正经地看着我，"我觉得你是都不知道吧？"

我错愕，我想起在天台那天因为羞赧而跟子奇说出的词是我丢了"衣服"。我想起打球的阳光的许朔，无法把他与这件事联系在一起。

这不可能。

6

看到子奇从医院出来的时候，我正从的士上下来。小颜由于熬夜加班身体终于是累垮了，在医院里打着点滴，我来看望她。

小颜见到我泪水就开始往下掉，我们谈了很久，最后在我临走前，她告诉我她要把工作换了。

随即我走到脑部医生的办公室敲了门，医生不在，只剩护士——

"你好，医生不在吗？"

"现在不在，有事情吗？"

"请问一名叫子奇的人中午是不是有来询问了，我是他朋友，想问下他病情……"

"啊，你说那个经常来的小伙子吗？"护士正在办公桌上抄写文件，"他不是早痊愈了吗？他之前脑震荡很轻微，没多久便都恢复了。倒是他常来询问医生关于他女朋友恢复记忆的事。"

早就……恢复了记忆是吗。

子奇为什么骗我，让我跟他假扮情侣帮他恢复记忆。

"对了。"我想起子奇女朋友的事，"他女朋友……"

"得了遗忘症。"

回到小区已经是傍晚时分了。当下是晚餐时间，每家的气氛都很安详，周遭也显得冷清了。我没有吃饭，想踱到天台吹风。

正当我踏上最后一节台阶，前方传来了"咔嚓"的声响。映入眼帘的是许朔站在晒衣服的铁架前，扯下女性内衣的画面。他穿着第一次见面时白净的运动服，随着傍晚的余晖畏畏缩缩地扯过了衣物，凑到了鼻子上。

我愣在了原地。

我僵硬地移动右脚往后迈，许朔回过头了，他仿佛瞪大了瞳孔，抓着衣物的手缓慢地背过去。他呆滞地张着口，要向我走来。

瞬间，我眼前看见的是一只怪物。

我慌乱地转身，拔腿跑走了。

7

"明明还好好的，为什么会突然这样子？像完全变了一个人。"

我感觉我快崩溃了。我回避着许朔，他扯着我颤抖的手臂，我挣扎着锁上了门。我想起阿姨的"你要确认自己的态度才好呀"。是的，我像是个全然陌生的人出现在许朔的视野里，我不知道我该怎么做，难道我可以跟他说"因为现在知道你有我无法忍受的怪癖所以我不想跟你说话"吗？

难道可以说"因为我觉得你是个变态所以我不想跟你做朋友"吗？我到底该怎么做？我听着门外响彻走廊的嘶吼——

"阿绿，你不可以这样子呀！"

胸腔里像塞了一团棉花，我剧烈地加快着呼吸，欲哭无泪："这个世界、这个世界里的我们怎么是这个样子呀？"

可是也只能坐以待毙呀。

我本应该给子奇打电话，跟往常一样一次便接听成功，但是我没有。当房门再次被敲响时惊魂未定的我浑身打了个激灵。

"阿绿，我是子奇。"

完全没想过会再跟子奇见面，我佯装冷静地开了门："你怎么来了？"

"……阿绿，听我说，我曾经跟她岛上旅游过一次，你可以跟我再去一次吗？或许那里将会有更多的记忆我可以获取，然后想起来了再传给她。"子奇很认真的语气。

"一定要这样直奔主题吗！你不会体会别人的感受吗？"

"啊，怎么了？对不起。"

我身体还在颤抖着，吸了一口气，转过身子，心里有个声音在响起："要确认自己的态度才好。"

"我说，子奇，你去找那个等你的女生吧。"我昨晚又拿起手机拨打了那个号码，里面仍然是那句话——"你好，现在是语音信箱，你是子奇吗？子奇，我等你。"

我继续说："这个世界，什么都在变，她是我看到过唯一不会变的人。不要再做无用功了，你女朋友想不起来就是想不起来，我以前赞成你找她是因为我不知道她得遗忘症，可是现在有个一直等你的女生……有人一直在等你呀！"

我有点控制不住自己，甚至还想朝房门窥探，怕会再次响起许朔激烈的敲门声。

"阿绿，你怎么了。"

"……"

"你怎么哭了？"

"最可怕的事情就是这样了吧？两个人突然像变了另外一个人，完全不认识了。所以一个人一夜之间完全忘记你完全改变了性格，也是有可能的呀，就跟……你们车祸一样。再怎么努力也没用的呀？"

我到后来才明白，我所在的房间根本就不是什么凶宅。老两口一夜之间毫无伤心地把猫咪的尸体丢掉，与爱猫形成了截然的反差。人们只是对老两口爱猫以及丢猫的剧烈反差产生恐惧罢了。

我终于释怀我害怕什么了，无论子奇与女朋友是否完全恢复了记忆或者他选择了那位等他等到海枯石烂的女生，子奇都会渐渐地离开我。

子奇扳过我的脸："我会让她想起的。"

子奇还是不懂。

"不会的！你们车祸前的争吵谁都记不起原因了，或许是性格不合，或许她已经得知了那个女生在等你的实情，或许她正跟我一样，承受着考研或者生活工作的种种压力而不想再谈下去，一切都在变化着，谁都料不到。"

我几乎嘶喊了起来——

"所以……都是没用的。我不想……再扮演那个替身了。"

前天给爸爸打电话，爸爸告诉了一些自己淡忘的事情。"阿绿，你怎么会没有谈过恋爱呀，你可是地下恋的高手。"爸爸以轻松的口吻阐述着，自己在高三因为母亲的阻挡而偷偷地跟一名男生谈恋爱，爸爸知道但是没有阻止，他说让自己权衡。当时自己承诺高考一定正常发挥，可是事实并非如此。如今母亲也仍然不知道，自己有过恋爱这件事。

但是那是什么感觉，自己全然忘记了呀？它牢固吗？它让自己得到幸福了吗？它让自己实现和战胜现实的愿望了吗？

"我们永远都不知道明天会发生什么。"良久，子奇说，"阿绿，尽管这个世界什么都在变，但是我一定会一直尝试着让她想起来，或许就是明天。任何一个明天。相信我，我态度坚定。"

子奇示意他要离开。

"没能再帮你扮演她，对不起。"

"说什么呢。请记得，我们永远都不知道明天会发生什么，但一定会发生好事。"

"祝你成功。"

子奇没有再说话，他在房门前定定地看着我，像要把我看穿。

他就一直看着我。

房门缓缓地合起来了，他的脸一点一点地被遮挡住，最后我看见的是一面空荡荡的房门。有那么一瞬间，这个画面让我感到似曾相识。

我哭了。

我什么都想不起来。

再见，柯西公园

　　人的一生，大概有 70% 的时光游走在柴米油盐间，剩下 30% 的时光肆意地晃荡在我的柯西公园。特别是在未成年的世界里，人们的视线被动于柯西公园的四四方方，外界的生活丝毫无法抵挡柯西公园的光彩耀斑。所以，大多数人们生命中那 30% 的时光又有一半是安放在未成年的柯西公园里的。

　　人类喜欢把大把大把的时间愉快地挥霍在柯西公园，并且感到满足。可不是呢，在草地上效仿猫咪躺着晒太阳，在大树下模仿松鼠接吻，在月光里临摹夜莺大声歌唱，时间的溜走也是毫无声音的。

　　这是大胡子 Abraham 先生所说，他是柯西公园的监管人，时常戴着老花镜坐在摇椅上读报纸。柯西公园入口的右侧有一间木头砌成的树屋，悬在又矮又胖的千年老树上。老树树冠巨大，年轮繁杂，大概已经修炼成墨绿色的树精，据说夜晚会跟 Abraham 先生对话。

那是 Abraham 先生的家。

老先生不仅是柯西公园的监管人，好比名字的含义"万物之父"，他也是我的意见领袖。一个庄严的领导者，皮肤松弛却仍然高大壮硕，好讲道理。

这都是真的吗？当我对眼前这一切景观发生质疑时，Abraham 先生传授给我的第一个道理是——

生活要眼见为实呀。

1　松脆的软肋

马路对面的那抹身影是爸爸吗？

十月的天气，这南方城市的燥热还是不减。今天橱窗里的运动鞋还没有打折，是如此平凡的一天，我在放学路上跟市街小摊上过期的鱼子酱一起，目睹马路对面的爸爸衣着挺拔地拐进一家巴厘岛餐厅。

记忆里家境不好的童年，因为母亲不给自己买昂贵的蛋糕，徒坐在街头大哭。爸爸按着我的头说，爸爸当青猫的好朋友，这是我们的秘密，不能告诉妈妈。随即，目睹了爸爸摸着裤兜拐进那家蛋糕店的身影。

是不能让妈妈知道的秘密。

今天是星期五。回到家，冰箱里的汽水一股脑往肚子里倒，片刻，母亲回来了。"青猫，回来了啊？你猜这是什么？"

她倚靠在门边，愉悦地扬了扬手中拧着的黑色塑料袋。我偏过头凝视片刻，随即把视线折到她的眼睛。

"是我最喜欢吃的抹茶千层蛋糕。"

"你怎么知道?"母亲声线上扬，把黑色塑料袋举至脑袋前端详，悠悠地嘀咕着，"不是透明的呀。"母亲不以为然地步入厨房，流水的声响中，母亲的声音像闷在锅里:"对了，你爸爸今晚不回家吃饭了。"

"我知道，我看到爸爸去餐厅了。"

几乎同时，母亲的话语与我的重叠在一起:"我说，怎么老出差……什么? 你刚才说看到你爸去吃饭? 他跟我说下午起身去香港了呀?"

"我看错了吧。"

我心里一个激灵，接下来全然听不到母亲的话语。我头脑放空地盯着天花板上昏黄的吊灯，一阵眩晕。耳朵里缓缓地流过厨房里母亲做饭的声响。

"妈妈。"

如同梦境里遥远的声音。

"妈妈，我有话跟你说。"

Abraham 先生说:"人类都有看穿事物的能力与潜质，如果上帝觉得你有足够的能量承担那双眼睛，你便能看透事物的本身。"

"那可不就失去了很多美好的感觉吗，"我问。

凡是美好的事物都会消失，特别是被人类看穿后的事物便会失去存在的知感。好比你能领悟游戏机会影响学习时，久而久之游戏机的有趣感便会从你眼里消失，他说。

我不置可否，但一个月前的那件事确实验证了 Abraham 先生向我诉说的道理——

那天，夏日的下午，我在打盹般困顿的教室中醒来，发现一切都没有消失。

同桌胖丁托着腮帮在看手机屏上的篮球直播，临窗同学嘶的一声拉上布帘挡住那道挤进来的日光，同学们一致制造着课间的聒噪声，嗡嗡作响。左前方的阿蓝在摆弄着梳妆镜察看嘴角的口疮，忽然停下手中的动作，盯着反射到镜子里的我。

阿蓝缓缓回过头，警惕性地看着我，她抿了下嘴，口疮就被掩藏住了。上课铃响，她便回过头，周遭窸窣的杂音开始被过滤掉。接着，老师便走了进来。

我百无聊赖地把视线埋在课桌上的橡皮泥渣，朝它一吹，抬起头的瞬间，我条件反射地喊叫了一声。

"唔——！"

喊声划破了沉淀下来的静谧，教室里一阵骚动。我惊恐地盯着老师，霎时瞪大了眼睛，像被擒住般浑身僵硬，心跳狂乱地敲击着胸腔。所有人疑惑的眼神都齐刷刷地向我扫来。

"有事吗？"老师问道。

"你……"我瞥开双眼察看同学们，为什么大家都若无其事？难道只有我察觉——

语文老师没有穿衣服。

我支支吾吾了半天，眼睛放得低低的："没，没事。"

终于爆发出一阵哄笑。

她裸露着身体，神情自若地在讲台站定，放下书本的姿势都那么优雅自然。大家都平静地坐在座位上，没有任何异常反应。当视线触及她胸前毕露的曲线时，我羞愧地闭上了眼睛。把手搭在脸上，从手指的缝隙里斜视到阿蓝正在看着我，她的眼神复杂，或许掺杂着怜悯。

我讨厌她的眼神，颜小蓝。

良久，我的视线越来越模糊。我确切地听见讲课的声音，可当我把手放下来时，我发现所有人都消失了。

我错愕地感受着声源，却独自坐在教室的正中央动弹不得。一间空教室，一个坐在正中央的我，还有，电叶吊扇在我头顶上发出老旧又平滑的声音。

咦嗳——咦嗳——咦嗳——

放学后，我从那个令人窒息的教室逃出来，踉踉跄跄地拐进厕所。我失魂落魄地拱起流水槽的一泼水清洗眼睛。镜子里的我脸色苍白却有着红褐色的耳根，满脸蜿蜒着水滴。我挣扎着眼皮朝反光的镜像看去，从厕所门经过的人流中，恰好闪现一名身着黑色文胸的女生的身影。与此同时，我做出一副快哭的表情。

就是在那时，我发现了我有透视眼，有时产生透视能力后，身边还会有东西莫名其妙地随之消失。

我绝望地夺门而出，朝柯西公园的方向狂奔。我喘着粗气在入口停下，把头扭向 Abraham 先生的那棵千年树精。我很清楚地看见，树的背后蹲着一个人。我平息呼吸走进，那人听到动静，全然不动了。

是阿蓝的背影。她像极了一尊雕像。

"阿蓝？"

我轻轻唤她，再走近一步，试着把手搭在她的肩膀上。尽管她的后脑勺对着我，我还是看见了悬着的两行泪。

"阿蓝？你在哭？"

人类经常会被生活凶猛地冲撞到软肋，轻而易举地冲撞到最脆弱的那一根，Abraham 先生说过。就是在那之后，我经常去探望 Abraham 先生，我去告诉他我的烦恼，我要去告诉他，我看见的世界不一样了。

不一样了。

2 变异世界

在这之前我所看见的世界可是如此地不同呀。

地球上硝烟不断，可是幼儿园的绘画本永远涂鸦着白衣天使以及和平鸽。天桥上可怜的乞讨者，大人总会让我们在破器皿里，投下乘公交的两枚硬币。马路上摔倒的年长者，无数热心人士搀扶他们无偿相助。粉红色布帘的店铺前，妈妈告诉我们那是卖坏孩子的地方。刚出院的老年人在阳光下舒展着胳膊，每家的餐桌前围着和睦的几口人喜笑吟吟。

是这样被美好意念充斥着的、被糖衣包裹着的，未成年的世界。

甚至学校附近的柯西公园，永远都是那般生灵茂盛、光彩祥和——

两个月前的生日派对后，我十七岁了。

高考放榜时，蜡烛前的愿望并不灵验，成绩与理想分数还相差甚远。由于搬家的缘故，爸爸托关系让我转到这所市重点高中就读。那段时间，时常觉得自己的成绩使我在班级里抬不起头，又对爸爸在领导面前奉承的嘴脸而感到自责，竟也变得孤僻起来。并且，常常做同一个色彩斑斓的梦。梦境由一组模具组成：蓝色洋房子、模型绿树、爬满藤条的屋子、长颈鹿脑袋的小人模型、装有胡桃夹子的野餐篮子。

直到有一天，爸爸经过学校顺带载我回家的路上，我见到了梦境的原型。

爸爸的车子在离学校不远处的公路上抛锚，我趁着修车师傅捣鼓的空当，拐进岔口的一条羊肠小道。细草碎花朝远处延伸，再到拐角处视野彻底宽阔明亮了。

我惊讶地确认眼前的景物。许多葱绿大树还有一间蓝色房子在人工湖的对面，近处是各种奇幻模型的雕塑，视线再被入口右侧的树屋所吸引。入口处写着：柯西公园。

后来，我便在这里认识了 Abraham 先生，他当时正在树屋上看着我。

正式开学那天，是个晴天。

所有师生在礼堂听着校长冗长的演讲，中途，身旁的女生突然向我打了交道。"你是青猫吗？"女生压着声音，"我叫阿蓝。"

面对突如其来的对话，我尴尬地点头称是。女生戴着眼镜，并没有什么特别的地方。她非常热情地跟我说话，表明她在这之前就已经知道我是谁："篮球校联赛，我在一中赛场看过你，没想到你能插到我们班。"

"会打篮球没什么用。"我冷冷地回应她。

当时我正在为复读这件事深感羞耻，阿蓝热情的搭话并没有让我感到丝毫的舒服。她继续向我说着什么，我冷着脸敷衍几句，便草草结束了话题。

回到教室，同桌揽过我急切地说："你刚才跟颜小蓝说话？你会倒大霉的！"我听着发愣，同桌便开始讲述阿蓝的事。"她是年级著名的霉婆，沾谁谁倒霉，跟她说过话都得吐口水洗霉运。"

这未免有点幼稚和好笑。或许我转学到这个班级前，乃至阿蓝高一时，就已经开始了被口传"霉婆"的生涯。问原因大家说不清也很难考究，但是同学总能举出一打奇怪的例子来证明阿蓝的神力无边。

"她简直充满了负能量。"

成绩年级第一挨着她考试，退到了年级一百外；手机被她拿去看时间，瞬间黑屏死机；谁骑单车载她一程，碰上了车祸，类似的事情多不胜举。我朝阿蓝的方向看去，她的同桌确实紧紧挨着课桌的另一侧，中间与她隔着两本书的距离。

我简直不敢相信重点高中里还有人相信这种无稽之谈，但是想起自己正是复读生的身份，高考已经考砸过一回，对于倒霉这种事自然十分害怕。

几天后的体育课，我参加了班级的篮球赛。比赛正在如火如荼地进行着，同学们气势汹涌地围满了整个篮球场。比赛快结束之际，气氛越发激烈，各种口号四起。隔壁班眼看就要输了，我跃身投个三分球，篮球刚要离手，一声口号随之而起——

"颜小蓝来了！"

哐当。

篮球弹了回来……

顿时，起哄声炸开来。我心乱如麻，因为我晃到了阿蓝面无表情的脸。她正看着我，听见口号慌忙离开。之后，隔壁班的同学都会一起大声呐喊"颜小蓝来了！"以诅咒我班篮球投不中。无论中或不中，球场边的人都会笑成一团。早在之前，就算她在现场，所有的班级也会毫不犹豫地喊出来，不忘在球场上呼唤她。

"这口号真逗。"回到教室，我接过毛巾擦汗，听着身后的人说，"还有，颜小蓝真可怜。听说家人因为她还分开了。"

"出生不久恩爱夫妻就闹离婚？"

"谁知道呢，哪来那么多霉运。看她那么孤僻，总之，单亲家庭的人，多少有点不一样。"

——单亲家庭的人，多少有点不一样。

脑海的记忆中，班里一旦有同学父母离异，便会成为别人的饭后谈资，并会被套上"可怜"的标签。甚至因为这种标签，在一次贫困生评选会上，学习委员向老师提出了建议"我觉得 ×× 同学应该拿到赞助学费的最后一个名额，她父母离婚，很可怜。"

"她虽然单亲，但她家里条件不错呀。"

"但是单亲家庭的人，多少有点不一样。"

多少会有点不一样吧。

怎么可能一样呢。

从此就会被别人可怜兮兮地关注、照顾着，就算活得再快乐，也改变不了别人自以为能洞穿你的同情的眼神。

我缓过神朝阿蓝看去，下午的阳光照在课桌的一角，她正趴着睡觉。有一次，身为生活委员的我被老师吩咐与她前去购买值日器材，或许她看出了我的戒备，一路我们并无过多的话语。再到几日后，也就是那天，我在柯西公园看见了阿蓝悬着的两行泪。

3　夏日秘密

"你在哭吗？"

我的手搭在她僵硬的肩膀上，稍稍地用了点力。她佯装听不见，冷冷地吸了下鼻子，良久，拉开模糊的声线："没有吧。"

空气凝结下来，我折身在她身旁坐下，鸟兽在树木间发出应时的叽喳声。

"你怎么知道这里？"

"补课时就知道这个柯西公园了。"

"柯西公园？"阿蓝用一种难以言表的眼神望着我，"自己起的名吗？"

"没有，Abraham 先生起的，不是有写嘛。"

"Abraham 先生？"

"嗯，"我扬起手指向正在湖边散步的老先生，"就是他。"

阿蓝循着方向看过去，鼻孔里发出轻蔑的笑声，仿佛我的话很好笑一样。"原来他叫这个名字。"

"你下午上课时看见什么了吧？"猝然，她一针见血地问我。

"你知道？你也是……有透视眼吧？"我想起她当时复杂的眼神，踌躇良久，定定地看着她。

"我讨厌我的眼睛！"她声线陡然抖动起来，锐利的眼光里泛出隐隐的泪花，"这是秘密，不能告诉别人，青猫！"

"有问过医生吗？我今天才知道我得了这种病，为什么会这样？"我感到羞耻。

"病？这是不可抑制的吧？"

我不置可否，盯着远处出神。傍晚的灰云像屋檐，一爪一爪，卷在暗橘色的天空上。"青猫，我知道你的秘密。"不知道过了多久，阿蓝抬眼凝视我紧巴巴的脸，梦呓般喃喃地对我说，"那天在你家的事。"

我像被擒住了心脏。

就是，被老师吩咐与她前去购买值日器材的那天。

一周前的中午，我和爸爸在餐桌前守着三副碗筷，接着母亲端来了焖锅里的莲藕排骨汤。"开动啦。"母亲嚼着小区里无关紧要的小道新闻，爸爸一旁笑吟吟地搭上几句，我则一口一口地扒着饭。

午后，爸爸理了衬衣领口，拎起公文包提前出了门。厨房里母亲洗刷碗筷的声响完毕，也如常上班去了。大约一个小时后，我把阿蓝带回了家。

阿蓝要去我家看看，原意只是想要取回我落在房间的收支账本。被选上生活委员后，由我记录着班里每一笔收支，那天下午的自习课得出去采购新一轮值日器材。

我转动钥匙开了门，阿蓝跟在我身后蹑手蹑脚地进来，坐在客厅里一声不吭地观察着家里的布景。我到厨房的水槽上拧了把水拍拍发热的脸颊，随即听到了异样的声响。

踱到我的房间，没有人，便拿起记账本关了门。又有细微的声音悬浮着。我半信半疑地走到隔壁的起居室前，蹙着眉头蹲了下来，缓慢地转动门把手。开了一道缝。

嗒。

背后有停下脚步的声音。"怎么了？"阿蓝站在我背后，像在盯着房门说话。"没……没事，"我轻轻地合上门，语无伦次地站起来。

那时在身后的阿蓝，她的眼睛一定穿透房门，看到了房间里的场景。

我从记忆里回过神，使尽气力咬住颤抖的嘴唇，一言不发。天色迅速地暗沉下来，过了很久，我嚅动干涩的嘴巴："我不知道我该怎么办。"

"我有办法。"她闭上眼睛，语气笃定地说，"你比我幸运多了，我其实没有爸妈。单亲家庭只是想让别人减少同情心。你不用太难过，我才是真正的可怜虫。"

连爸妈都没有的阿蓝，听着让人揪心。

"但我有办法帮你，我有个计划，只有你能帮我。"

"什么办法？"

"我要一条项链。弄到这条项链我就告诉你。"

4 阿蓝的项链

"就是那条项链。"

我简直不敢相信，阿蓝正指着百贸大厦橱窗里的那款价值不菲的宝石项链。它戴在皮肤白皙的假模特身上闪闪发光，好像一只高姿态的眼睛在嘲笑我。

晚自习下课，我跟阿蓝来到了市区的繁华地段。进出大厦的人们妆容精致，而身旁的阿蓝，宽松的校服还有那副高度数的眼镜使她看上去学生气十足。

"我们根本没有钱，走吧。"我打心里觉得路边摊上那些俗气的饰品更适合阿蓝。

"可是没有它，我们什么都不能做，"阿蓝不甘心地说，拉着我往另外一个方向走，"跟我走。"

我们来到附近的一所夜总会前，阿蓝拉着我的衣角拐进通道的暗角，顺着楼梯有个地下室的入口。

"这里有个地点……"阿蓝用力地推开了门的一角，顿时，杂音还有烟雾扑面而来，她咳嗽了几声，眨巴着眼睛望着我——

"是个赌场。"

我打了个冷战，拽着她纤细的手臂往外扯："你疯了！"

"青猫，算你帮我行吗，我没有朋友。"连她的声音都像被里头吸走了，唯唯诺诺。

"为什么要拿到这条项链?"

"青猫，不要怕，我们的眼睛，"阿蓝颤抖着轻声唤，"眼睛。"

"我们的眼睛……能看到所有点数。"我想起什么傻愣地看着她。

还没缓过神，片刻，阿蓝已经推开了地下室的门。

　　Abraham 先生是在五十二岁那年视力开始下降，他说他看世界已经看不清了，那种隔着一层物质看世界的感觉就跟手举刀枪隔着水面捕游泳的鱼一样，会有错位。所以要对自己所看见的事物进行自我修复。

　　我一直想这句话，可我确实目睹阿蓝成功地接过了那条项链。

　　那晚的地下室，我负责看透赌桌上的点数，阿蓝负责收钱。直到我送阿蓝回家，阿蓝才长舒一口气，松开抓着我手臂的手。

　　临别前刚要提起项链，猝然呼的一声，屋子里发出刺耳的响声还有尖叫。"青猫，你等一下。"阿蓝把我推到一旁，独自跑进家中。

　　"出了什么事？"我缓过神喊阿蓝，她已经重重地关上了门。

　　顿时，锅碗瓢盆摔在地上的声音传来，夹杂着撕裂般的喊声。

　　我傻愣住，眨动着眼睫毛却越来越模糊，像被一层风沙叠盖住我的瞳孔。很久以后，我都记得我停驻在阿蓝家前的场景。周围的世界早已昏黄沉睡，只有那户窗口是清醒的。背光灯是如此的惨败，而倒映的身影是阿蓝醉酒的父亲在掌掴她的母亲，突然黑色的物体飞过砸向父亲的背，接着是阿蓝与父亲的厮打。

　　"不是女儿坏！都是你造的孽！跟着你过倒霉的日子！"母亲喊。

　　"是你这个贱人和烂种偷了我的酒钱！不然怎么会没了！"

　　"没有没有没有啊！"

　　"阿蓝你走！快点走别回来！到学校去！好好读书吧！"

　　"死女人！你……"

　　呼的又一声巨响，门被打开，阿蓝被母亲一揽往外推："走吧！"

　　阿蓝愣愣地看着眼前呆站的我，我们两个人的世界就这样彻底地澄净沉淀了下来，背后的吵闹声统统消散。

　　我仿佛成了站在我家房门前的阿蓝。

　　终于有什么挤出了水面，是阿蓝泪眼下的哽咽声讨，是嚅动摩擦的唇齿下——

"为什么，这样子呢？"

我扯住衣摆极力缓和我的气急败坏，而阿蓝双眼像崩裂的石沟，汩汩的泪水瞬间涌泻而出。

"为什么这样子？为什么为什么会这样子！"阿蓝蹲下去嗷地哭出声来。

我缓缓地闭上眼睛，控制住喉咙里滚动的气力，平静地说："根本就不是没有父母，离婚也是谣言。你……也根本没有跟我一样的透视眼吧？博取我的同情，利用我的超能力，拿到那条项链。可是我想不明白，你为什么这样做！"

"这样的家跟没爸妈有什么分别？但就算是这样的家，我也不想他们分开，一点也不想。"

"闭嘴吧颜小蓝，"我剧烈地喘着气，我终于知道她看我的眼神，是惺惺相惜，是同样可怜恶心的眼神，"你说能帮我，你能帮我什么！"我走去扯过阿蓝的书包，掏出那条项链，把它握在手上："是我帮你拿到它的，还给我。"

阿蓝腾地起来扯住我的手臂，满脸狼狈与惊慌的泪水，像企图发声的哑巴。

"还有，"良久，我扒开她的手，"那天不管你在我家看到什么……都是因为你，都是因为你是个霉婆，才会遇到这样的事！都是因为你呀！"

我吐着气用力推开她，反身离开。许久，浑浊的声音从背后急促地传过来，像穿梭在无人的隧道里。

"青猫。"

5 消失的柯西公园

课间的走廊，被晨曦笼罩出毛茸茸的质感，像是一条时光隧道。空气里的燥热还在勉强地漫过校园里的每一寸肌肤。"喏，出来了，看见了吗？"扶手边的两名男同学在指着那个微笑着的女生。

"就是她。"

教学楼的走廊尽头，阿蓝光着头从办公室里走出来。她顶着剃光了头发的脑袋，站在她的爸妈中间，牵着他们的手，正在欣然地微笑着。

早读课后，消息被传得沸沸扬扬。听说，昨晚阿蓝独自前往一家地下室的赌场，仿佛能看到所有点数一般，逢赌必赢。人们都在讨论，说也奇怪，一向倒霉的阿蓝不知从哪里积攒到那么多的好运。甚至庄主都觉得阿蓝做手脚，最终引发冲突牵涉警方。至于阿蓝为什么要剃光所有头发无人能知，只是早上班主任来到教室着实被吓了一跳，马上通知家长来到学校。

我趴在桌上，视线透过窗格，看见被家长带走的阿蓝，脸上洋溢着前所未有的愉悦。一闪而过的身影在脑海里久久地停留着。阿蓝母亲的脖子上，戴着和藏在我书包里一模一样的项链，同样泛着亮光一闪即逝。

我坐在教室的正中央，幻想阿蓝又去了一次地下室的场景。她紧张吗？颤抖吗？害怕吗？

"为什么，这样子呢？"

身边又有人发出质疑的声音，可是再也没有说出"单亲的人多少有点不一样"这样的理由。

盘旋。盘旋。盘旋。

夜晚的呜咽再次在脑海里盘旋。

"青猫。"

"青猫，我知道我很讨厌，可就算是这样讨厌的我，又何尝不是在努力。努力让自己得到别人的喜欢，甚至是……希望家里和睦，把自己当成中心来疼。尽其及所能地不让他们分开。"

"把……把项链送给妈妈，骗说是爸爸送的就好了。以爸爸之名就好了。"

这就是阿蓝的力量？幼稚又可笑的力量？这种力量就能使家庭的裂痕复合？可能吗？可靠吗？

我攥着手中的项链，头也不回地走进黑暗，朝我的家走去。阿蓝的话一直在心里回荡。离婚，不让爸妈离婚，千万不能让爸妈离婚。

我头痛欲裂把脸埋进臂弯，眼前一片黑暗，像面朝一扇紧闭的门。挪动手臂，孱弱的一丝光线艰难地跑进来，我仿佛再次蹙着眉头蹲在那扇门前，缓慢地转动门把手。

开了一道缝……

我把眼睛凑上去，瞳孔收缩着，浑身战栗起来。瞬间，所有燥热的气体都被这个房间吸走，周遭真空般死寂。耳朵失聪良久，终于有声音挤进来了。厨房里没有关紧的水龙头，正在往下滴水。

"滴……答。"

是爸爸和一个陌生女人的裸体。像两条扭曲的蟒蛇。

"滴答。"

恶心。恶心死了！

嗒——

"怎么了？"我的脊背一片冰凉，阿蓝站在身后，两眼空空地盯着房门。

铺天盖地的恐惧感吞没了我。我咬着发抖的嘴唇，站起来一把拽起阿蓝的手跑出去。"阿蓝我们快走！"缓过神来的我，大口地喘着粗气，胃部开始绞痛起来。

我把阿蓝拉了出来，或许过于紧张，我的双腿还在颤抖着，身子一个晃动，我感觉到一股黏稠的液体肮脏地从体内流了出来。

十七岁的夏日，我第一次见到成人的裸体，可能就是从那一刻起，我得了透视眼。

胃部还在隐隐作疼，我不知所措地蹲在地上，阿蓝在一旁雕塑般伫立着。我偏过头发现她正在看我，就是那个眼神，就是那个眼神使我开始不可自制地讨厌阿蓝。

午后的小区静悄悄的，良久，阿蓝的声音从地表上，一层一层地浮上来。像破蛹的昆虫，一只一只地，扑上来——

"原来……你跟我一样。"

6 终章

"妈妈，我有话跟你说。"

傍晚的柯西公园，承载着少年所有的秘密与烦恼，于瞳孔里烟雾般消失了。等待施工的一片废墟中，在一棵凿有树洞的大树旁搭着一间破烂的铁皮屋，屋里没有姓名的拾荒者正捋着胡须，满脸皱纹地盯着少年。树洞仿佛一个大肚子，能容纳来往者所有不堪的秘密与倾诉。树根萎缩着爬到那支破水沟，贪婪地吸吮着底部的脏水。

"妈妈……"

那里有不能让妈妈知道的秘密。只能用自己与众不同的眼睛提醒爸爸，胸口处的口红没有擦哦。那是和睦的家庭里，被少年知道的秘密。后来，被班里的女生发现了少年的秘密，那名哭泣的女生，或许跟少年有着一样的眼睛。

一样能看见，天桥上乞讨的盲者那副黑色墨镜底下，明明有着灵动的眼珠子。看见了，粉红色布帘的店铺后面，有着很多妓女的裸体。看见了，刚出院的病人肚子里藏了一块抹布或者一把剪刀。看见了，每个家庭不为人知的暗涌。

好像从来没有谁来郑重地告诉我们那是我们臆想中所不同的样子。一切都好像得让我们自己亲身去体会，去毁灭，去慢慢探索。

从此，少年长大了。

"妈妈，我成绩不好，高考没有考上好大学。妈妈，我们没有家财万贯，但是我希望……我希望……"

不知什么时候开始，竟也得对自己的家庭投以这般难言的愿望与希冀。

"没，没为什么哭，也没什么突然这样说，妈妈……"

我们所见的部分都有 40% 与我们所期望所幻想的不一样。所以，人的一生，大概有 70% 的时光游走在茶米油盐间，剩下 30% 的时光晃荡在美好幻想里。

如果人生竟是期盼与自欺，所见即虚无。

"妈妈，这条项链是爸爸托我送给你的哦。"

爸爸送给你的。

未成年人的力量。

金鱼花火

十八岁的夏天，我带着暖无搬出了家，到札幌上学。第一次到这个城市，小时候只知道札幌意为"大河川"有点傻，还有札幌的雪祭有点好玩。没想到札幌的夏日好热，风景也足够摄人魂魄。

暖无一直很向往这里，我就带他来了，应该说我们终于来啦。街道很整齐且具有北欧风情，像一条条日光充沛的走廊。马路很宽阔，人行道上都种满了洋槐树，时常可以看到小孩子在路边买动漫形象的气球。为了便宜，公寓租得偏，在郊区。清晨六点半起床简单地给暖无准备吃的，动作很快，暖无也没生气，然后再赶到地铁站买早点，胡乱地塞在嘴巴里。比起吃早餐，更像在吃零食。

地铁在快速地飞奔，像穿梭在时光里。邻座大多是上班族，用手机看股票、跷着二郎腿看报纸或者交叉着双手偏头补眠。每当在这个空间里我就觉得这里的生活张扬恣肆，可是坐着坐着或者说游走久了，就觉得自己变得很渺小，有点无助呢。到底是缺少了什么呀？

有一次，我端详地铁里正在补妆的女士，看着她越发漂亮与优雅的同时，想着，暖无现在在做什么呢？

暖无现在在做什么呢？

暖无不能走动，只能待在公寓里。多半时候起得比我晚，偶尔起得早就会对我嗔怪"哪有女生睡这么晚哦"。语气跟妈妈很像，妈妈在我走之前也对我嗔怪过："哪有女生像你这样跑那么远，女生都恋家的。"

可是也没办法，为了达成暖无的梦想。

白天在学校读书，傍晚在地铁旁的水果店打工，往水果上洒水珠、用自制的小旗帜驱赶苍蝇、帮客人称水果，偶尔分发便利店的优惠传单。如果有空隙就在边上涂指甲油还有用本子登记日常开支。晚上接近七点半回到公寓，懒的时候就带食物回去吃，最喜欢的是公寓楼下大叔的烤鱿鱼，很美味。我煮什么我带什么，暖无就吃什么，一如既往。

"夏实煮的东西真糟糕。"

暖无老是这样说，之前与现在都是呢，却都能笑呵呵地全部吃完。

正值初夏，公寓楼下的金合欢树花次第盛开，醇厚的芳香飘进房间。我提着神做功课，歇息的时候就跟暖无聊天或者给妈妈短暂地电话。夜晚十一点，准时听见楼管阿姨在收拾楼道里的垃圾箱的窸窣声响。十一点半准时听见邻居备考的直子入睡前朝窗户的口号"我要去东京！"。

这样久而久之，在酷暑的夜里如有似睡半睡的时刻，胆怯地听见老鼠走动的声音就会觉得是门外有人在收拾垃圾箱。凌晨，在睡梦中跑进街道上早餐车摇动丁零呼啸而过的叫号，总恍惚是直子的口号。

每天如此。

并且一定要与暖无对话才能入睡。算是摸索到了日子的节奏，我想如果没有意外日子还会这样平行着过下去，游泳一般。

今天周末，我在巷口的澡堂洗漱完毕，走进公寓的时候恰巧碰到直子。公寓楼梯口摆放着一个公用的电子体重秤，表面的塑料纸过于老旧起着皮层。直子光着脚丫踩在上面嚷嚷着"再瘦五斤就能考上了吧？努力与体重成反比呀"，尾音听上去很愉快。身旁的男生蹲着凝视体重秤的显示屏，手掌心撑着下巴。

"喏，快啦。"

"是夏实啊……"直子的眼角触到我的身影，下了秤穿着家用的木屐，摆摆手示意先上楼。我微笑着点头，目送他们的身影，男生揽过直子的肩膀宠溺地打闹着，在楼梯拐角处消失了。

是直子的男朋友？

我歪了歪头正要往楼梯上走，踌躇着回到了体重秤前，放下盆物，半扶着墙壁踩了上去。

好模糊，那个数字是什么。

显示屏都磨损了表面的那层塑料壳，站直了，近视眼的我根本就看不清脚底下的数字。那么就蹲下吧。唔，重心不稳，体重秤失灵了。数字乱码，徒劳无功了呢。

几乎同时心底里一点一点地泛起了无助的寂寞感，等下了秤就被强大的伤感给代替了。

要是身边也有个人能蹲下来为自己读数字就好了。当时确确实实是这样臆想的。

要是暖无在，一切都跟以前一样就好了。

要是能有人依靠就好了。可是不行了呀，不能再依靠暖无了。

记忆碎片从时光的缺口切进，脑海里也是像这样的炎炎夏日，暖无拉着我的手去称体重："夏实如果没有长胖，生日就没有礼物哦。"

"哪有人要女生长胖的，还有人要？"我反驳道。

暖无佯装没听见，自顾自地蹲了下来目不转睛地盯着显示屏："别动……数字还没停哦，我跟其他男生不一样，我可希望夏实健健康康地长胖，什么瘦身都不要。咦，停了……"

心脏就像是日光下的冰淇淋，刹那间就融了一截。甜滋滋的味道溢了出来。暖无就跟直子的男朋友一样实实在在地蹲在自己的身旁，比直子的男朋友察看得更仔细，一丝不苟。

我端起盆物，撩了撩浴袍的衣角，独自失落地迈起双脚走回房间。

咔嚓一声，打开房门，暖无就先知先觉地打了招呼："夏实啊，你会不会怪我？"

"啊？胡说什么？"我不高兴。

"是不是寂寞了，熬不住就回家么。"

"不是有你啊。"

"我又不能走动，只能待在家，拖累了夏实的生活吧？"

我眼睛里泛起了泪花，吞了吞唾液："暖无……"

"还不能为夏实看体重秤的数字呢，如果累了，就抛开暖无自己生活哦，知道不……"

我在玄关处愣住了。暖无怎么会知道呢。我想什么我感受到什么，暖无好像都能察觉都能知道。

"胡说什么？"

咚咚咚，响起了敲门声。

——"请问有人在吗？"

我朝暖无微蹙下眉头，转身半掩门，试探性地询问："你好，我是夏实，有事吗？"

对方看着我露出的半截脑袋，语气轻松地打着哈哈："挺乖巧的女孩哟，叫夏实？"男生用毛巾绑着头部，额头油亮油亮的。衣着蓝灰色的和服，腰上的围带里塞着扇子，看上去格外精神。

"我是街口金鱼店的奈川，住在隔壁，平时很早去金鱼店，夏实恐怕都不知道隔壁有人吧……我可知道你哟，一个人在楼道间唱歌唱好多天了。"

"啊？"我卸下防备般把门推得更开，"因为无聊……不好意思。"

仲夏到来，烟花节将近，今年想为暖无唱歌。之前的烟花节暖无要我唱的歌还没来得及唱，节日就结束了。唱的是大家爱的《金鱼花火》，暖无喜欢就偷着练唱。

"夏实很孤单吧？可以来金鱼店玩哦，夏实喜欢金鱼吗？"奈川挠挠腮。

"嗯，喜欢。"

奈川提起几袋金鱼，轻轻地晃了晃。金鱼用透明塑料袋装着，黑色、斑色、红色的金鱼还有水草像一团团柔软的布条在水里点缀起来——

"烟花节将至，金鱼店有活动，顺带给邻居们送金鱼，希望大家一切安乐哦。"语气很真诚，毫不虚假。

奈川挑出一袋金鱼递给我，有两尾，安详地呼吸着。

"打起精神来哟。"奈川看着我。

"谢谢。"我接过金鱼，歪头朝里看了看那两尾小家伙。

"夏实很孤单吧？可以来金鱼店玩哦，如果不介意的话？"奈川笑着拍了拍我的头，露着白牙齿，"跟你说，奈川最喜欢金鱼，只要看着金鱼就很精神，所以开起了金鱼店。夏实要像我一样精神哦。"

打完招呼我关起了门，手里拽着塑料袋的提手。走到暖无面前，晃了晃手里的金鱼——"暖无，在家不怕无聊啦，有它们做伴。"

暖无最喜欢的宠物是金鱼。我用盆子盛着水，倒进金鱼，看着它们欢快地游动。我觉得它们应该要有个金鱼缸。

"我觉得它们应该要有个金鱼缸，夏实。"

一年前的烟花节前夕，暖无这样跟我说，他说他喜欢金鱼，我们要在烟花节的时候去捞金鱼。

"捞到了就给夏实，夏实老是不听话，养金鱼可以让夏实学会生活哦，学会关心身边的人注意身边的事。"

此时的暖无好像还在跟我说这句话，我扭头质问："暖无……你有在跟我说话吗？所以我不是搬出来了呀，跟暖无相依为命哦。"

呼，门外猝然响起了急促的声响。

——"不好意思！不好意思！"

我跑过去开了门，奈川在直子的房间门口撇着嘴，瞧见我便往这边挪来。

"直子果然还是那样。"奈川尴尬地笑了笑。

"什么事？"

"直子的强迫症。"

"直子……"我想起直子的口号，"'我要去东京'？"

奈川慈厚地笑起来，摆摆手："这是很普通的一方面，直子看到金鱼就想要把它们弄死，而且不能有任何关于金鱼的东西在身边。我急着要送东西，都差点忘记这一点了，还拿给她，真不好意思。"

"什么时候的事了？"

"很久了，直子搬来时就是这样了。"

奈川松了松头巾，摇了摇手里的塑料袋，向我抬起了下巴。他在示意我要不要收下直子的那一部分。我笑着摇摇头，说："帮直子留着。"

他咯咯地傻笑，连连晃头："那还得了？"

于是我送走了奈川。

妈妈非常讨厌金鱼。不知道为什么。难道妈妈有跟直子一样的强迫症，我这样想着。

听说我要跟暖无去捞金鱼还有放烟花，妈妈对我很气愤。

——"夏实这个女孩家，怎么就这么不听劝！"

——"都是你！都是你们要去捞金鱼才会这样！"

——"这一切都是因为夏实啊！"

我憋红了眼睛还有脸，呵斥妈妈："可是烟花节就是要捞金鱼还有放烟花啊！妈妈不能因为自己的厌恶就一直强制别人！"

"可是是因为夏实暖无才会……"

"妈妈我要搬出去！"

"说什么？"

"我要搬出去，到札幌。"

"自己一人？"

"和暖无。"

"说什么胡话！夏实，你是不是伤心过度了？妈妈不说你了。"

"我要搬出去。"

像暖无所说的，我要学会去生活，还有学会怎样跟身边的人平淡地相处。像记忆里暖无跟我说过的，跟身边的人淡淡地相处也是一门学问以及哲学。

要学会洞察生活，要学会洞察周遭活生生地呼吸着的一切。

于是学会了与周遭陌生的人怎样平淡地相处后，就能回家跟妈妈还有爸爸平淡地生活了吧。

"我要去东京！"

或许这句话是直子生活中最为精彩的一部分。烟花节的气氛越来越浓，几天过后的一个夜晚，直子如同生活主旋律的口号响起后，我就被提醒已经进入夜晚十一点半了。

我试图跟一旁的暖无再谈会儿话。暖无总是担心我孤单，我总是担忧暖无寂寞。

"你好睡了，夏实。"

"暖无也是，晚安。"

咚咚咚，敲门声响起了。

什么时候开始，敲门声就像是有人关心自己的一种表现，那扇门也变成了心里的一扇窗。什么时候开始，敲门声开始变成期待与煎熬的代名词。

再次响起了声音，咚咚咚，直子试探性地喊起我的名字。

"夏实，夏实，你睡了吗？"

"暖无就在房间里待着哦，不能出来。"我朝暖无笑了笑，跑出了卧房，在玄关处穿上木屐打开门。

"我睡不着，可以跟你说说话吗？"

"啊……当然可以了直子，进来。"

　　但是得知直子有强迫症后的第一次见面，心里还是有点戒备以及不自在。脸上的笑都硬邦邦的，像看到了妈妈。

　　直子像妈妈吗？我笑了起来。

　　"这么晚还打扰你，真不好意思。"

　　"没有的事呢。"

　　"夏实很孤单吧？"

　　"啊？"我接不上话，怎么奈川和直子都这样问，这让我不知所云。

　　直子用手在脸前扇了扇，自言自语道："好热。"

　　"直子，要可乐吗？还是要冰淇淋？"我与直子盘坐在桌前，问她。

　　"白开水就好咯。"

　　"不行。"

　　"就白开水，冷的。"

　　"……好。"

　　为什么我会有点怕直子？我微笑着站起来，端杯子前往厨房拿水壶。就倒水的一个动作，我想起了以前暖无在我生病的时候，我半眯着脸看见暖无在厨房侧着身子倒白开水的身影。

　　他身体微侧，口里嘟囔着"夏实要多喝水"。

　　暖无现在在做什么呢。我看向窗外的天空。

　　暖无现在在做什么呢。我又朝向卧房的门，静静地看着。像要把门给看穿。

　　已经不能再依赖暖无了呢，是吧。

　　"暖无。"我缓缓地叫起来，有点哽咽。"暖无……"

　　夜晚很安静，就在这时，我隐隐地听见滴水的声音还有水流攒动的声响。我晃了下神，侧耳静听，顿时惊愕起来。

　　我想起什么，跑到了外面，看见直子蹲在盛着金鱼的盆子前。直子用手拨动着水，撩上来。水流从直子的指缝间滑落。咕噜咕噜。滴答滴答。

　　猝然，啪嗒一声，直子的手凶猛又径直地往里伸，水花溅开。她手里握起一尾金鱼，胳膊的动作看上去用了很大的力气。

　　"直子！"我跑过去蹲下，拨开她的手，"直子，不要。"

　　直子松了手，金鱼掉回盆里，但是动弹得有点费劲。我不知道金鱼还能不能活下来，把盆移出了直子的视线。

　　"对不起，我忘记把它们拿开了。"我尴尬地看着直子，手还在微微地抖着，身体也有点战栗。

　　"对不起，我情不自禁。"不知是不是太热，直子的脸红了，"你怎么没有骂我？"

　　"……"

　　"你是知道我的事？所以才不会骂我吧。别人看我这样都直接粗鲁地推开我然后骂我呢，但我不是故意的。"直子的语气夹杂着愧疚与胆怯。

　　"直子。"我缓缓地唤她的名字，想要说些什么。

　　直子把手心手背往自己的衣角上蹭干净，然后挪到桌前拿起一张CD，说："他去看大冢爱的演唱会，我想起你喜欢她的歌，就叫他捎了那张签名CD来给你，希望你喜欢。但是……"

　　看了眼CD写着"金鱼花火"的封面壳，已经破损，像是被砸破的。封面上大冢爱扮演成一只美丽的人鱼。

　　"它是全新的，但是被我用笔戳坏了壳，摔坏了，不好意思。碟完全没事，签名也在。"

　　"没有什么不好意思，原来直子还把夏实放在心上，很感谢。"我确实有点惊讶，直子对自己做的事。

"因为上面有金鱼所以……唉，有些事情人明明不喜欢，但是还是会情不自禁地去做了，尽管也知道后果不好。但是还是做了。或许这就是人可怕的地方吧。"

我反复在心里念叨着直子的这句话。"有些事情人明明不喜欢，但是还是会情不自禁地去做了，尽管也知道后果不好。"

我想起妈妈。我和妈妈吵架，或许妈妈也难过吧，因为我也难过着。

"'他'是指直子的男朋友吗？"我问。

"是的，他过来看看我。他还担心带那样封面的唱片过来可以吗，我说可以。但是我还是忍不住砸它。我消灭它们的时候一点愧疚感都没有，等到消灭后心里才非常难过，可是它已经被消灭了，或者说摧毁。所以我才知道世界上不是有很多事很多东西都是患了强迫症这种病吗，要到自己摧毁后才后悔。"

"嗯。没错。"

我又想起妈妈。想起家了。我真希望直子不要说了。

"我只是想让人家知道我的感受，夏实，所以我来找你说话。小时候，邻居男孩趁我睡着把一只金鱼放在了我的嘴里，我呛醒了，金鱼卡在喉咙里差点死去。说出来不会有人知道自己当时的感受有多惊恐，就是从那时候开始的。所以像是在消灭记忆，摧毁金鱼就像在消灭回忆毁灭记忆。夏实有强迫症吗？"

"或许有。真的。"

"比如自言自语吗？"

"啊？"

"夏实是不是很孤单？"

"······"

"因为你总在楼道里唱歌还有自言自语。而且只唱《金鱼花火》，还会莫名其妙地哭，然后哭声闯进我的房间，溜进我的被窝，我就很难受。"

因为要为暖无唱歌，因为不知道暖无现在在做什么，暖无又无法走动。还有，因为家庭被摧毁了？亲情被消灭了？所以有些东西不存在了？不存在了就难过，难过了就要哭。

我笑了起来："所以奈川也听到我哭了，好丢脸。"

直子凑了过来，从背后轻轻地抱住我，说："孤单了就跟我说说话，直子当夏实的姐姐哦。"

"夏实喜欢奈川吗？"

"啊？怎么会。"我笑。

"好多人都会喜欢他，哪怕见一眼，夏实都来一阵子了。"

我又笑了，直子像醉了。

直子跟我躺在了地上，暑气很重，我们都流着汗。但是直子就是抱着我，还在喃喃说着话。我听着她说"其实我不喜欢东京，但是那莫名其妙就成了梦想，跟搬家似的"，越听越模糊，我不知道她在说什么。

呢喃中，我不用知道暖无现在在做什么了，因为夜深了，暖无一定睡着了。

我想我是睡着了。

眼睛酸胀起来，有画面在闪现，若隐若现的。妈妈趴在金鱼缸前，注视着我与暖无捞回来的金鱼。她不把水倒掉也不把鱼倒掉，却拿起了一把弹弓然后对准鱼缸，呼的一声，弹珠射了过去。

当时的我就跟现在一样惺忪地半睡半醒吧，就盯着妈妈那样做了。

然后妈妈骂了一句"都是因为夏实！都是因为你！"，我就躺着哭了。

我想我是哭着睡着了。

醒来的时候直子已经离开，于是我起身洗漱赶地铁。开始平凡的一天。

——所以家被销毁了吗？

烟花节前天，我在回公寓的路上走着。爸爸打电话过来问："夏实，烟花节回家吗。"

"还是不回去了，爸爸，"我说。

互相聊了有一会儿，向爸爸汇报生活近况，然后就挂了电话，来到奈川的店。我摇了摇门前的铃铛，奈川在喂饲料，回头注意到我。

"奈川。"我笑着打招呼。

"快点进来哦。"奈川走了过来。

"我来买鱼缸。"

就在奈川嗔怪我太见外的时候，一名女生乖巧地走进来："我回来了。"奈川拨了拨她脸上的头发，指着我介绍："这就是邻居夏实，长得很可爱吧。"

"内心其实也可爱的。"我说完，我们都笑起来。我向女生鞠了个躬，微笑地看着奈川："奈川的女朋友吗？"

"嗯。"女生蹦过去站在奈川身边，"我叫雪奈，今天来帮忙。"

我与雪奈有礼貌地笑着点头，这时奈川开口了："夏实明天的烟花节一起来玩哦。"

"啊，不不，奈川不跟雪奈姐姐一起去啊。"

雪奈提高了分贝插进话来："明晚我要回家不在札幌，看奈川一个人挺可怜的，夏实就凑合着陪他去哦。"

我对雪奈的胸怀感到惊讶，愣住了应和道："对对，奈川老可怜了。"

奈川哈哈大笑起来，点头称是。

"以后夏实要是孤单就来奈川的店里玩哦，知道吗？"雪奈补充道。

我看了眼奈川，奈川眨了眨眼睛。

刹那间，我还以为我看的是暖无的眼睛。

想起那次烟花节前夕，暖无也是这样的眼神凝视我。我砸东西，哭得满脸都是脏脏的泪痕，我吼他："暖无有女朋友我怎么不知道！怎么可以隐瞒那么久，直到现在才说。"

"夏实……"

"也不跟我去烟花节了？"

"对不起，夏实。"

"明明说好的。说好今年要陪我去的，怎么可以反悔。我不管，你得陪我去。只能陪我去烟花节！"当时的我是多么依赖暖无，无理取闹着哭诉，简直不能相信暖无已经"不要"我了。

一定，得陪我去烟花节。

说好的。

一年一度的烟花大会。

傍晚，我与奈川在去往神社的路上。一树树紫丁香花，仿佛一团团紫色的云，飘在山坡上、马路边、庭院中，甚至田野的沟沟壑壑间。路上的行人也大多成群结队，一改平日独来独往、忙忙碌碌的常态。

"夏实怎么好像很抵触烟花节？"虽说与雪奈开着玩笑，但本来就没出行的意思。被奈川磨了好久才下定的决心。

"嗯，很多年没参加了。直到自己搬出家来住。"我想逃开这个话题，"奈川一天都在经营金鱼店，不觉得生活很枯燥吗？"

"枯燥倒是不枯燥，就是日子有点平。夏实过来生活这么久了，习惯了吧？觉得怎么样？"

"就觉得，生活很索然无味。平淡。"

"索然无味本来就是生活的本质呢，波澜起伏与太过吵闹对于生活而言，都不是好事。平淡地生活吧。打起精神。"

奈川挺了挺胸膛，用扇子拍了拍我的手臂，脸上撑起一个灿烂的笑。

我回味着他的话，点头称是："要是真能平平淡淡就好了……"

啪啪啪——

"啊！"我尖叫起来，蹲了下去。

"夏实，怎么了？"奈川着急地凑过来。

我扭头看着孩子手里放着的鞭炮，身子战栗起来。抬起头看着奈川，就那么一瞬间我就哽咽了："要是能平淡就好了……没没，我是被吓到了……奈川，我还是回去吧。"

夕阳已经消失，很快就要进入夜晚的烟花节了。

再一次点燃了鞭炮，啪啪啪，像是敲门声。

"唔！"我浑身战栗了起来，哭出了声响："奈川，我们回去吧。我好怕。"

奈川蹲下来用手臂抱住我的肩膀："夏实，我不知道你怎么了，但是别怕。我们快到神社了，我们先去吃烤鱿鱼、捞金鱼好不好？"

"不，不要捞金鱼。"我猛然抬起头，呛着声，抹着脸。

"夏实。"

"嗯。"

"你……怎么会自言自语呢。"

"没有自言自语，我在跟暖无说话。"

"暖无是谁?"

"哥哥。"

奈川掏出纸巾给我擦眼泪，一边问我："夏实……是不是有强迫症呢? 自言自语还有不能见到烟花?"

"没有自言自语!"我生气地怒吼起来。

"好好好，没有。不要怕好吗? 就试试看。"奈川扶着我起身。

我黏糊着声音："对不起，刚才大声喊你了。"

"说什么胡话呢，走吧。"

奈川紧紧地抱住我的手臂，支撑着我往前走。渐渐地走到了人群繁华的地带，食物的气味在空中弥漫起来。

"吃串鱼丸子哟。"我们走到丸子摊前，奈川说着，摸了摸衣袋，"咦，钥匙掉了，在刚才的路上。"

"一起找找看。"

"不用了夏实，你在这里等我好吗?"奈川表示钥匙绑有长绳，容易找到。我点点头，目送奈川离开，自己买了一串炸鱼丸。

好热闹的烟花大会。我退到屋檐一角，看着经过的人群。身体还有点缓不过劲，站不稳的感觉。

"小心点跑，别撞到人了""哥哥来放鞭炮哦""好漂亮的花灯""看，有乐器店"，周遭一片热闹，真叫人眼花缭乱。

啪啪啪——

"暖无。"我惊恐地蹲下抱住头，呼吸急促起来，眼睛模糊起来，我看见暖无，是暖无。

"烟花快放啦。"我扯着暖无的手臂，快速地往神社跑。

"今天风大还这样跑，都快被吹走啦夏实。"

"可以拉着暖无。"

"夏实以后交男朋友就不要哥哥了吧？"

"才不会。"

我们手里拎着暖无捞到的金鱼袋子，来到了放烟花的一大片空地上。沙地上摆放着一柱又一柱的烟花，等待着人们点燃。两百米远处的屋子旁还停着一辆车，车上是大家聚集的烟花。

被点燃的烟花在夜空绽放，拉着光亮的尾巴，照亮了我与暖无的脸。

"要哥哥给夏实点烟花吗？"暖无半弯着腰瞧我的眼睛。

我高兴地点头。

"等下哥哥，我搬烟花去哦。回来给夏实点烟花。"

暖无伴随稀稀拉拉的人流，朝盛烟花的车的方向走去。

天空上的烟花还在一簇接着一簇地盛开，响彻天际。猝然夹杂着人们尖锐的喊声——"倒了！那边！朝那边倒了！"

还没反应过来，一束光亮从沙地上贴着地面往车辆的方向射去。

"暖无！"我撕开了喉咙。

呼的一声，人群齐刷刷地蹲下抱住脑袋，我目睹暖无听见人群的喊声回头看着我，人们朝这边跑来，暖无也是。

光亮的火星四处弹飞，顿时，车辆里的烟花猝然绽裂。

世界发出巨大的声响，地面的震动感也传了过来，火星四溅，眼前都是一堆热火——

"暖无！哥哥！"随即便失去知觉。

——"都怪夏实！都是夏实的错！"

——"是夏实一定要暖无去参加烟花大会！"

我低着头失控地啜泣起来，一直流泪。

手机响起来，是妈妈。我咬住嘴唇，颤抖着按下接听键。

"夏实啊，有去参加烟花大会吗？"

"……"

"夏实，怎么不回家？还在怪妈妈吗？"

我咬着牙，使劲地摇摇头，可是妈妈看不见。"你在哭吗？"妈妈声音有点迟钝，"都怪妈妈，妈妈不该怪夏实……夏实，哥哥不在了，还有妈妈爸爸还有夏实。妈妈对不起夏实。"

"妈……"我终于哭喊出声音，"妈妈。"

"回家来哦。"

哥哥不在了，已经不能拉着我的小手去称体重，嘱咐要长胖。不能亲自来札幌，不能为生病的我倒水，不能落下女朋友陪我来参加烟花大会。只能成为金鱼，被我带到札幌，生活在房间里，不能走动。

——"夏实是不是很孤单？"

我抬起头，茫然地看着回来的奈川。

"你怎么哭了？"奈川扶起我。

"我要搬回家了。"

"啊？记得回来看我们。"

"嗯。"我抽了下鼻子，从热闹中静谧下来，"我会跟直子道别，还有雪奈，以及暖无。"

"暖无？"

"房间里的金鱼。"我想起直子的消灭回忆，"你要帮我养在店里，不能卖了。"

"一定。"

"平淡才是生活的真谛。"

奈川笑起来。

噼啪噼啪，夜空升起流窜的烟花，一片轰鸣。世界里都是人们温暖的微笑，还有那些须臾倾泻而下的、艳丽的火焰。

盛大的景象。被花火组成的海洋。暗橘色的夜空。

一簇又一簇烟花，颜色各异的尾端晶莹地闪烁着颗粒，不断地照耀着。像金鱼的形状。

我与奈川抬着头，奈川的手搭在我的肩膀上——

手掌还有头顶上的花火正在持续着升温，像此刻变成了大气硝烟、化作空气分子的，哥哥的庇护。

追梦人

1

我坚信世界上一旦有什么东西成为凤毛麟角并且初试锋芒之时，就必定有什么其他事物想与之抗衡。比如连续下了几天恼人的雨后，今天我到学校时天空终于放了个大晴，炽烈的太阳在持续绽放万丈热情，而我看到的却是同学们一张张冷若冰霜的苦脸。

掐指算来，今天该是公布月考成绩的时候了吧。随着高考的逼近，杀红眼的月考成绩升降榜上也正把这条道理诠释得淋漓尽致。与夏日愈演愈烈的酷热相对的是，大家都开始悄然地收起满腔的和颜悦色，好像急需什么来支撑自己所剩无几的热情。

　　然而，这些无力的战争都没有我与那张老脸的抗衡来得公开和正面。这段时日我常常会因为背不全《赤壁赋》而被苦口婆心的老师百般刁难，她频繁地在课间操的空隙邀我到走廊面面相觑地对峙。起初我耳朵清晰地跑进什么"你别以为你能写几个字，发表几篇文就自大，哼，就算作文满分了这两分背诵是重中之重，你丢了就是天大的事！"，后来会饶有兴趣地看着她一张一缩的鼻孔，思考她说话的逻辑，而让那畅快淋漓的训话变成耳边风。

　　很是唏嘘。

　　而今天我在走廊与老脸站的那会儿，路过的同学都在嘴尖地议论着"听说了啊，××一中的高才生死了唉，高才顶个屁哦哈哈。"

　　似乎大家微弱的热情已经有了个支架，高高地撑开了花。消息开始在校园里蔓延开来，像洪水猛兽一样不胫而走，挡也挡不住。

　　我从经过的热火朝天的众多议论无不围绕"××一中""高才"以及"死"的字眼中确知是真有此事。我回到教室的时候，班里简直被传言炸开了锅。我坐定摊开那挨千刀的《赤壁赋》埋头哭丧着脸，同桌凑过来说"今天早上××一中有个高才生死了，听说死法独特不可思议，是累死的！"

　　我扯着嘴角斜视同桌，乱讲吧？胡说的吧？

　　"可能吧，不过能确定的是……怪可惜了，人家可是超重点的一中的年级前十，学校能够考上清华北大的预备名单中的超人能人会考试的人！会，考，试，的，人！"同桌一副事不关己高高挂起的嘴脸。

　　我扯回嘴角，心底寻思着有什么了不起，仇生不也是他们学校前十，然后想想这句话觉得是在侮辱自己扇自己的耳光。因为……怎么说呢，耳边又响起父母的那句"同是人同在读书，你看人家仇生，你看看你有什么出息"。

一只蠕动的变形虫，缓慢地爬进耳洞，发痒。滋生的羞赧红了耳根。

"你看看你有什么出息"。

我确实没什么出息。我苦笑着从裤袋里摸出手机，我想起我们已经有三个星期未见面了。然后我看到手机屏上的信封翻合两下就安然地显示"发送成功"的字样。

你们学校的消息很快传到我们学校了，听说有人死了是吗，你最近怎么样。

我的手机就一直安静地躺在我的裤袋里，没有响起。

2

我也坚信世界上一旦存在着战争，就势必有一方要先伤痕累累地投降。因为与之抗衡的还有——

"仇生。"

啊？我闷扒着饭抬起头。

"仇生，"母亲在晚上的饭桌前像想起什么似的扭头看向我，"对了你最近有跟仇生联系么？要多多联系也好交流学习。"

"早上听说他们学校有人死了，发短信给他没回我，越来越傲娇。"我满不在乎地哈气。

父亲猝然放下筷子："没回你是对的！他爸不是说怕影响学习连手机都不让他用了吗，没用手机怎么回你！我说你手机也别用了学学人家。月考他考得比你好是吧。"

"你很搞笑呀爸，都说没回我短信我怎么知道考得好不好，而且这月考不同试卷能比么。我说你真觉得我那么差劲什么都得学他？我好歹也是学校前十呀。"

"你学校能跟他比吗，就算你在你学校前十也是比他低档次，你要争气，别给我抹黑！"

"好啦……用得着两人吵得连气都不喘吗，吃好学习去，"母亲沉下脸打住了话茬儿，末尾再补充上句，"有空我得去仇生家坐坐。很久没去了。"

莫名的怨气搅和着米饭被我活生生地吞下去，一口一口。不知道什么时候开始，尽管我们的战争毫无来由，但是连接下来的"然而"却是，我不想向你投降。不清楚什么时候开始，尽管我们是很好的朋友，心里也常常会莫名地有个念头浮出水面——

我讨厌你。

相反地，我却对高才生的死耿耿于怀。你明明是在成绩升降榜上的佼佼者，你说不定还会在与仇生的拉锯战中崭露头角。你却在战争中阵亡主动手持白旗。我觉得我与高才生有相似的难处，我是同情他的，所以我接下来对他的消息都会特加侧耳关心。宛如我才是依靠流言来支撑消极应考的热情的始作俑者。

这个消息仿佛夏日的爬山虎借助任何嘴角滋生的藤条，盲目地往上爬。它伴随着温度计的水银在六月陡然上升越演越烈，毫不含蓄地成为饭后谈资，成为如火如荼的嘴上活动。

主角是"高才生"，最终结局是"死"。是的，假如一个又一个句子给予缩句，去除修饰成分，去除状语，去除一切搭配元素，故事是：高才生死了。

我一直没有收到仇生的短信，也不敢拨打哪怕一分钟的电话去询问他的近况，以及高才生的事。就算世界某个角落爆发了战乱那又怎样，世界还是在转，在给世人计算时间以及寿命。六月还是会到来，高考还是要被迎接，这毫无疑问。但是我的左心房开始滋生一个蠢蠢欲动的心识，无法湮灭，它从最初的凝缩到转移进去再到同学言语的二重加工，像一道井然有序的工程。高才生死了。

两天后的夜晚，我在书案前焚膏继晷，趴着沉睡了过去。我梦到一只在夜空颉颃的鸟，突然凭空消失了左翅膀，啪的一下停在某屋外的桂花树上，朝着人家的钢条窗号叫，尝试唤醒屋里沉睡在书案前所谓的高才生。我在热汗中猛一个激灵惊醒，脖子僵疼。我清楚地感觉到有咸涩如海的汗无辜地偎在手掌，心在眼睫毛，在皮肤上。它怎么是热乎乎的汗？它为什么不是冷的？我大步流星地跑到窗前，突然有拍翅的鸟腾枝而起，轻盈如光。

那晚星辉洒满了窗户，桂花树沙沙作响，跟往常无数埋头书案的夜晚无异。还是最平常不过的夜空和夜，波澜不惊。而我第一次站在窗前抬头呼吸到轻松的沉瀣水汽。

3

第四天清晨，母亲从一个袋子里摸出个苹果塞到我的书包里边唠叨着，"带个苹果去学校吃"。待到接近中午的时候我接到母亲的电话，她说她可能会晚点回家煮饭，要我如果先回家就先看会书。

"喏，你做什么事啊。"

"早上买了袋水果，准备今天去仇生家坐坐。"

哦，那也好，仇生每月从市区学校回家一次，如果遇到他刚好回家顺便帮我带个问候吧。

挂了电话后我又想起我和仇生已经有三个多星期未及见面了。我翻出了苹果，拿在嘴边磨磨蹭蹭地咬了一口，心里念叨着，仇生。怎么又是仇生。嗯，妈妈去坐坐也好吧，带个问候。

然后我把咬了一口的苹果又塞回了书包里。

我的眼睛偷偷斜视了下，并没有人注意到我，于是我翻开一本名为《高考状元之路》的浮夸的文科辅导书，里边夹着仇生一个月前给我的书信。我用它当书签还是信仰抑或其他，我忘记了，也无心追究了。内容也只能在脑海里略显大概，而最深刻的是一句话，也就是我拆开信纸，再次浏览到的那句"我真希望我不是他们的儿子"。我不了解仇生为什么如此感叹，他是那么有出息，叔叔阿姨都那么爱他，在我家人面前百般夸他，我不了解仇生的意思。

我突然温暖地微笑。我看着仇生的字迹，还是那么丑，像丑小鸭的干瘪脚丫。回忆开始翻箱倒柜，当时年纪小，我们在门口的桂花树下围着桌子写作业，我一直嘲笑仇生的字好丑好丑，仇生说着"我过几天就会去练的啦，练行书哦"信誓旦旦，但从未实行计划，长大后也一样时常嚷嚷着什么我过几天就会去练字。

然后，多半到了正午时候，母亲就会喊我们回屋吃饭。仇生常常来我家蹭饭，然后嘴甜地跟妈妈说一些譬如阿姨煮的东西是世界上最好吃的，我永远都不会说的话。所以母亲总是骂我傻，她说你怎么那么笨，不会说话，你看看人家仇生，语音一落就对仇生微笑。

我记得很清楚。

门前的桂花树飘香了一个季节，又淡漠过了一个季节。而无论哪个季节，我都会目睹仇生的父母领着乖巧的他，来到我家坐谈片刻后，让仇生来我家蹭饭吃。仇生的父母好像很忙，老是出差，他爸会捏捏我的小脸蛋然后让我们去门外玩耍。我和仇生多半会玩捉迷藏，偶尔也会弹弹珠。

仇生的母亲和我爸妈是世交，我与仇生一起长大，连成长姿势也都一直是这样相互映衬。母亲说我们真像亲兄弟，是单独跟我说的，她说我要和仇生好好的。母亲是在我幼时对我说的，我不知道它保鲜期是多少，或许后来就会变味的。过期了。

在内心毫无意念骚动的童真年代，我尤为记得母亲给仇生夹菜的筷子，以及对仇生微笑时嘴角上扬的弧度。我只是个不起眼的孩童，用别人的口吻来描述则是，嘴笨，不讨喜。我记得真的很清楚。

你看看人家仇生。

于是我就看看仇生，仇生用一种很是抱歉的眼光回报我，这种眼光像是白天的太阳黑夜的炽光灯，每天都会强烈地在我身上辐射上演。我就看看仇生，一直看到我们的青葱岁月的到来。

我与仇生从未谈及"追赶"的话题，但我试卷上的分数是在初中的时候第一次落后与仇生的。我觉得我们骨子里有一股血液是那么相似，但是我们终究是不同的。我开始深信试卷上的阿拉伯数字不是我的未来，仇生则努力倍加，偶尔对我报以一笑。我对阿拉伯数字的免疫力开始低于仇生。我想应该是这样的吧。

某个风高气爽的秋日，我与仇生骑着自行车登上郊外的水库，眯着眼睛吹吹风，感觉风如同冰凉的舌头在皮肤上的缠绵。这是一个三面环山的小水库，石阶呆板破落，常有镶嵌不牢的石头从里边败滑而下咯咯滚动。

等到更猛烈的风如老鹰般层层盘旋而上时，我们就手攥风筝的线，在附近空旷如荒的场地上放风筝。仇生问我："小放你最近都在做什么。"我说："在写东西呢，我要当作家哦呵呵。"

"哦，那小放，你在风筝上想到了什么？"

"我觉得，风筝就是我怀揣的一个梦，它高高地飞，却始终在我的手心里任我把玩任我控制，但是如有不测，我抓得太用力或力道不足，线就会断，它会死。"

仇生用说不清用意的眼神窥探我，我和母亲一样向他笑了笑，用眼珠子提示他看我手心攥着的线。

仇生注视我手心的线。于是我一放，手抓到的是一片虚空。

"小放！"仇生惊恐地一把扯过我的手腕，风筝却早已在高空滑翔，作死前的自由之势。我毫不矜持地笑着喊："没了。没了没了。"

"小放，其实我有一个梦想，一个梦。"

"仇生想考上市重点高中对吗。放心吧，仇生一定能考上市重点，而我只能在普高，我们以后就不能常一起啦，从小到大还是第一次不同校欤。"

仇生的眼睛爬满了悲伤，不知道是为我还是为不同校。他推着我的身子往前跑，仇生说："小放小放我们追风筝，追风筝去。"于是我们开始追，并且没有停下来过。

我的脑袋里开始浮现在余晖中追着风筝的两个少年的身影，暮色四合之时，夕阳在我们身上镀上了一层金黄。后来也就是那天，正如我所料，我坐在普通高中的教室里，书桌上摊开着仇生的书信。

我念叨着，仇生的字还是那么丑。

我想我是爱仇生的吧，他是我最好的朋友，亲如兄弟。我很惊讶我们那么相似，仇生仿佛是我的影子，烈日下光明处辉煌时他都在，而黑夜中我只呈现自己，你躲起来或者我躲起来。

我落魄脆弱时不会让仇生知道，我从未告诉过仇生，关于我嫉妒他，关于我觉得我永远是最痛苦的那一个，关于没有你我是不是活得更轻松没有负担与包袱，关于母亲为你夹菜责怪我嘴笨，关于你爸妈在我面前提起你头上的光环让我颜面尽失。

关于，你怎么那么笨不会说话，你看看人家仇生，到你看看人家仇生，你看看你有什么出息。

但是我与仇生一直在跑着追风筝，并且没有停下来过。我这样想着，合上序言"状元之路，打造辉煌人生，开创美好未来，改变命运"云云的辅导书。我摸索出手机，新建信息。

我妈去你家坐客啦，老是说久不见你和叔叔阿姨，搞得像看亲儿子一样，忙就不用回了，祝好。

收信人是仇生。

我的手机也就一直安静地躺在我的裤兜里，正如其所料还是没有响起。

"好忙的，快忙傻了吧，什么都不回。"母亲中午回家后手里还拎着一袋水果，神经兮兮地咂嘴道。

"仇生？"我问母亲。

"不是，是他妈妈，最近叔叔阿姨好像又很忙的样子，"母亲走了两步瘸了下腿，"啊……疼啊。"

"还不是跟仇生一样都忙晕了，我忙都没他……咦……怎么了，手里还拿着水果你没去仇生家啊。"我上前扶住母亲趔趄的身子。

"有去，先别说这个了，先帮我按下脚，刚扭到了。"

"怎么了啊。"我拿了跌打油过来。

"没事。磕石头了吧。"

4

磕石头了吧。

什么。

三个多星期前的一个下午，我和仇生去爬山，当到达山顶的时候仇生突然对我说，"我们来磕石头吧"。然后我糊里糊涂地看着仇生把一枚小石头砸向崖边的大石块上，随即小石头就作了个抛物线，磕向了山底。

"我说，仇生你的行为也太诡异了吧，哈哈。"我看着小石头的消失傻了眼，闷笑着。

"笑什么，真没劲啊，"仇生偏过脸看了看我，指着山下的村落，"小放，我觉得这里的石头一定很想滚下山，不想待在这里啊。可是它们自己都走不动，只有人们把它抛高了它才能离开。但是那不是它自己的高度，所以我不直接抛，而是砸它们，它们就会知道，靠别人的力量离开要承受疼痛，而且越痛才会飞越高。"

语音刚落，仇生又更用力砸了一枚石头，于是，这枚石头就划了更高的抛物线滚下山。

"所以你是想说叔叔阿姨让你努力读书虽然让你痛，但是你也飞越高了的意思吗？"

"不完全是这个意思，因为重点是……算了，小放，你在想什么呢？"

"我在想的是，我家人会不会对你太好了，哈。好像他们觉得我，什么都比你烂。"

"可能是想弥补我吧……你也什么都比我好，虽然在普高但成绩很好，还发表文章。这点你自己清楚的，何必听他们说呢。我们永远是好朋友不是吗。"仇生捡起块大石头塞到我手里。

"什么弥补？"我干笑了下，"下山吧……"

我回头砸了下石头，它划了很高很高的抛物线，飞下山底。

三个多星期后的如今已是五月末尾，暑气当头。

高才生的消息宛如沸腾至阈的水，到达最高热度，已不再升温，水面光滑如镜。

隔天是星期天，早上仇生家里来了电话，母亲说，仇生父亲要我和母亲去一趟。到仇生家的时候，迎接我们的是仇生的母亲。

"仇生爸呢?"母亲问。

"在楼上陪仇生。"

"仇生回家了啊?"母亲又问。

"上来吧——!"我们听到仇生父亲的吆喝,母亲就先行上楼,而我借机在洗手间打算洗下脸的时候,突然听到了仇生爸狼嚎般的哀叫,"是啊! 回家了啊! 送——回家了啊——!"

接着猝然一声闷响,我扑通跑上楼最先看到的是晕倒在地的母亲,我惊恐地摇晃了下母亲,方才看到母亲惊慌的脸色。就在抬头的刹那,我感觉心脏跟被揪住了一样。

那时,我宁愿我瞎了。

仇生冰冷地躺在床上,盖着白色幔布。仇生的父亲趴在仇生的身上,床边是一具棺材,床头上的黑色相框里,是仇生已经黑白的微笑。

顿时,仇生家爆发出尖锐的哭喊声。

仇生死了。

5

那个夜晚是高三后我第一次能停下来站在窗棂前休息片刻的一天,我梦到一只夜空中的残翅鸟。母亲那次去仇生家,发现仇生家里并没有人,打了电话也没有人接以为仇生父母又出差去了。谁知道,那天,是接仇生回家了。如今我才确凿地意识到,仇生是真的死了。有时候,我会觉得,仇生活的这辈子毫无意义,他一直被玩弄和支架。他死了,我要为他高兴,你应该死——而这也是后来的事情了。

沿袭传统习俗,仇生的死不能操办丧礼,得暗地里完丧。父母领着我一起去上香的时段,已是六月初,桂花花开正盛。

我一直想起那只没有左翅膀的鸟，冥冥中我觉得那就是仇生。

上香的时候烧灵纸以及其他灵物，母亲跟我耳语道："你觉得仇生最需要什么东西就烧给他些什么吧。"我没有言语地点点头。我找了个角落在一张纸上哆嗦写上"尊严"两个字，然后把纸揉成团，投掷到炉火里。火熊熊燃烧，如同荒野里希望的燹火。

我希望没有人注意到我的任何动作。

仇生是死在教室里的，沉暝安详如睡。

仇生死后，并没有泪水从我眼睛夺眶而出，我一向是个感情封闭的人。反而，我浅显地察觉母亲变得特别感性。高三末我回家甚少，而在接下来难得的家聚饭局，母亲会在吃饭之时看着我就怔怔地流泪，然后有时嘴里会含糊地叨念什么。尽管含糊，我也清晰地捕捉过只言片语——

仇生。仇生。委屈的孩子。

我说，妈你不至于吧。然后把眼光投递给手足无措的父亲，我觉得这充满疑云的尴尬父亲能够解释什么。结局是无果。

仅仅是因为"高考就是前途，你看人家仇生你看看你有什么出息"的类似埋怨吗。

我确实没什么出息。没仇生那么有出息。

6

仇生的消息犹如一个戛然而止的庞大夏末，开始潜移默化地逐渐降温。它早已丧失盛夏的酷暑霸气，已不再能骚动人心，温度被秋风搅和两下就随着残叶飘落。它被提起的次数开始少之又少了，人类永远都热爱新鲜，热爱热腾腾的刚出炉的事物。

那段时日，我偶尔会在课间用笨重的书本叠在一起垫高我的脑袋，以便更舒适地补小睡眠。我在垫未来，我把未来垫在我那正在入睡的晕沉沉的脑袋下，安然恬静。偶尔会在行走时侧脸观望操场上挥汗如雨的篮球少年，那个地方永远不会有我跳跃的身影。我不属于这里的任何地方。

仇生可能永远也不会知道我的风筝装着的梦，不为其他，只为离开。离开这个用人心堆砌、用虚荣造就、以顽固封建作料的铁笼，离开这些人们，离开你。仇生，你到死都不会知道，我的梦不是和你一样考名牌造未来那么世俗。

但我想代替仇生行走，因为我们从来不能停下。你的风筝，我代你追。我再次摸索出手机，尽管我知道，我的手机会一直安静地躺在我的裤兜里，不会再响起。

六月了，那么，我代替你行走，代替你追风筝，考上你想要去的大学。

收信人是仇生。

我偶尔也会想起仇生，但不会掉泪，尽管我爱他。母亲还是老样子神情沮丧，怕是担心我的身体吧，毕竟仇生一走没人与我做比较了。只是在高三我最后一次回家的饭局上，从父亲口中得知仇生的父亲貌似因为仇生的死而精神出现异常，家里的每次饭局都会多摆个空碗和一副筷子，并且会叨念着"身体强壮才有力气高考"之类的胡话往空碗夹菜。

而让旁人最匪夷所思的是，每周六的傍晚，仇生的父亲还是会倚站在巷子口，向着远方极力张望。看上去神情紧张叫人心碎。以往周六傍晚，仇生的父亲都会在巷子口等待仇生从市区的重点高中回来，然后并肩回家。

听到父亲提及我心里咯噔一下，难怪这次我回家在巷子口遇到叔叔，他看上去是等急了的样子，来回踱步，我问叔叔您在干什么呢，他说："我在等仇生回家。"初始我还以为是我听错了。

我安静地扒着饭，心想，等不回来了。

高考以威严的姿势到来，那天正达夏日高温时段，我在烈日下突感晕眩，而在进考场的楼梯间险些踩空。我倚在扶手上闭着眼睛，听着从我身边经过的或急促或缓悠的脚步声。最后我终于在感觉如同在深海里漂浮的情景下步入考场。我没有跟父母提起我轻微中暑的事情，在威严的六月，不值一提。

说过你的风筝，代你追的。

高考结束那天是六月八日，我头脑抛锚地忆起那只残翅鸟，次数无尽。第二天我诧异地收到一个陌生的包裹。我一头雾水地查看着，惶恐地发现寄件人的签名字迹熟悉，仇生。邮寄方式为平邮，寄件时间为仇生离开之前的五月份。

一个盒子。两封信。

我拆开写明"先看这封"的信件，仿佛是仇生在与我耳语道：

小放，当你看到这些时，我们已经高考完毕。再过几天我就可以回家，好想见见你去你家吃饭呢。小放，你不知道我有多高兴，我得知了个秘密，哈。我从来没有给过你什么礼物，但我要给你个超级惊喜的礼物，但你要在得知高考成绩之后，再打开另一封信和盒子，好吗？答应我。一切都会好的，高考之后我们就圆梦了，我相信。你会得到两个礼物。哈。忙复习。信短。就这样。

高考放榜的那天，紧张激动不安的脑袋在阿拉伯数字面前终于化为空白。阳光灿烂的白天我却什么都看不见，一片黑暗。我反锁在房间里，低着头一声不吭，也没有哭。所有的一切还是那么平凡寻常，窗台的猫蹭过来又蹭过去，最后在阳光下慵懒地睡觉。

你看看人家仇生你看看你有什么出息。

你看看你有什么出息。

我窝在沙发上，身子深深地陷在柔软的肌理里。我眼神呆滞地盯着电视报告的屏幕：随着高考放榜，今年的高考工作终于圆满告一段落。我市上本科人数逐年……据悉，我市今年的高考准备工作充分，着实从学生的身心与教学质量入手……其中应引起我们注意的是 ×× 重点高中事件，这里化名为陈强的高才生，一直为年级前十，原为学校考上名牌大学等级的预备学生之一，因身体欠佳在高考前夕不幸丧生。据陈强的同学所说，陈强同学学习尤为用功，一次感冒发烧后仍然想抓紧时间复习，所以在第二天清晨仍强撑着身子到教室早自习，期间感觉眼困趴着睡觉，待到同学想唤醒他去吃早餐时发现陈强同学已不幸丧生。据医生诊断，陈强同学为体力透支过于严重，突发心肌梗死所致。这引起广大学者与民众的关注，反省在今后高考准备工作应加强关心学生身体健康的力度……

我啪嗒一声一把甩开手里的遥控器，空气里激起塑料硬壳猛烈砸碰地板的声波。我终于两臂环抱着曲起的双腿，把头深深地往里边埋，汩汩地流着泪。失禁地狂笑，仿佛要把所有所有的绝望怨气脆弱悲伤都统统给活生生地挖出来粉身碎骨。

仇生连死了都不能安静安宁，我给仇生的烧的东西是烧对了。

我摸索出手机，新建信息：

我考不上。

手机也就一直安静地躺在我的裤兜里，再也没有响起。

我想我是爱仇生的吧，尽管我恨过他，因为我永远是最痛苦的那一个。

7

仇生的消息已是一枚坚硬哑嘴的死核，它仿佛被嘴馋的顽孩鼓着嘴生硬地从口中吐射出来，划出硬朗的弧线滚动到街边的石头旁。又像是成为一粒落定墙角不起眼的小尘埃，越发丧失声息。已经难以引起注意，甚少提及，看似从来都未及发生过。我们赖以生存的地球，真的不会因为局部爆发骚动而停止运转。

天意弄人，我考了高三最差的一次成绩，原来我对阿拉伯数字的免疫力是如此低下，连差强人意还顶不上。

你看看人家仇生你看看你有什么出息。

我真的没什么出息。没所谓的未来。

在一个风高的日子，我随意在志愿表上填报了一个三流学校之后，独自前往久违的水库。我带着仇生的包裹和风筝。

我屈腿坐在昔日的石阶上，看着粼粼水面想到仇生是真的死了。还在昼时，我的影子却死了。这下我不用再隐藏什么，风还是在脸上缠绵，在头发上调皮，在擦拭眼里的液体。我拆开最后一封信，来自仇生。

小放，看到这些时想必我们已得知成绩开怀大笑，因为我们一定是考上了名牌大学，追到我们的风筝。第一个礼物就是你的风筝，已经追到的梦；其二，怎么说呢，你永远都不会知道我恨你，还有更多的羡慕嫉妒。还记得初中时我们放过一次风筝吗？你可能忘了吧？你曾问我，我的风筝就是重点高中和名牌大学，对吗？我很难过。我的梦是离开这里，你可能永远也不会理解。你那么优秀，你不会理解当我被我爸妈拿你做比较的心情，我想超过你的心情，我恨你的心情。但现在好了我们一定都考上了，我们可以停下来了可以离开了可以休息了。累了。我曾经多想离开你，但又好像不是，我们是好朋友。哦不，呵呵，我最终才知道个秘密，无论肮脏，我也开怀。第二个礼物就是，送你一个兄弟。记得一定要离开，会离开这里的。

　　我闭上眼睛。

　　愕然的血液汇集在我的手指肚，像在寻找奔泻的出口。颤抖。极力睁开眼，惺忪的视野开始捕捉一片粼粼波光，然后视线回到仇生的包裹。

　　这个神秘的盒子，装着一个欢快还是绝望的世界？

　　解开蓝色缎带，揭开盒盖，底里赫然躺着仇生的手机，还有一份备用的锂电池。

　　机身的电量已消耗完尽，我换了备用的锂电池，长按开机键。

　　未读短信，7条。

　　已读短信，253条。

　　…………

　　妈妈：感冒好了吗，注意身体多添衣，读书得靠身体的，钱打了四百。

　　组员黄磊：班长，模拟试卷答案叫老班去学校复印吧，抄死我们了。

　　10000：尊敬的用户……

　　爸爸：你看看你有什么出息。高考是出路是未来是爸妈的脸，你一定要比小放有出息！你看看你亲妈都跟他爸跑了，你还尽给我丢脸，你没出息你叫我脸往哪儿搁。他家老拿小放当王牌，说连儿子都比我的有出息！你看看人家小放你看看你有什么出息！把书读好！

小放：你们学校的消息很快传到我们学校了，听说有人死了是吗？你最近怎么样？

小放：我妈去你家做客啦，老是说久不见你和叔叔阿姨，搞得像看亲儿子一样，忙就不用回了，祝好。

小放：六月了，那么，我代替你行走，代替你追风筝，考上你想要去的大学。

10000：尊敬的用户……

10000：高考成绩查询，编辑……

小放：我考不上。

10000：尊敬的用户……

我终于又一次埋头撕心地痛哭起来，狼嚎一般绝望凄厉。

你看看你亲妈都跟他爸跑了。

你看看人家小放你看看你有什么出息。

我头痛欲裂，母亲说我们真像亲兄弟，是单独跟我说的，她说我要和仇生好好的。仇生说记得一定要离开，会离开这里的。

"我考不上我考不上我考不上我考不上我考不上我考不上我考不上我考不上我考不上我考不上我考不上我考不上我考不上我考不上……"

我说不出话，好像有东西如坚硬的核卡在我的喉咙，是仇生的死吗。这场战争不是人的战争，是一场虚荣的战争。

仇生你停下来休息了，但是你却忘记我们追的风筝，是已经断了线的风筝。风筝的风中线，注定消逝，是间断的梦啊。

原来最痛苦的那一个永远不是我。

原来梦里的那只残翅鸟，不是仇生。是我。我才是那只残翅鸟。

你看看你有什么出息。

你看看你有什么出息。

仇生，你这辈子毫无意义，你一直是被玩弄和支架的提线玩偶，你应该死或者从来都没活过。或者说我们。

"啊——!"我抱着头朝着空荡的水库嘶吼，死一般的疼痛。我分明听到仇生在和我说话，他说："小放，别喊了。"

然后我流泪的眼睛模糊地看见仇生在朝我微笑，继而听到仇生又一声大喊："啊——!"

这次的呐喊与我的如此相似，以至于我不知道是仇生的喊声，还是我的。

太阳纪，非类世界
与阿铁

1

我们所处的地球之外，有许多我们所无法接近的事物，或许各自有着各自的运行轨道，一旦接触便会粉身碎骨——太阳风暴大概就是这个意思吧，我想。

就是在那一天，2012年9月22日，我在餐厅的卡座里用筷子漫无目的地捅着盘里的那尾鲫鱼，眼底下的手机网页传言——太阳黑子每隔十一年便会进入活跃期，在活动高峰阶段剧烈爆发，今日起地球将会遭遇强烈的太阳风暴，给人类带来巨大的灾难——2012年12月22日世界末日。

余光里晴哲的视线正落在我手指的动作上，大概在想我什么时候能成功地把鱼肉戳烂。"作死……"我掐灭屏幕里的狗屁预言，蹦出这么一句。

"你想清楚了吗?"晴哲问。

"就这样吧。"

"那好吧，元子，以后照顾好自己，有什么事情需要我帮忙的尽量说。"临走前，晴哲把我从头到尾都扫了一遍，打量陌生人般，"我们还是朋友，那么再见了，以后不要分不清糖和味精了。糖是糖，味精是味精。"

晴哲没有问原因。或许这就是成年人的爱情吧，不再为摸不着的东西刨根究底，毕竟我们已经是二十六岁的人了。

二十六岁的人。怎样的人? 人际关系越来越简单;手机的私人短信越来越少，满屏信息充斥的都是工作会议时间;生活不再以自己为重心，凡事都要掂量轻重思量身边人的想法。

连恋爱都要开始思忖对方能否与自己筹建婚姻，也势必要顾虑家人的意见与感受。好比昨晚我窝在沙发上看着毫无营养的相亲节目，里头的都市男女又一次速配失败时，母亲便乘着空隙再次放话"我觉得你和晴哲不合适呀"。

"说话不要太伤人了哦。"

"你觉得你跟晴哲合适吗? 事业有成却打算结婚后跟他过穷日子? 你还是二十一世纪的高管女性吗? 事实摆在眼前哪里伤人了? 你好好想清楚吧。"

"我觉得你不是好母亲。"我笑了起来，"你自己都不打自招。"

我觉得我对不起晴哲。他对我非常好，我在生活上的底细被他摸得一清二楚，譬如我会在炒菜时一慌乱就分不清糖与味精。之所以觉得亏欠他，是因为与晴哲恋爱的这些日子里，我一直想起十七岁时的初恋男友，阿铁。

我盯着晴哲离开的背影哽咽，当年阿铁离去的情景恍若眼前。

我仿佛听到阿铁在清晰地叫着我"元子，元子哟"。

于是，哭出声音来了。

2

"我们分手吧。"

阿铁跟我分手那年，我们才高二。当时我们坐在夏天的冷饮店里，那天老板心情不错，慷慨地把冷气开得很足。我支着笑脸坐在阿铁对面嘬着奶茶里的珍珠，他看上去有点心不在焉，终于冷不防地说出了心里话。

"什么？你说什么？"我乐呵呵地应付他。

"我说我们恐怕要分开了。"

"哎哟，今天又不是 4 月 1 日。"

"你懂我意思的。"

"搞什么飞机！"

阿铁不说话了。

"为什么？""没为什么。""为什么！"像一定要知道是在哪个环节出了错。虽然我没有什么经验，但也听过学姐的劝"男生就是搞笑，特别是这种年龄的男生爱把责任往对方身上推，明明就是不喜欢你了"。

阿铁不喜欢我了？我几乎弹跳起来："阿铁……"

"就这样。"

阿铁说完话，朝杯子下压了张人民币，像在为我们的恋情埋单，随即冷漠地跑出了冷饮店。到底是怎么回事？我惊恐又不甘心地冲了出去拉住阿铁的手，一路拉扯。最终，阿铁甩开追赶的自己，朝我相反的方向走掉。我折返呆坐在冷饮店里，坚信他会回来，直到夕阳的余晖灌满了阿铁离开的街道也仍然不见他的影子。

那时啊，并没有号啕大哭，不知道是过于突然还是店里的电视机在播放庸俗的搞笑段子。只记得满脑都是阿铁离开时的白色球鞋还有往上翘卷的衬衫衣角。

如今我已经二十六岁，也谈过几次恋爱。直到与现在的男友晴哲分手，关于阿铁的记忆也一直没有消散。

晴哲离开后，我把他的手机号码还有短信删除，随即从餐厅出来把车开到地铁口的公园广场。然后，我偏头凝视着车窗外零落的人流出神，猛然——

我见到阿铁了。

年少时的阿铁身高一米八三，亲吻他的额头得吃力地踮起脚跟。眼前的他比少年时更为魁梧，衬衣也开始被撑出硬朗的线条。身边站着矮小的女生，她别扭地踩着高跟鞋朝他说笑。高壮的阿铁，左手牵着她，肩膀上挎着女式的包包。他们朝地铁口走去。

我给颜儿发短信：你在路上看到一米八的硬汉为了自己的女朋友背着很娘的女式包包，会怎样？

颜儿回：嫁给他，倒贴也要嫁。

我凝视着阿铁离开的地铁口，周遭绚烂的光晕都失焦地涌进瞳孔。左一块右一块，模糊，然后填满。

那真的是阿铁吗？或许是我看错了吧。最近看谁都是阿铁，谁都不是阿铁。

就跟我最近经常一夜之间就做许多梦一样，每个梦里阿铁都会出现，有时候是主角有时候是配角。梦的内容我都不怎么记得了，只记得无论哪个梦里，我都没能拥有他。没有一个阿铁属于我。

"晚安，9 月 22 日，太阳风暴开始，世界末日到来。"

3

与阿铁相遇，还在十七岁的夏日。

6 月的漫长天光把校园擦得发亮，地理老师的大嗓门在教学楼的沉寂中时而升着声调。在黑炭跑道上吱吱作响的太阳，融化了每个人的心脏。是这样被明亮地燃烧着的，十七岁。

"哼，别以为你有什么了不起，再敢跟我顶嘴我拿你好看！"

第一节体育课，我在树荫下挺直身板撅起屁股，伸出兰花指怪声怪调地模仿着历史老师训我的话。身旁的颜儿笑得花枝乱颤，手臂上的脂肪都在打战。

"呐呐呐，还有你身边那个谁，颜什么来着，都给我收敛点。"我的小拇指戳了下颜儿，压低声线，"听到没，小胖妹。"

"要死啊你。"颜儿捶打我。

"哈哈。"

——"你们在干什么！下课来我办公室！"

浑厚的声音从空气中挤破而出，嬉笑声猝然掐断，我和颜儿挺直腰杆差点呛了气。

猛然啪嚓一声，树冠上蹿下个不明物体，我反射般蹲下去尖叫起来。

时间停滞了一秒，午后两点的烈日在青葱的大树下投射出一圈又一圈浮动的光斑。星星点点。缓慢地抬起头时，从树上跳下来的男生正支着一张微笑的脸庞俯视着自己，短发往上捋着，露出精神的额头。"喵——"小猫窝在臂弯里，孱弱地叫着。

男生的身躯把光线给遮掩住，衬衣的边角被阳光浸泡着，隐约能看见手臂的曲线。我的双颊开始因为燥热而红润起来。

"你……真好玩。"

是阿铁。他擦了把脏兮兮的下巴，俯下身子轻轻地拍了下我的脑袋，抱着猫咪转身走了。"还以为是历史老师，吓死人了！"晃过神来的颜儿一脸悔恨地跟我对眼："他是历史老师的亲戚，我记起来了，那个问题男。他告状我们就死定了！"

"吓唬谁啊，小混混！"

"就是，真恶心。"

我懊恼地抬头，发现树冠上还卡着一瓶喝空的宠物奶。循着男生离去的方向窥探，一抹身影在拐角处转眼即逝。

留在脑海里的最后一个剪影，是男生弯着的臂弯以及被热风撩起的白净衬衫。有个声音在心脏的最底层缓慢地回荡开来——"所以……是在救被困在树上的猫咪吗？"

所以，即便在往后的日子里被所有人告知着对方是爱打群架的不爱学习的问题学生，也无法磨灭自己心底里那最原始的标签与印象——

应该是很善良很有爱心的人。

应该是很有责任感很有正义感的人。

应该是……会保护好自己的女生的人。

是这样的人。

高一结束的师生典礼上，我以年级成绩第一的模范生姿态站在台上背着硬邦邦的说辞接受褒奖，台下的颜儿在夸张地举着相机拍照，稍后阿铁便以差生的身份站在身旁接受处分。那时的自己身体十分僵硬，手掌贴着校服的裙摆流汗。阿铁偷偷地撇过头朝我笑，孩子般小声地叫我"喂，喂，我们又见面了"。

"原来你叫李元夕，以后叫你李元旦好不好。"阿铁朝我吹头发，我憋屈地握紧拳头不敢看他，他又说，"为什么不说话？"

"方铁鸣！"校长愤怒地对着话筒呛声，一阵指责。随即阿铁再也没有搭理自己，我偏头瞧见他极其冷酷的不高兴的脸，手心的汗便又不自主地渗了出来。

我思忖良久还是在典礼结束后拉住了他的衣角，而阿铁仍然是一副不爱搭理的模样，拂开了我的手掌。

"对不起。"

"什么？"

"因为台下都是人所以没有回你话。"

"我不怪你，因为你是好学生。"

"不是这样的……"我猛烈地抬起头，呼吸开始急促起来，"对不起，因为我的软弱，让你被老头训话，让你被所有人……"

话还没说完，阿铁冷漠的表情消逝得无影无踪，笑出声来："逗你的，李元旦。"

气急败坏的我都不知道用哪种表情应付他，牙缝里终于挤出来一句话。

"原来……"

所以就再也不用私底下去打探关于你的消息，不用去验证你所在的班级，不用再若无其事地去翻找你们的班级作业本。就只为了，知道你的名字。

"原来你叫方铁鸣。"

4

是在一个夏末的夜晚，山上的朋友烧烤聚会里，阿铁邀请自己偷偷地到寺庙里溜达。寺庙的外墙贴着人们许愿的祈福纸，石头缝里的钉子绑着一捆又一捆的红绳。

所以，这样的地点一点都不浪漫呢，却有点神圣。"元子想要什么愿望吗？我有愿望都会来这里哦。"

那次典礼后的日子，心底里最简单的愿望都得到过实现，那便是，走在校道听到有人朝自己吹口哨希望是阿铁，扭头发现那人就是阿铁。值日打扫完卫生独自回家，希望前方打完篮球朝自己走来的汗津津的男生是阿铁，定睛后那人确实又是阿铁。希望上课时从教室窗外走过的男生是阿铁，而刚好阿铁又是若无其事地走过，朝里头冷酷地瞥了一眼。

于是很多次很多次"哎呀这么巧""又遇见你""在食堂还能遇见哦"的客套话，开始演化成"看来我们很有缘分呀"以及"不如我们一起回家吧"。

"一起吃饭啊。"

"一起去超市怎么样。"

虽然知道世界很小，自己心里却十分地清楚，每一次的偶遇都是阿铁精心策划的骗局。没有人能够随随便便地相遇，只有得到了对方的用心，才得到了相遇的缘分。

"元子，元子哟。"阿铁喊。

"嗯？"

"不想再……以借口相遇呢。"我和阿铁坐在磐石上瞰视山下的景观，他的声线颤颤巍巍地被风吹了起来，"虽然我知道你除了学习，没有什么时间可以多余出来……"阿铁像在试图说得不那么别扭，"但是，元子有试过……与别人在一起吗？与我在一起。"

一起……一起……一起……

与我在一起。

那么，就不用再设置偶遇的场景，邀请你做想要一起做的事情。

"模范生与差生怎么可能会在一起，完全就是两个世界的人嘛。"颜儿在高二的晚自习趴在课桌上大放言论。那时的颜儿非常胖，她露出哀怨的眼神像在说"你就要为了男生离开我了"。我意会地揽着颜儿的肩膀，她便莫名其妙地哭了，吓我一跳。

"你怎么了？"我惊讶地凑近颜儿。

从高一便陪伴在自己身边的颜儿，此时摆摆手小声地说："犯矫情，你不懂，好朋友才是一辈子的。"

我剧烈地点头称："那是那是。"

良久，颜儿说："元子，你说，以后当我也恋爱了，当我恋爱了好几个男生，会不会也有人真正喜欢这样的我呀。到时我结婚了，你和阿铁也要结婚，我们四个人一起结婚，办一个四人的婚礼。"

我们朝向窗外。

夏末的夜空被月亮点燃，远方飞机滑翔而过的痕迹像一道明亮的天际线，于黑乎乎的云朵里镶凸出来。

连接着现在与未来，明亮的青春以及用来眺望的未成年。

5

与晴哲再也没有往来。

秋天下了一场雨，整个城市便被浸泡得蓬松发白。百货大厦的落地窗蒙上一层雾气，水珠蜿蜒着往下滑。"打起精神来。"颜儿在鞋堆里摆弄一双卖相中等的黑靴，"不快乐也是过日子，快乐也是过日子。"

我朝她笑："以后就要少见到你了。"

陪伴了我很久的颜儿，如今瘦削的脸异常漂亮，她就要在不久的时间里离开这座城市，与她心仪的对象搬到另一个地方定居了。

"那不一定，到时要跟你男朋友来我家玩。晴哲的事你就别惦念了吧，选择了分开就要心服口服，我知道你软心肠。早日找个新欢吧，好有个精神寄托，不然我帮你找？"

"瞎操心。"

我们笑起来。我看着眼前的颜儿，心想人类何尝不能脱胎换骨地活着呢。

我瞥着毫无预兆便暗下去的天空，这一刻的感受大体可以描述为恐惧与莫名的不安。我想我知道人们为什么会无时无刻不在暗示着自己的世界即将毁灭、我们住在危机的未知数里，大概便是源于人类的不踏实感。

早在高中之前，世界末日的谣言便有几桩，人类的警惕感已经使得消息蔓延出 2008 年以及 2010 年等各年次的末日危机。

"再打架还没到末日就死了。"我指责阿铁。手臂绑着绷带的阿铁朝我眯眼睛："对不起，以后不会了。"

"你说，如果真的末日，大家注定要死怎么办呀。那还那么努力读书做什么，大学考上也没用呀。"

"全都是人们制造的恐慌啦。传说当人感到惶恐不安的时候竭尽全力地闭上眼睛，三秒后睁开眼睛便会看到自己心底里所爱的人的脸哦，他能拯救你，那人便是你的救世主。心理第一反应呢，是自己心里最真实的躲避不掉的想法。元子到时可以试试看。"

"瞎扯论者啦，那还是得死呀。"

"那有我陪你到世界末日呗。"

阿铁说要陪我到世界末日的，可是 12 月 22 日越来越近，我与阿铁已经失去联系多年。

与阿铁分手不久的周末，跟爸妈到外婆家探亲。其间，在家强势惯了的妈妈在因为要捎带哪些礼品的小事上而与父亲吵起了架。

我与外婆谈起这小事，互相笑起来。不料外婆却向我开了口："你妈啊就是这个性子。看元子好像不太高兴，学习太紧张吗？"

我摇摇头佯装没事。

"元子哟，外婆把你拉扯大，懂你。你妈妈从小就培养你，元子太过优秀，女孩子这样累了点。你妈就是想把你培养成她那个样子哟。"外婆摩挲着手腕上的玉镯，"实际上，你妈是看不上你爸爸的，觉得你爸太过老实，才那么强势以及打理着家里的一切。可是你妈妈啊，后来大概也知道两口子是分不开的吧。哪有完美的婚姻与伴侣哟，凑合是福，生活就是凑合着过……人生就是个将就。"

我回味着外婆的话。难道人生真的就是个将就吗？明明有些事情是你所放不下的呀，这该怎么将就下去呢？

对阿铁的无故离去无法将就，对初恋的早夭无法将就。

我想，我得找阿铁谈清楚。

一个晚自习下课的夜晚，我尾随阿铁来到了一座公寓前。阿铁在使劲地打着电话，良久那名女生终于下来了。"不要再来烦我了行吗？"女生不耐烦地扯着嗓门。我记得她，同样是成绩年级前十的女生。

阿铁是真的不喜欢我了。但是原来阿铁只喜欢我们这一款女生，乖乖女，真恶心，哈哈。我心想着冷笑起来，随即泪水唰的一声便下来了。我感到耳鸣，鼻涕溢满了我的鼻孔。良久他们转过头瞧见我那两行泪痕，便再也没有说话。

路灯的影子倾斜地倒在地上，就在我们中间，像隔在我与阿铁之间的千山万水，永远无法跨越的屏障。

"为什么？"我一动不动。

阿铁没有说话。

"败类……"

"……"

"狗……狗屎。"我吸鼻子。

"……"

"贱男人！"

"嗯！"阿铁憋红着脸，片刻咬着牙使劲地回应。

"人渣！"

"嗯！"

"混混狗屎败类人渣恶心！！"

"嗯嗯嗯！嗯！嗯嗯嗯嗯！"阿铁吼叫起来。

我哇的一声哭出声音来了，我几乎要崩溃地控诉他，为什么不说话，这样有什么意思。阿铁正在警告我，我们已经没有任何语言可以传递，所有的情绪都被尴尬的只言片语吸走了，如同黑洞。

我扭头走开了，阿铁没有追上来。但是不出所料，以后没有阿铁的精心策划，我们真的很少相遇。偶尔碰见也只是为了证明一件事，阿铁与那名女生在一起了。

十七岁的初恋是真的结束了。

6

与母亲闹了情绪，在她私自给我定了场相亲会的节骨眼上。我窝火地瘫在沙发上，盯着茶几上的杯子出神。

"无论怎样都要去试试，你老大不小了……你听见没有？别装听不见，元子！听见没有！"母亲提高了分贝。

"要去你自己去！"我明确立场后，俨然变成一枚炮弹。

这时房门铃声响起，母亲开了门，是表弟。我与表弟年龄相差大，打从工作后就没正眼注意他，不料此时表弟已经是高中生了。

"好姐姐，拜托你件事。"表弟表明，姑姑姑父出远门了，学校家长会需要家人参场，希望我能帮他这个忙。可是到了现场，事情可不是这个样子。

我在办公室里听着班主任絮叨地批判着表弟的错，像他犯了滔天大罪——烫着大波浪的中年妇女咬着牙数落，在为眼前的这位少女打抱不平。

"这可不是一个人的事，您说对不对。她可是我们副校长的独生女，而且成绩都下降了那么多，这可是关乎未来和前途的事呀。"

少女打从一开始便一声不吭，这时颤抖起了肩膀。

"嗯，也对。"我点头，侧眼盯着表弟。

"我觉得您也是个知性女性，应该能设身处地地理解我的用心吧？我们这个年龄哪个不是都成家立业了，既然当人家长辈就要为下一代着想才是，否则我们不配当长辈。"

——我们这个年龄哪个不是成家立业了。

"为这位女生着想下，如果我们是她，怎么可能把青春浪费在不般配不适合又影响前程的早恋上您说对不对？"

——怎么可能把青春浪费在不般配不适合又影响前程的早恋上。

"说实话，陈同学学习成绩差，在班里都是倒数。上课爱打小差，现在还怂恿我们校长女儿早恋。说不好听，他简直……就是祸害。"

——他简直就是祸害。

我瞪大了眼睛，再也无法忍受下去。

"您不用再说了！"我腾地站起来，撇开少女，抓起表弟的衣领扯到了门外，使劲摇晃他——

"你们就那么想要早恋吗？大人不急你急什么！你是谁！啊！你是谁？你知道人家家底是谁吗？你知道人家的成绩吗？你干吗拖累人家！那么急着恋爱干吗，你配得上人家吗？"

"你们那么急着恋爱干吗？"

"你配得上人家吗？"

"配得……上人家吗？"

我拽着表弟的衣领狰狞地盯着他的脸，气急败坏地咬着牙。表弟一开始没有说话，只是眼睛汩汩地流下了泪水。我们一动不动地僵持着，良久，我的手掌瘫软了下来……

我仿佛拽住了高中时期的阿铁的衣领，表弟的脸变成十七岁夏日朝自己微笑的阿铁的脸庞——

你……真好玩。

元子，元子哟。

元子有试过……与别人在一起吗？与我在一起。

那有我陪你到世界末日呀。

7

你是做什么工作的？

你一个月开多少钱？

你家里面什么条件？

你有车房有户口吗？

你以为性格好就行？

——"你有这样问过晴哲吗？别傻了我的女儿，别说着类似什么相信会变好之类的意气话！你不要自以为是了！你们根本不是一类人！"

什么时候开始，自己按照别人的意愿无止境地活着，被渗入别人的期望别人的价值观，明明自己就只是羡慕循规蹈矩的凡男俗女。明明自己就只是想要过上，对方为了自己背上女式的包包一同走向地铁口的世俗生活。什么时候开始，世界被归类成三七等，我和你属于两个不同类的世界。

表弟扯着嗓门嘶喊："不应该是这样的！表姐不应该跟我说这些话的！本以为你能感同身受才会求救于你！不应该是这样的！"

我被击中般愣在了原地，心脏被攥紧漏了一拍。

我不能感同身受吗？是吗？我已经变了吗？我已经无法有那般感触了吗？

我已经麻痹了吗？已经全然失去了那些过往吗？

"不是的！"我狡辩，胸腔开始起伏，终于扯出了哭腔。

大学毕业后回母校访谈，意外地遇到了那名与阿铁在一起的女生。我佯装没有看见意欲离开，对方却叫住了自己。

"方铁鸣后来找你了吗，"她问。

"我以为他会找你，想以前他对你真是用心。"女生的端倪使得我浑身僵硬，"被老师训话后，方铁鸣求了我一个星期，每夜在我房间下站着不肯离去，一站就是通宵。他在求我，帮他补习功课。他说老师跟他说得对，他配不上你，不能耽误你。但是他开始努力了不是吗？"

我的脑海里出现了飞扬跋扈的阿铁，朝模范生低头的画面。阿铁通宵站在昏黄的路灯下的画面，路灯的影子倒在那晚我们之间的画面。

当她说"我很羡慕你，你改变了一个人"时，我的眼泪啪嗒啪嗒地涌了出来。

这才是阿铁离开自己的真正原因，这才是我与阿铁的真正过往。

可是阿铁你在哪里呀？寺庙的石墙上写着"我要考上×大"以及"我考上×大就来找你"的许愿纸，哪条才是你的呀？

什么时候开始，我变成那名给予你同样教训的长辈？

什么时候开始，我也要破坏表弟他们的幻想？他们或许会头破血流或许会以失败告终，会痛哭流涕地后悔当初，但是这些都是他们的权利，有些痛苦他们自己要试着去尝，我们为什么要以前辈的姿态去毁灭去指引？

就在，太阳风暴的时候开始。

我彻底地松开了表弟的衣领，手心捂住了自己的眼睛，缓缓地蹲了下去。

"原来，我们不是一类人呀。"

8

网络最新预言，2012年12月22日世界末日的太阳风暴只是造成光子带、零度空间的作用关系。12月22日地球会有连续三天的黑夜，是地球的换纪时刻，三天看不到太阳，而不是世界毁灭。三天黑暗过后地球将进入另一个世纪。

新纪元。

相亲会后，如同那天晴哲离开般，我把刚才那人留下的手机号码删除，随即从餐厅出来把车开到地铁口的公园广场。我坐在车里盯着手机屏幕，回想以往的一切，觉得人若是坦然，一切的末日都只是过眼云烟。

　　车子停靠在公园黑暗的角落，恍若自己待在一颗孤单的星球里。"喵——"车窗外的一棵大树下，一对小情侣在喂着两只流浪猫喝宠物奶。

　　"你说要把它们放哪儿呢？"

　　"感觉是不同的种类，但是我们还是要去找个纸箱把它们放在一起才好呢，它们太可怜了，没有家。"

　　"嗯，外面又太冷，周遭太冷啦。"

　　我缓缓地，别过脸去。

　　瞬间，脸颊一片潮湿。我，二十六岁的人了，我一直提醒着自己，极力地控制住自己起伏的胸腔。不要哭，不准哭，不能再哭下去。

　　我调整急促的呼吸——

　　在这个时刻预言着末日的世界，明天会遇见谁呢？会再跟阿铁相遇吗？谁陪自己到世界末日呢？他是谁呢？

　　——"传说当人感到惶恐不安的时候竭尽全力地闭上眼睛，三秒后睁开眼睛便会看到自己心底里所爱的人的脸哦，他能拯救你，那人便是你的救世主。心理第一反应呢，是自己心里最真实的躲避不掉的想法。"

　　这都是真的吗？假如真的到了世界末日的那天，我会看见怎样的人？他善良有爱心吗？他有责任感和正义感吗？他会保护好自己的女生吗？他和你属于同一个世界吗？他会……迁就你、对你好、为你而努力着吗？

　　我用手背抹了下皱巴巴的脸，偏头发现少年们早已经消失。

　　阿铁，早就消失了。早在自己的青春和末日里消失了。

　　我终于知道——或许"阿铁"只是我对爱情以及爱情对象的一种标榜和向往。曾经年少的阿铁只是变成了如今幻想的恋爱对象的模板以及符号。

尽管，被生活浇了冷水，尽管被生活剥夺了很多东西，也再无法停止自己努力的决心，去寻找自己所希望找到的阿铁。

每个人都是自己世界末日论的始作俑者，自己爱上谁，错过谁以及进入属于自己的天黑。每个人都孤单、不安、患得患失，试图制造危机言论渴望出现保护自己的人，在自己制造的世界末日前。

如果太阳风暴是一个周期，经历了一个太阳纪，便可以重新来过，迎接新纪元。万物复苏，生灵茂盛。

我缓慢地闭上眼睛，眼皮打战，极力地撑开……

会看到谁呢？

只要我睁开眼睛，我就启动车子开出这片黑暗，朝光明的地方驰去。

太阳风暴结束了，我也应该从我的青春里走出来，从别人的世界观里走出来，从我的世界末日里走出来。

三、二、一……

好友恋爱证明题

1

瞳孔里纷繁的夏天景象。

太阳像团火芯，瞬间就把夏季给点燃了。女生们在树荫下乘凉，比划着暗自修短了两厘米的裙摆，纷纷计划着为了迎接初夏的到来而该怎样打造一双更细更修长的腿。

"呐，听说用保鲜膜包住大腿跑步，一圈下来上面都有一层抖动欲滴的汗，好欢快的方法，真妙。"

"听上去不错，喏喏喏别光是演示，冰淇淋快融化了啦……"

于是校园一角又泛起了一层嬉笑打闹的浪涛。

苏晴是有点把持不住那种场面的，女生们一聊得欢便不由自主地形成了一座欢乐的小王国。自然而然就有眼尖者对苏晴的细腿垂涎，起哄要苏晴透露瘦身妙方，苏晴说不上来又口干舌燥便趁早脱身。

像苏晴这样的女生应该很受欢迎吧，现在情愫萌动的半成熟男生都好这一口。这是大多数女生私底下关于她的一句话总结，而"这样"到底是怎样，又实在说不清楚。

"夏天上体育课真是要命啊。"苏晴嘟囔着来到小卖部，买了巧乐兹冰淇淋便往回走，却被路边的花坛吸引过去。

苏晴对着一朵处于半休眠状态的牡丹花格外出神，她想起了上次做的模拟题题目也是与牡丹花有关的，于是她叹呼，原来你就是花中之王啊。

眼前硕大硕大的牡丹花，在绿叶中被醒目地勾勒出来，独特的品种使它拥有艳丽的紫色花瓣。

就在苏晴直起身子转身之时，有人骑着自行车从她身边擦过，苏晴便往后趔趄险些摔倒。

当苏晴红憋着脸怒视那人时，却看见对方"哧"的一声用脚绷直了压住地面跟个圆规似的停住车，双手撑着腰，头也不回地喊："不好意思，本姑娘心情不是很美丽，白皙的双腿跟不上思考的脚步才会蹬得如此之迅猛，撞得你花容失色。"

苏晴捂着嘴哧哧笑了起来。

丁佳琪偏转过头，撇嘴盯着苏晴，鼻孔里长长地出了一口气，用喉咙诡异地纠结出一阵长音："哼——"

苏晴咧开嘴笑得开心："装什么嫩呢。"

丁佳琪腾地转身把车立好，跑到苏晴身边就往胳膊上一掐，劈头盖脸就是一句"你要死了！我外焦里嫩得都快化成水了！"，而苏晴则嗷嗷哀叫着脱离出来，小心翼翼地凝视丁佳琪的脸，说："丁美女，告诉我，最近怎么很少理我啦？"

"还不是叫你帮个忙你都没啊，真不够意思，亏我们还是好朋友。"丁佳琪上前推着自行车，佯装生气，苏晴便跟上前并排走着。

"哪档事？"苏晴挠了挠头。

"就……介绍我跟你们班那啥认识啊，哎呀就那啥嘛，啥来着，对……唐帅！"

苏晴瞪大了眼睛。

"唐潘宇？"

"对呀，关注那小子挺久了，我上次不是跟你说了啊，踢足球那耍帅样还有点贝克汉姆的范儿，啧啧啧，完了！"

"收起你那花痴样吧，咦……"苏晴笑了起来，话还没说完就被丁佳琪掐住了话头——

"你喜欢他吗？"

苏晴不置可否，无辜地看了看足球场的方向："没……高中生可不能谈恋爱哦。"

"行！不喜欢就好啦。那是以成绩为前提，我们这些年级前十的就应该帮助学习困难户，互相提拔啊……不说了，我是趁着自习课去传达室拿班级信件，得先走啦，放学等我回家哦。"丁佳琪抱了抱苏晴，转身之际又回过头来，掏了掏背包拿出封东西塞给苏晴，补了句，"差点忘了，这个托你给他。"

"这是……"苏晴有点不安。

丁佳琪蹭到她耳边小声说了句话，便风风火火地推着自行车往教学楼方向赶。

苏晴手攥那封信件，低头恍然察觉自己的冰淇淋都化掉一大半了。

夏天真的来了。

好像还需要一场恋爱来证明些什么。

"情书。"

苏晴回响起耳边呓语般的话，自语道，现在是恋爱的好季节啊——

于是，整个夏季就像手中吸热过度的冰淇淋，轰隆隆或者悄无声息地融化了。

2

苏晴跟丁佳琪认识的时候，还是开学初期，当时正是让人烦躁的春雨时节，天空总是呈现一副动不动就哭哭啼啼的脸。

开学第二天的课间操空隙，理科 8 班的苏晴捧着班里的寒假英语试卷，到办公室帮忙批改。不料英语老师正在跟一名女生谈话，苏晴打了声招呼就先到桌前批改选择题了。

当苏晴的耳朵跑进"你扭脸不认人的速度如同核聚变""公序良俗是修己的好母亲""我沉痛得不知如何表达"等等话语，她终于不得不在承认"英语语文不分家"以及"方老师很厉害"的事实下抬头观望赛事。

眼前这位谄媚地笑开了花的女生，自然就是丁佳琪。她将了将耳边的发丝绕到耳后，往前蜻蜓点水般拍了两下英语老师的膝盖，支着乖巧的笑脸："姑妈你别文绉绉了，怪别扭的，吓唬谁呢。"

"话不是这样说的啊，是我让你转学来这边深造的，可是你才来了一天就和顾晓闹矛盾，情理过不去。"

"也没有啦，我只是大力地拍了下她的额头发出清脆的响声……"丁佳琪呲嘴道。

"然后呢?"

"然后……她哭了。"

"噗……哈哈。"扑哧一声，苏晴与丁佳琪不约而同地笑出声，一拍即合。对于顾晓，苏晴是知道这个人的，虽然没有亲近接触过，但是依稀记得有陌生人往她手机里发短信时这样宣言道——

"你离唐潘宇远点，我是顾晓，他喜欢的是我。"

"好了好了反正你也道歉了，以后注意点就是了。苏晴，你现在先带她去教务楼的学生处放档案。她新来，不认识路的。"方老师嘱咐道。

于是苏晴领着丁佳琪往教务楼的方向走，一路调侃得知事情的缘由是"我只是不喜欢顾晓仗着关系户，成群结派地欺负班里的一名贫困生"，还有得知丁佳琪在文科9班，与苏晴刚好是文理班分割的邻居。

而就在到达教务楼的石阶旁时，丁佳琪取下书包从夹层翻出了一双袜子递给苏晴，说："这些天雨多，这是我昨天买的袜子，包装还未拆的……换一下吧不然患了风湿很难受的。"

末了，还不忘狡黠地补了句"我知道你鞋底里肯定是湿的"，然后转身走上台阶。

苏晴下意识地动了动鞋底里的脚指头，感觉确实是有点湿冷又黏糊。低下头注视着帆布鞋鞋身外侧微微散胶裂开的缝隙，心想她是怎样在一路潮湿的途中注意到自己的这点小细节的。

于是苏晴猛地抬起头，目睹丁佳琪已经拉开玻璃大门快要踏步进去的时候，突然毫无预兆地大喊了起来——

"丁佳琪！"

"啊？！"

女生探出头来，疑惑地盯着苏晴。

"你可以做我的朋友吗？"

苏晴微妙地动了动腮帮，随即咬住了下嘴唇。试探性地眨巴着眼睛，抿了抿嘴唇划破了周围的寂静——

"我说的是……好朋友的那种。"

好朋友应该是，你的世界里有了统治你的国王，我也要当你的王妃。

我们要做好朋友，丁佳琪，普通朋友的那种我才不要。我要当成你王国里的王妃，被器重被交心不被遗忘。

"好！"丁佳琪毫无形象地扯了个鬼脸，给了苏晴一个大大的笑便爬上了楼……

苏晴站在满是水渍的肮脏水泥地上，像一株扎根萌芽的植物，浑身散发出一股紧凑的拔张感。

就这样，浸泡在春天的温暖里。

浑身暖乎乎了起来。

3

百花之王是（　）；花中君子是（　）；花中皇后是（　）；花中珍品是（　）；群花之魁是（　）；水中芙蓉是（　）。

牡丹。兰花。月季。山茶花。梅花。荷花。

丁佳琪把情书托给苏晴后的第三天晚上，两人在苏晴的房间里咬着冷饮的吸管看《花与爱丽丝》这部老电影。当电脑屏上出现一簇又一簇艳丽的鲜花时，苏晴脑海里又掠过上次那道做过的模拟填空题。于是她扳过丁佳琪的脸，用考察的口气问："你猜，花中之王是什么？"

"花中之王……是一部漫画。"丁佳琪作思索样，回答道。

苏晴意料不到丁佳琪的思维如此跳跃，哑嘴道："什么嘛，我问的是花。呐，花中之王是牡丹，花中皇后是月季。但是我始终不知道

'花中之王'与'花中皇后'的区别啊，不是都是最大的女人王妃么？"

丁佳琪立刻摆出鄙夷的姿态："这简单。像我这种身材就是月季，而你这种就是丰腴的牡丹啦，就这意思。"

在苏晴还没彻底反应过来时，丁佳琪马上嬉笑着接过话茬儿："得，说正经事。百花都漂亮，谁才是最娇艳的那一朵唉……苏晴，唐潘宇是不是不喜欢我啊？"

"啊？……"苏晴有点瞠目结舌。

"因为情书都送去有一天了吧，怎么没音讯的哦？我好歹也是美人胚子。"女生不服气地说。

苏晴笑着走到冰箱前，边取出饮料边有点为难地说："应该就快有反应的吧。他那人有点呆。"

丁佳琪接过饮料往杯子里添倒，毫无情感地回应"希望是这样吧"。

隔天午后，由于苏晴有午睡习惯，丁佳琪只能一个人在学校的图书阅览室里吹冷气。阅览室里的长书桌被横亘着的铁架分成了两半。丁佳琪挑个靠边的位置随手翻看着报纸，目光停留在"乔布斯的死与市场的曙光"的版块。女生正在感慨如今戏谑的记者编辑的眼光真是独到之时，隐隐约约从铁架对面的对话分辨出确实夹杂着"唐潘宇"的字眼而瞬间精神亢奋了起来。

"淡定啊！八卦就在眼前触手可及！"丁佳琪一鼓作气，然后正襟危坐。

侧耳就能听见嘴尖者的话题。

"到底去不去啊你？好歹去看看。"一者言。

"唐潘宇生日开聚会？这么洋气？"二者道。

"听说有联谊的，有叫了文科班的女生，哪些人去，文科班知情者会随意叫吧。"一者再言。

"听上去好像很厉害的样子。"二者再道。

"主要是好像有人给了唐潘宇情书，然后唐潘宇也喜欢那女生，所以特地安排这次聚会在世人面前表白。你别说出去，我是刘源跟我说的，潘宇他同桌……"这才是重点和精华。

丁佳琪选择性地听到这里，像掐掉了电源但是却乐此不疲地享受着黎明前的黑暗。她把头埋在油墨味很重的报纸里，抵住桌面，浅浅地笑了起来。

"真是有远见，单恋的死与恋爱的曙光呀。"女生暗自窃喜，彻底地嗤笑起来。

果不其然，丁佳琪的手机在裤兜里征兆般地振动了下，她摸索了出来看见手机屏幕上躺着这样一条新信息：

丁佳琪，我是隔壁班的唐潘宇，特地找了你的号码。这个星期六晚上你有空吗？我生日准备晚七点在德安路的 KTV 和朋友聚聚。特地亲自发通知以表诚意，希望你能来。

4

自然万物的周期。

倘若在春天萌芽生枝，就理当在夏季开始拔张着酝酿果实。

丁佳琪雀跃地抱住了苏晴，口里欢腾着"多亏你啦"使得苏晴一愣一愣的。在告知了事情缘由后，苏晴还是有点目瞪口呆，好像不敢相信女生所说的一切一样，但是现实确实是男生向丁佳琪发起邀请了。

于是接下来的周六下午，丁佳琪和苏晴两人在房间里写完两套模拟试卷后，便匆匆地打开了偶尔派上用场的化妆袋。

对于小女人来说，化妆技巧自然不会娴熟。苏晴还清楚地记得她们两人之前临摹时尚杂志上传授的化妆步骤，涂隐晦的指甲油还有化眼线弄得泪水直掉的可笑场景。可是今天，苏晴在为丁佳琪着妆的时候特别小心翼翼，一点都不敢马虎，连搭配的衣服裙子都按色系严格搭配。

待到晚上，丁佳琪紧紧地抱了下苏晴后，就以与往日迥然不同的形象出现在众人面前了。

女生环视了下包厢，里面大概坐了十来个人，除了其他班的陌生脸孔，自己班里的人除了自己还有数学委员李安、文艺委员陈艳艳还有死对头顾晓。

包厢里屏幕的亮光还有霓虹的闪光交织着印在每个人的脸上，气氛十分融洽。

丁佳琪看了眼顾晓，顾晓正面无表情地坐在角落里玩手机。一副被冷落的模样看上去十分冰冷。正在这时，唐潘宇挤开身边的李安坐在丁佳琪的旁边，双手摩擦着大腿到膝盖中间的那一片区域，显得有点紧张的样子。

最后他凑到女生耳边说："你今晚真漂亮。"

"平时也一直很漂亮！"丁佳琪死皮赖脸地说。

于是唐潘宇便为此乐呵呵地跟她拉开了话闸，在有点嘈杂的环境下形成一座两人的小王国。丁佳琪的眼睛在黑暗中格外有神，光线印在她精致的脸上可以看见她嘴角压抑住的幅度。

此时此刻，她非常幸福，恨不得马上跟苏晴打声招呼，分享战果。

尔后，有同学从包厢外抱进了一个大蛋糕时，唐潘宇才看似悻悻然地跟女生说，他先不跟她聊了。

然后有同学调低了音响里的音乐，用话筒吸引大家的注意，吩咐各班班里的人坐成一起，切完蛋糕就有各班的互动游戏。于是大家开始调动位置，丁佳琪她们班就往顾晓的角落靠近，丁佳琪就挨在顾晓旁边，互不理睬。

终于，唐潘宇接过话筒发话了，表明聚会目的与生日感言，最后顿了顿继续说："其实今天我生日还有件事，那就是我要向一名女生表白，谢谢她的情书，我也喜欢她。"

唐潘宇边说边从桌底捧出早已准备的玫瑰花，全场起哄，嬉笑与掌声响成一片海洋。

丁佳琪的心剧烈地跳动着，手心不自觉地湿凉湿凉着。她觉得时间理当凝结一点再凝结一点，可是还没晃过神，唐潘宇已经走到自己跟前了。

女生的腿居然有点颤抖起来，下意识地挺了挺背——这实在是太难熬了。

最后，丁佳琪不知所措地闭上了眼睛，周围一切都真空般失去了声响。

一秒。两秒。

又恢复了现实，仍然是杂乱的喧闹，而且更高了一层分贝。

丁佳琪睁开眼睛，目睹唐潘宇已经跟顾晓有礼貌地浅浅一抱，然后顾晓接过了手中的玫瑰花。

哗然。

唐潘宇肯定是走到了自己的跟前，然后向偏僻角落里的顾晓伸过手，绅士地拉起了公主。丁佳琪还没反应过来是不是这样的时候，顾晓朝她这边扫了一眼。丁佳琪抬头仰视顾晓，她脸上的光线与自己身边的空气一样稀薄，可是单单是这样的光线也能察觉到——顾晓在向自己笑。原来顾晓今晚很好看。顾晓才是主角。原来顾晓赢了。

"不好意思，一直没跟你打招呼说话……"

丁佳琪好像听到了唐潘宇向顾晓这样说，不知道是不是这样，她不清楚，周围太吵闹了，要不然就是太安静了。一片空白。

周围开始乱哄哄地切蛋糕，然后大家砸成一团。丁佳琪呆若木鸡地坐在那里，手机振动了起来。她掏出手机看见上面的信息突然有点喘不过气：

"你离唐潘宇远点，我是顾晓，他喜欢的是我。"

"一起来玩啊……"

丁佳琪一个不留神，抬头的瞬间就被顾晓用一团蛋糕准确地砸在了额头上。女生颤了个激灵，一块一块夹着奶油的糕体就往干净的衣服上掉。

她盯着顾晓，顾晓脸蛋上只有一抹恰到好处的显得可爱的奶油。

"干什么呢。"唐潘宇拉过顾晓的手臂，看着丁佳琪着急地说，"砸得有点多了吧。"

丁佳琪安静地站起来，众目睽睽之下跑出了包厢。

5

当苏晴见到丁佳琪的时候已经接近九点了，她一接完丁佳琪的电话就马上跑出家门。正想询问为何没玩得尽兴点，却目睹女生呆然地站在家门口对面的路灯下。

完全不是之前的丁佳琪的模样，惹得苏晴心头一紧。这下才使苏晴恍然，从以前到现在好像只有丁佳琪安慰时常失落的苏晴，而丁佳琪很少有此时此景的窘迫与不堪。

但是现在站在路灯下的丁佳琪，头发、额头还有胸前的衣襟都或多或少地沾了蛋糕渣还有肮脏的奶油。已然用纸巾擦拭过，但痕迹仍然不堪入目。

昏黄的灯光下有飞蛾在扑闪着发出聒噪的声响，女生被看上去黏黏糊糊的橙色光线深深笼罩。脸上的素妆拌着泪痕脏了一片，整张脸在黄光下异常苍白。

丁佳琪一见苏晴，开始扯着嘶哑的喉咙，尽管已经矜持地压了泪线，但周围却还是泛起了更深更远的哭腔："我说……我说，苏晴你是喜欢唐潘宇的吧。如果是并没有什么，我们说好是好朋友的。同时喜欢一个男生没什么见不得人啊……"

几乎是以喊的方式表明，抑或说控诉。

苏晴一听这话泪水就禁不住往外淌，正想跑过去，就听见女生失控地喊停了脚步。

"苏晴，你压根就没有帮我把情书托给他吧……而是正好顾晓给了他情书，所以我还以为是我，是这样的吧。可是你也没跟我说啊……"丁佳琪的眼中满是失望。

"我是没有把情书给他……"

"行了。"丁佳琪打断了苏晴的话，于是就说出了那句话，"花中之王和花中皇后……你不是牡丹，我也不是月季。《花中之王》是一部漫画，讲的是'信任者、背叛者，这个世界上存在这两种人'。没错，是这样的……我把你当成好朋友啊，可见信任者与背叛者就是我们俩吧？"

语毕，丁佳琪不留余地地跑开了，剩下苏晴站在原地如同一双流泪的眼睛。在夏夜里突兀地闪烁着。

更像，一颗陨落坠毁的流星。

6

不管如何，还是有丰硕的果实在这个夏季里沉甸甸地早熟坠地了。

当唐潘宇跟丁佳琪在校园里并排走着的时候，丁佳琪却感觉自己的心被活生生地掏空了，并没有想象中那样快乐以及如获珍宝。

生日过完没几天，丁佳琪就收到唐潘宇的短信，表示男生觉得顾晓的行为太过分，以及自己通过那晚的聊天发现自己才是男生喜欢的人。

于是在一起也就是自然而然的事了。

只是当他们并排走着碰见苏晴的时候，尴尬的氛围就挥之不去了。女生们始终没有说上话。

当你失去了身边惯有的人以及微笑时，往往才会发现你拼命追求到的事物永远都弥补不了你因此而失去的东西。

但是又能怎样呢，有些东西就如同夏天里的暴雨，你留恋也好，你嫌弃也好，它总是来得快去得也快。

丁佳琪就这样告诉自己并且试图在唐潘宇身边试着重拾已然消逝的欢愉。谁说这不够好呢，夏天、模拟试卷、恋爱这些残忍又美好的事物正在自己身边持续着热腾腾的温度。

正在上演。

直到有一天，已到暑假前的酷暑时节了。

丁佳琪在阅览室惯坐的靠边的位置趴着睡着了，又惺忪地被走动的脚步声唤回意识。

她翻扭了下头，把长发懒洋洋地盘在一起理顺到一边。就把脸侧躺在手臂上，闭上眼睛吹冷气休息。

"……这次月考文理科分数也差得太多了吧。不过好在理科的陈欢还有苏晴分数还是蛮稳的啊，不然这分差，老师不得气死啊……"

"嗒，也是。我说陈欢和苏晴也太厉害了吧，学习好就算了，而且人缘又好，性格居然没有畸形和孤僻。"

"陈欢我接触少，苏晴嘛……像苏晴这样的女生应该很受欢迎吧，现在情愫萌动的半成熟男生都好这一口。"

"怎么说?"

"说不清楚,但是连唐潘宇这种校草体育生都喜欢她,应该就是受欢迎的证明吧。呐,苏晴不是他女朋友吗。"

"什么嘛,那是几百年前的事了吧。后来不是被那什么顾晓拆了么,乱发短信挑拨,而且还特别张扬,搞得女生寝室楼都传开了啊。很多人都知道啊。但是后来顾晓不是和唐帅在一起了吗?"

"瞎说,唐潘宇不是跟顾晓班的那个长头发的女生在一起了嘛,哦对,经常跟苏晴在一起的那女生……呃,这么说好没脸面啊,干吗抢自己好朋友的前男友啊。"

"都是前的啦,要是现任的应该会被骂死吧。如果是我,为了不让好朋友招嫌和被骂,我才不会让我的闺密跟我男朋友有进一步的接触呢。倒不是什么打破醋缸,总不能让闺密被别人乱说吧……搞不好人家还以为是那女生拆了苏晴和唐帅而不是顾晓呢,所以我们也不好说那啥,我们又不知道什么事……"

…………

女生偏了偏头,左耳在手臂上压得有点生疼。丁佳琪还是闭着眼睛,然后慵懒地把脸往手臂上蹭了蹭。自然而然地,升起右手臂,然后她把头深深地埋在手臂间,抵住桌面。

眨巴了下眼睛,泪水就隐秘地从眼角流出来。

浅浅地哭了。

7

苏晴背着包又要一个人出门逛街了。

她穿好了鞋,然后在家门口旁的花坛里停了下来,蹲着端详了一会。这个花坛是自家还有几户邻居共同在小区里塑成的，种了各家的各种花草。看着自己种的花长势良好便心满意足地起身，转身时的焦点就停留在丁佳琪的身上。

女生仍然站在家对面的路灯下注视着自己。像浸泡在深海似的鹅黄中，点点的亮色光泽在周身轻轻地泛了一圈。

仍然是以前的丁佳琪。

苏晴嘴角的弧度就这样被身体里的能量牵扯着上扬了，还没来得及开口，丁佳琪就跑过来抱住了她。

女生的脸埋在苏晴的臂弯，动不动磨蹭着对方。长发摊在半张脸上，被泪水打湿了贴在肌肤。

"怎么啦？被唐潘宇欺负了？"苏晴拍着丁佳琪的背，重复着忽重忽轻的动作。

"对不起……"

好朋友就是一句无论如何都不会深仇大恨的"对不起"。就是一句什么都不用解释就能用上场而不用过分探讨的"对不起"。什么都不用解释，只需一句"对不起"。

丁佳琪胡乱地抹了脸颊上的泪，欠着苏晴的手补充道："拈花惹草的家伙不应该要，像你说的啊，高中生可不能谈恋爱哦……"

苏晴掏出纸巾帮女生擦拭着泪痕还有汗水的同时，丁佳琪从包里掏出了封信塞给苏晴。苏晴的手在空中停顿了下，还是接过了信封。

"什么呢？"

"情书呢。打开。"

女生拆开了信封摊开纸张，笑着抱住了丁佳琪。纸张上的字体仿佛当下夏季里的风，把女生们脸上的泪痕还有汗水都吹得消失殆尽。

一片清凉。

——好朋友，我爱你。

"给你的呀……"

8

这个夏天更加象征化了。

酷热、蝉鸣、凉拖，难得的清风以及果实。

或者，接下来会有一场及时的暴雨来结束女生们的这一学期，开始漫长的暑假了。待到明年夏天，校园里又会开始萌发一场又一场悸动人心的情感。

适合恋爱的季节，还会再收到情书吗？

校园里的每个角落都会有不为人知的行动开始了吧。

苏晴已经知道，书包里那始终没有托送出去的给唐潘宇的情书里，也写着关于自己的只言片语。

这种只言片语等同于"好朋友，我爱你"。

9

呐，跟你说。如果有一天，你真的想要成为我的男朋友，不管是谁成为我的男朋友，你们也得对苏晴好。虽然我喜欢你，但是你还得让我的好姐妹看过眼。如果好姐妹看不上你，那……喏，也是不成的。如果你是我的国王，那么，好朋友就是我的王妃了。

于是——

酷热的夏季就过去了。

来自星星的我

1

在别人的瞳孔里，这个夏天有蝉鸣、有恼人的暑气、有叫卖的青皮西瓜，视网膜上仍然是平白得连描述都缺乏动力的模样，像安可用懒洋洋的语调所说的，这个夏天终究还是个夏天呐，裙子还是惯例被校服给占据了，真烦。

平凡，毫无营养，好像也没什么纪念价值，但是我却感觉心里有块领地正被颠覆得兵荒马乱。

"许澄邈，发光的才是星星。"

我刚察觉到窗外的一方窄窄的天已经发酵得像一层轻薄湿润的淡灰黏膜时，班主任的良言益语正在试图挽救我那四处逃窜的注意力——

他憨厚地双手交叉俯在办公桌上，脑袋却戏谑又不安分地点了又点，嘴角上扬，"你看看你的成绩单，得注意了！"

我杵在他的面前点点头，无限地黯淡下去。

"回去吧。"班主任身子往椅背一靠，挥了挥手作告别状。末了，又硬邦邦地补了一句"我早就跟她沟通过了"。

从班主任办公室蹑步出来，已经是晚自习了。天空灰暗得就像盖了一层膜。天际的傍晚，亮光充当一道裂痕，破裂的天仍然被黑色的分子慢慢愈合了，就这样，天就彻底地完整地黑了。

毫无声息地，愈合。

入了五月份后，白天的脚步开始走得越来越慢，而正是如此才让人感觉黑夜的寿命是短之又短，高三应届生们草草吃过晚饭然后洗漱，都赶在天没彻底暗沉前奔赴教室焚膏继晷。

我回到教室，安可已经在自己的书案前看书了。

我从另一条通道绕过她的座位，回到自己的位置上动作自然利落地把头浅埋在手肘里，剩下一双黯淡的眼睛注视着前两排的安可的背部。

头发潮湿地搭在肩膀上，跟水草一样。没了。

"许澄邈，上次借的小说还你，要高考了没时间看闲书啦。"

此时，班上的小帆同学跟我还书，我把其他书籍挪在一旁，接过那本书放在木桌的正中央。同桌的位置还是空的，瑞杰跟猫似的，每到夜里就不见踪影，不知道自己去掠寻什么新鲜去了——他好像还是很讨厌晚自习的样子，更准确地说，应该是对学习不抱好感。

之前生活的情景应该是，多半是，无非是好歹有个头很大的人软绵绵地趴在身旁的桌面上，拽住我的衣领嚷嚷着"欸，有小说看没，上次说要借的书还没拿哇，给我介绍内容吧，别看书啦，都看成傻帽了，脑袋里都运转成黄河上的河床啦……"，然后安可就会偏转过头来调侃道，"班主任的啄木嘴要来开枪了，瑞杰看你懒得跟一坨泥似的"。

而如今的情景是——

应该怎样开口才会显得比较自然而然且毫不刻意呢？是面无表情地捅了捅对方的胳膊慵懒地哑嘴道"欸，你要的书，给你"？是故作轻松地跟往常无异，揽过对方的肩膀聒噪"书还要不要了？！……啊啊啊，要的啊，那我跟你说内容吧很刺激哇"？

还是，"我们还是朋友的吧？"。

我们还是朋友的吧。

座位是空的，清静得让人很是难受。

2

一个星期前，正是夏天的气息悄悄入侵并贯穿整个校园之际，学校为挑选参加联校竞赛的学生，大张旗鼓地进行各种摸底考试。顿时，一种你死我活的搏斗气氛像夏日桂花香开始弥漫在校园各个看得见和看不见的角落。

对我而言，这些好像都不是什么值得大动枪火的搏斗项目。更具挑战性的应该是，与此同时各种班级之间最后的篮球比赛也正如火如荼地进行着，而在一场场比赛中，安可的加油呼喊声貌似对瑞杰更为高亢——相对于我而言。不仅如此，在我打球的比赛上安可还会缺席，瑞杰的比赛她却每次都签到。

而对于联校竞赛结束后的第二天，我与瑞杰都在场的这次比赛，安可却索性不来了。

体育课上打完球，我和瑞杰来到校园东角的小水池边上，并排坐着。那只在地上垂死挣扎着的鲤鱼，被我和瑞杰捏着投放回小水池后，又自由快活地畅游着。

"瑞杰，我问你个事。"我的脚踩着地上的篮球来回滚动。

"啊？！"

"你是不是喜欢安可？"

"怎么会，她不是和你在一起了啊。不过你太闷啦，只知道读书，球赛也打得少了。说不定还是我讨喜呢？"

"哦，也对。"

"怎么啦，说笑的。她喜欢你的啊。"

"……你个大头。"

你喜欢她的吧。

你如果不喜欢安可，又怎么会在她眼底的每场比赛都那么热血，竭力地充当赛场上的佼佼者呢？我怪想着，你既然知道要充当佼佼者必定懂得其中的这个头衔的意义。好比昨天联校竞赛前，校长所说的那样——

那种最后成为发光的人，务必都是战争中的佼佼者。

你是知道那个头衔的意义的吧，你也想要当星星吧。

3

你如果不喜欢安可，前天在我参加会议的时候弥补她身边的空缺的人就不会是你了。我也就不会看见你们并排走着的那一幕，那样子的距离已经可以算得上是"亲密"了吧。

傍晚窗外的昏暗光线搅和着屋内郁郁寡欢的白炽灯光，总让人昏昏欲睡。为了给明天的十所名校的联校竞赛鼓舞斗志，校长聚集起选出的寥寥无几的可怜人儿，极力为他们灌输那个观点。

这是战争。胜者为王。

我打着哈欠缓慢地趴了下来，像坨形状松散的牛粪，心想这朵鲜花插在我的身上真是一次败笔。

总该是有点斗志存在的，也总该是会成为佼佼者的吧——别人眼中的我全校排名前十，拥有可以闪花他们双眼的荣耀光环，理当被这样器重与垂青。而自己其实是个扎堆的士兵，看到大伙冲锋陷阵自己也跟着往前跑，那股斗志丝毫不是在自己身上土生土长的。好比拥有一针激素造就的丰满肌肉，却是在显示虚实的外表而不是为了彰显身体健康啊。

与其把时间献给纸上竞赛，对我而言更重要的是，与重要的人一起待在教室消耗最后的高中时光。

我无聊至极地从胳膊中侧头蹭了蹭压红了的脸，眼里却闪过了一道锐利的光。有窗外篮球场上不时跳跃的身影，有扫树叶的值日生，有叉着腰像怨妇一样指手画脚的咂嘴者，有把毽子踢得老高的男生停下来提裤子。热闹极了。

可是停留在瞳孔深处最久的画面仍然是——瑞杰与安可并排走着的身影。

他们在说什么呢？他们偏着脸好像笑着，又好像没有笑。还是有说有笑呢？

他们在商量什么？现在都几点了有什么好商量的呢？刚好碰上了吗？你们是我最喜欢的人，你们有什么好说的？

"沈澄邈，干吗呢！"校长终于忍不住了，"注意听，你们可是代表学校的人，要尽力而为，加油！"

我着实被最后那句短促悲壮的感叹给镇住了，打断了绵延不绝的思绪。匆促地点点头应付，偏脸用眼角触及操场的角落，早已不见他们愉快的身影。

我的脑海里全然都是与竞赛无关的疑问和推测。怀揣的臆想终于松松垮垮了下来——为什么站在他们身边的人不是我呢？

我为何要在这里？

终于，接下来的时间我久久不能平复那种忐忑的小情绪。校长讲话完毕，我们随即坐上校车，开往明天指定的考试地点，学校提供一晚住宿。一路上，带领我们的老师仍然深情激昂地口若悬河，可是声声入耳声声成空。

待到明晚回到本校，老师的神情开始变为严峻和不可原谅。

跟同学们纷纷议论的"沈澄邈逃考了！"的惊叹肯定下，对应的却是老师痛心疾首的哭诉与疑问："沈澄邈你怎么可以逃考？！"

"不知道，突然就不想考了。"我极力佯装满不在乎。

"好吧，可能是身体不适？不追究了，其实也就是想让你们给学校赚个名声……听说你成绩也有所下降，看来得让你班主任跟你讲讲话了，出去吧。"带考的老师挑了下眉毛，丑死了。

我直奔晚自习的教室，把安可拉到幽暗的楼梯间。

"你怎么了，弄疼我了，"安可把手抽离出来，用恐慌的眼神凝视我，"你考试怎么搞的，大家都在说你，你懂不懂啊，很好的机会你干吗不拿个好成绩回来呢？"

我的眼睛跟周围一样漆黑："因为……你们不在身边，你和瑞杰。"

安可嘴角乖戾地上扬，微笑道："你傻啊，不也就一天考试吗。"

"不是这样的，你们最近根本就没怎么跟我在一起，我感觉得到。为什么，你是我的不是吗。昨天我看到你和瑞杰了……"我声调微妙地提高了，定定看着她。

"你说什么，你的意思是……不是那样的，总之好好努力以后别逃啦。"

安可说完，敏捷地转身意欲迅速地离开。

"喂，正视我！"我粗鲁地拉过她的胳膊。

"没什么说的啊，你别这样，"安可挣扎着用手死命掰开我的手指，"你怎么这个样子？"

我慌张起来，扯住她的手不放："是的吧！"

楼梯间开始回荡水一般的声响，不是温柔的涟漪，而是冲击到墙壁回拍的海浪。

"不是！"

安可不知所措地吼了起来，眼睛在黑暗里掠闪着水光。

我们仿佛就身处一个石壁围绕的水潭，滴答滴答地滴着水，偶尔在水面、在石壁上晃起了闪耀的空洞洞的光。

"可是……"

安可喘气的哭腔在静谧中诞生，她终于挣脱了我的手——

"啪！"

这个声音是我们可以听得见的，是实实在在的、可靠的、抓得住的声波呢。

它就在楼梯间不可思议地一层一层爬上来了，像夏风一股一股地往前穿堂，又像水注一簇一簇地往外翻涌了起来。

耳光。

纵然脸上没有任何泛红的迹象以及端倪，也停止不了心头滴血时晕开的美丽鲜艳的红。耳根也在那时揪心地被烧红了。

当我能从恍惚中感知到脸上的灼热而睁开眼时，安可已经消失，我转过头只目睹瑞杰愣愣地站在走廊转角的隔墙后面。

如同一颗滑落的星星。

4

无论何时何地我都觉得，安可和瑞杰始终都会像停留在光年里的星星，发着光等着我。在这所装满梦想的校园里，我们种满了各种各样的希冀，密密麻麻，就在我弯腰忘我地播种之时，他们永远都会等着我。

他们会站在我的生命里，什么都不说只是安静地维持等待的姿势，微笑着。

这就是所谓的幸福了吧。

生命里一定存在着这样的人，我们称之为"他们"，但却常常想用第一人称来概括之间的关系，那就变成是"我们"。

生命里一定会存在这样的人，等你一起放学回家，等你一起去吃饭，等你一起去逛街，等你一起去喜欢去爱对方。

也肯定会像我和安可以及瑞杰三个人在很久之前一样，在夜空璀璨的时候，躺在草地上闲谈扯淡共度校园的时光。

我们三个人躺在干燥舒软的草地上，头对着头，起初呈现"三菱"标志的形状，把空间划成等同的三部分。接着就各自牵起了对方的手，纵观变成了不规则形状也乐呵呵地享受其中。

这时，视野上方的星星在竭尽全力地发光。

"欸，刚好有三颗星哇，看到没你们俩。"安可惊呼起来。

"咦是的哇。刚好就在上空三颗呢，一人一颗。"我和瑞杰像个喜欢百科全书的傻孩子。

"不如就许愿嘛，"安可企图独自起哄，"就这样，好。"

安可就那样躺着还径直伸手指向她的星星："和你们在一起。"

我和瑞杰应该是温暖地笑着的吧。

瑞杰捅了捅我的肩膀，也伸手指向自己的星星："和你……们在一起。"

轮到我坏笑着伸起手想抓住自己的明星时，猛然回想刚才瑞杰的愿望，在"你"之后那可疑的停顿，顿时哑然失声。

瑞杰与安可也都失去了所有可以言说的话，在那一瞬间。四周只剩初夏的风舒服地按摩着万物，以及深草丛里蝈蝈的浅吟。

安静。

因为我上方的那颗星，就在我伸手的那个动作，好像微微地淡了光泽，接着就没了。

"是开玩笑吗。"我说。

应该是从那时候开始在心里的角落萌生了无可依附的怀疑，开始惴惴不安——那是不是一种最完美的暗示呢。而联校竞赛离开当天，我又看到安可与瑞杰并排行走的身影，从而我更加疑神疑鬼，心里住进了鬼。

"和你……们在一起。"

是"和你在一起"还是"和你们在一起"呢。是不是，跟星星一样没有我了呢。

无厘头的念想在心里萌芽了，却完好无损地藏掖了起来。它像被投掷到一个角落，开始它是如此乖张地待着不动，接着蠢蠢欲动，后来就开始畅游起来。心里布满了它的脚步和痕迹。

也就在我不动声息，偶尔一个人满怀心事地跑去散心看到小水池里的那尾角落里的鲤鱼时，脑海里才又翻滚起那个念头。

它们是如此地一拍即合啊。

耳朵里激荡起那晚瑞杰站在走廊那里所说的安慰我的话语"安可

只是不知道怎么办吧"。真的像瑞杰那天所解释的那样，安可是因为我逃考气愤而又不知道怎么办才失控的吗？——而不是厌倦了我？

每当我独自站在那里，就这样质问自己，看着那尾鲤鱼开始到处漫游了起来。你是有其他伙伴在，如果没有其他鲤鱼在，你还会这样快活地畅游着吗。

5

随着入夏的脚步，五月份的今天，午后的教室竟已然暗暗滋生了微薄的暑气，校服下本分的皮肤开始渗出滋滋的黏稠汗水与布料紧贴在一起。

课上，我难耐地挪动了下身躯，肩膀抖动的同时用手撑住头部，眼角余光瞥见安可洁白的被我拉扯过的手臂，并在讲台上粉笔与黑板碰击的"啪啪啪"声响的催化下，头脑放空了一阵——

跟安可冷战了。

我这样想着，思绪被数学老师挥动的尺子划到桌面的刺耳声拉回到现实。我重新扳直了身子，着手一套新的模拟试卷。

放学后，瑞杰竟然没有大摇大摆地耍着篮球生龙活虎地跑开，看上去并没有要起身的意思。

"怎么，吃饭去不。"我问瑞杰。

"你先去吧，今天我值日，"瑞杰揽过了我的肩膀，随后补充道，"如果见到阿呆跟他说周五一起去打个球吧。"

"嗯。那我先去吃饭了，晚上自习课见。"

话毕，我就先行离开了教室。当经过另一幢教学楼时才挠了挠头，想起钱包因为上课时嫌热从裤兜里掏出扔进桌肚里了，食堂的饭卡还在里面。于是又不耐烦地返回教室取出钱包，可就在我快走到走廊尽头时，却无意间目睹瑞杰把安可拉到了清静的楼梯间。

我晃过神后匆忙躲到走廊转角的隔墙后面，心跳莫名地加快，微微地偏过头抵着生硬的墙壁。

"安可，别告诉他吧……"

"总得说吧。"

"就直接说和我在一起好了。"

"可是……"

"啪！"

五月初的夕阳在过道的水泥地面上惬意地印下路灯般淡淡的橘黄色，我往后倚靠的身躯抵到墙边的扫把，它倒在那摊忧郁的鹅黄色块里发出清脆的声响。

"谁。"瑞杰竟没有惊慌地歇斯底里起来，语气里是平缓的声调。我拔起腿往楼道下跨走几步，便让扬起的校服的衣摆消失在拐角。敏捷机灵，我想应该是这样的。

我跑到篮球场上傻愣愣地站定，然后大口大口地呼吸，头脑里回响着刚才安可和瑞杰的对话。

"啪！"

一颗篮球重重地摔落，滚到我那不安分的脚边。

如果我们能听见世界上所有的声音——

那么有些膜破裂的声音，就应该是这种声响吧。尽管它微小得根本就没有在我们能接受的分贝内，但是我们的心脏作为最脆弱以及敏感的媒介，心上那最柔软的地方却能清晰地感应到那种存在。跟花开一样欢乐，跟花谢一样枯萎的声响。

"同学听到了没有！帮忙捡一下球啊！"

而如果再做推敲和咀嚼，那么这种脆弱的称为心的媒介，从人的身上滑落摔到地上的声音也就是这样的声响。与有些膜破裂的声音，一拍即合。

我回过神，双手钝重地把球举高砸向篮球场中心。随即扭头，跑回那栋暮色中的沉默的教学楼。

我觉得，安可和瑞杰理当在等我。仍然像停留的星星。

我小跑回教室的时候，看到安可与瑞杰并排在书桌上，瞬间就想起我与瑞杰并排坐着时的情景与对话。我冲上前把瑞杰拉扯下来挥手就是一拳："混蛋。"

"干吗啊！你听到什么啊！"

安可没有说话，过来按住我的身子。可我怎么都按捺不住怒火，开始与瑞杰拳打脚踢起来。

"干吗啊你有病啊！"

"你们为什么都远离我？！都是因为你！因为你喜欢她！所以你们现在都远离我了？"我松开扯住瑞杰的青筋暴起的手，怒吼道。

"是又怎样不是又怎样！你那么想知道是吧，好好好！因为要高考了安可被班主任训了行吧！我抢什么我抢什么！因为要高考了我不想再一整天在教室里打扰你行了吧！我们不想耽误你行了吧！那么自私不会用脑子想想！"

安可猛地扯住瑞杰的手臂。

啪嗒啪嗒，在教室门前小帆手里捧着的一沓试卷掉在了地板上。"真烦啊，"小帆看见我们三人正看着她，疑惑起来，"怎么啦你们？怎么还没去吃饭啊几点了？对了沈澄邈，班主任跟我说如果有见到你通知你去趟办公室，我想今晚晚自习告诉你的，现在刚好你还没走……"

安可整理完书包径直往外走了，一句话也没有说。

瑞杰盯着我，回头踢开椅子瘫坐下去，用拳头砸了下书桌桌面。发泄。

"啪！"

6

"许澄邈，发光的才是星星……你看看你的成绩单，得注意下了！"

"我早就跟她沟通过了。"

如果我们能听见世界上所有的声音——

"啪！"人与人之间的隔膜破裂的声音。

有些膜破裂后，它不会自动愈合，但是它一旦愈合，也愈合得没有声音。

毫无声息地，愈合。

没有任何声音，或许有，只是我们听不见。

从班主任办公室踱步出来时，当下正是晚自习时分。我没有吃饭，当我回到教室的时候安可已经在自己的书案前看书了。

我从另一条通道绕过她的座位，回到自己的位置上动作自然利落地把头浅埋在手肘里，剩下一双黯淡的眼睛注视着前两排的安可的背部。

头发潮湿地搭在肩膀上，跟水草一样。

7

倘若是在湿答答的沼泽里拨开了一层水草，眼睛是从入水般的失明到潮湿地拉开了视野。睫毛上的水珠开始往下滴，珠子般滑落，直到思绪逐渐回笼了。

模糊中，眼前出现了一个宇宙。

宇宙里正在进行着一场又一场的战争，我看见了一个角斗士，没错他是沈澄邈，是我自己。我还看到了瑞杰还有安可。我们三个人在极力地厮杀着其他敌人。

那是一场什么战争呢？应该是两场战争吧，一场是为了登基，当上国王；另外一场是为了获得最美好的感情。

我看不怎么清楚，好像最后只剩我们在搏斗，瑞杰失手刺中了我，然后我反手进行厮杀。血腥血腥的一片。安可就在旁边流着泪，泪水一滴一滴地砸在地上，不知道多久她的眼泪终于染上了血丝，她还在哭。

这次我看得清楚了，安可解下了盔甲，迅速地拔出倒插在雪地里的魔剑反手刺穿了自己的身体。魔剑的剑锋还有胸腔流出的血都在闪着骇人的光芒，很明亮很明亮的。

瑞杰和我放下武器狂奔了过去，瑞杰怒吼着咬断了舌头，最后从嘴巴里逃窜而出的声讨却是嘱咐般的"国王，记得你一定要当国王啊"。

我听见谁在嘱咐我千遍百遍，他们在喊我国王，他们在祝愿我登基。又有人在喊我的名字"沈澄邈沈澄邈啊"。

这一定不是真的，我一定是在做梦。

"沈澄邈沈澄邈啊……"

8

"班长班长，沈澄邈沈澄邈啊……"我隐约感觉到小帆在摇晃我的肩膀，"醒啦，刚才你爸来过教室啦……呃，忘了你说过在学校你都叫他班主任的哦。班主任刚才来过教室看到你在睡觉呢……"

我惺忪地醒来，揉了揉眼睑。歪头看向窗外，被黑暗愈合的天，再看向旁边的空桌椅。瑞杰还是没有来上晚自习。

原来是做了个梦。

我斜着脑袋想起我们三人的时光，还有以前刚开始认识安可的时候成绩很烂，因为她来帮我解答问题，帮我提成绩而变得熟络。

"为了答谢你帮我提成绩，送你条项链呐。"

"真漂亮。"

而如今我变得强大，你却成为我的阻力了？不应该是这样的呀？

那么，如果能把我们之间的关系看成一个删除了修饰成分的句子，就变成了"他们在一起"。

他们在一起。

他们离开我而在一起。

他们为了我好离开我而假装在一起。

所以，真正的句子是这样的吗。

我撑起头，手指触碰到桌上的书籍，把它收起放在瑞杰的桌肚里。我摊开一本辅导书，瞥到那页的"宇宙系统"。

我开始察觉，地球与月球，地球与太阳，月球与太阳之间的远离是有着巨大的意义的吧。月球太接近太阳会不会爆炸呢？地球太接近太阳会不会死亡呢？所以它们之于我们渴望的存在而言，是有着很大很大的值得褒扬的意义的吧。

星球之间一旦碰撞了，声响纵然庞大得不在我们能听见的分贝范围内，但是也不仅仅是一声与破裂的膜相似的——"啪！"

安可正低着头，不知道是不是在做文科综合呢？不知道有没有戴着我送给她的项链呢？她是不是也在看宇宙系统而感觉倍感神伤呢？我动作自然利落地再次把头浅埋在手肘里，剩下一双黯淡的眼睛注视着前两排的安可的背部。

头发潮湿地搭在肩膀上，跟水草一样。

六月的脚步正在一步一步迈进之际。我凝望着安可的背，开始觉得，他们的远离是那么的良苦用心。

是那么的有意义。

9

因为你们的拥簇，我才成了星星。

你知道我在等
你们分手吗

1

得知陆俊与他的女朋友黄莹最近的关系正有各奔东西、恩断义绝的趋向时，我高兴得整夜都睡不着觉。虽说这种说法听上去有点邪恶，但是我就是比目睹班主任的裙子被风灌撩起而出糗还得意。

我一瞬间活蹦乱跳得跟反对恋爱的陆俊他妈一样，嘴里吐出的竟是类似劝阻早恋的话语："小子，你们终于快分了。"

因为睡不着，我捂着被子吃吃地笑。这时二姐用脚狠狠地踹了我的屁股，怒喊着："贾佳楠你想死是吧！大半夜笑得跟哭一样！"

二姐与陆俊是同班同学，比我高一级，读高二。每天二姐回家我就向她索要陆俊的第一手资料，比如问，今天陆俊穿了什么颜色的袜子，与星座测试上我的水瓶座的每日绝配色对不对得上号。

最后被我刨根问底二姐一烦躁，抛了句"别烦人，最近他心情不好跟他女人闹分手呢"。

如果现在是春天，我毋庸置疑是最早盛开的那朵迎春花。

黄莹是新上任的学生会主席，形象完全可以给十分，而且品学兼优，实属不易——

比起见到黄莹的牙缝里塞着韭菜这类事件，更为不易的是让陆俊与她情比石坚的恋爱演化成恋爱史。可是数学家早有先知，概率学不就正在阐述每件事总有那么点儿不确定因素，促成让人哑然的小概率事件吗？

但毕竟也只是有那么个趋向，天空充满阴霾不见得会下雨，正所谓每个成功分手的男人背后都有另一个添油加醋的贱女人，所以应该往黑压压的天多添几朵云。

其实我并没有拆散良好姻缘的意思，这类缺德的事情恐怕只有我们学校做得出来，我只是想进一步接触陆俊而已，于是后来——

我恬不知耻地加入了我们学校的反恋特工队。

编号 007。

2

首先，来个知识科普：

反恋特工队，由我们学校领导暗地里组织而成的非功利性队伍。

专门拆散学校的地下恋，开导双方嗲声认错、从此水火不容各找各妈。严格坚守"一有端倪绝不放过，所有情人一把抓"的守则为己任，实行不择手段的反恋制度。

队伍组员从年级各班精挑细选，由素质颇高的学生团组成，并严格保密。为了更好地潜入学校的恋人聚集地抓获情侣，通常两人一组，一男一女，才能假装情侣让情侣们放松警惕。

接着，阐述下背景：

我们学校是名声远扬的省重点高中，但在去年高考成绩放榜后，学校的领导老师顿时老泪纵横。升学率相比前年跌了10%，领导们面面相觑痛心疾首，追根究底，原因之一是处于青春期的高中生情愫萌动又没有给予及时的教导，导致与名牌大学擦肩而过的惨剧。

于是反恋特工队应时而立。

暗地里调查情侣放手就擒吗？拆散情侣吗？听上去不错。

与其死皮赖脸地学着泡沫电视剧里的无知少女递情书，不如趁此机会靠近——

我，贾佳楠，被同学亲切地称为"风华绝代女"。在初中与高中并在一个校区的省重点中学，担任了四年的班长兼团支书，完全是帮老师排忧解难的心腹。除了拿起化学题目总感觉被化学元素粗鲁地蹂躏之外，其他科目上的任何疑难杂症都能迎刃而解。

初中时代坚信分数才是未来，对解决情书事件十分游刃有余，直接上交情书给班主任。于是初中的光辉岁月被同学们口口相传后，如今高中的我连一封情书都没有收到。

看似高不可攀的我，私底下性格却异常豪放。除了死党深知我是个不折不扣的坏人，谁认得出我是个冷漠无情爱打小报告的三好学生，以及知道我加入反恋特工队的真正目的？

"情侣们，等死吧！"

3

我像一尾堆积怨念过多而死亡的鱼，撑住上翻的眼睛，弱智儿童般呆滞地张着嘴巴。

让我如何面对眼前的这只生物？我的组员，前缀是"要跟我假装情侣出双入对"的组员，居然是学习委员方童。

"班长也被选上了啦？"

隔天晚自习的前夕，我见到了我的组员，他正在调侃我，挑战我的耐性。当时我收到短信，接到第一个任务。于是怀揣着青春洋溢的心情去与我的组员相见。

方童目睹我一脸茫然夹杂惆怅，道："贾佳楠，你没事吧？"

"哈……"我面无表情。

"早就说了么，贾佳楠果然是很反对恋爱的。"

我握紧了拳头："谁说的？"

"班里男生都这样说，都觉得班长成绩好又漂亮应该很反对恋爱，果然来特工队了。"

你懂屁啊。

"漂亮？你不知道我是带把的纯爷们吗！"我一脸不屑。

"班长还喜欢说笑呢。"

这家伙不知死活，不偏不倚地戳中我的软肋，我连连摆手："没有啦我比较正经的，那我们快点去赶任务吧，大伙在河岸那调情呢……不不，懂我意思吗，都在那里聚集呢。"

方童见我一副不苟言笑的模样，也正经了起来："好……所以班长果然讨厌恋爱哦。"

我"啧"的一声，咬牙跺了下脚，瞪他一眼把他抛在屁股后，他果断追着赶了上来。

该死的家伙，最好别妨碍老娘干活。我心里嘀咕着，连同方童的回忆也浮上了水面。

初二，我与方童同班，由于桌位距离远，互相的对话一学期下来不超过十句。我对只懂做数学题的方童完全没有兴趣。当男同学都已经学会取笑女生的身材以及讨论色情片的情节，方童一脸迟钝地趴在课桌上做题。身体前倾，大屁股往后稳稳地端放着，像田地里的南瓜。露出的内裤上还有许多细小的阿童木人头印花。

这样的方童能与自己成就拆散地下恋的大事吗？虽然高中的方童看上去笔挺了许多，长得也算凑合，但是整体诡异的形象就是让人不省心。

我们来到操场，停在篮球场边的一棵洋槐树下极目四望地寻找对象。

"你编号多少？"

"啊？007。"我扶着树干左顾右盼地盯着河岸边的黑影，心不在焉。巴不得马上瞄准对象抓个现形，好刺激。

方童拍了拍我的手臂，好像递给我什么，嘟囔着："这么镇得住脚的编号哦……拿这个。"

"干吗？"我瞪大了眼睛，发现了初步目标。

"拿这个，是工作牌。"我头也不回地往后伸手扯了过来，一看还真的是枚有模有样的工作牌，印着"学校督促组007贾佳楠"。

再次抬头的我简直发现了新大陆，以我度数250的近视眼自然分辨不出一百米处的黑影究竟是人还是狗，但在我的隐形眼镜下这个世界是如此澄澈，那个目标就是陆俊没错！我的王子身边的黄莹矮他一个头，看，还扯了对方的手臂像在哀求"你别不要我"。别以为穿着校服我就认不出你们这对儿了！

"哇——"的一声，我拔腿箭步地冲河堤的方向跑，像脱缰的疯狗。

"班长你做什么！"

只剩最后百米冲刺的时候方童还一路唧唧歪歪——

"你干吗啊！"

"抓奸！"

方童还没反应过来的时候，我已经杀到了敌方的战营圈内。我弯腰喘着气豪迈地大喊："好啊你们！谈恋爱逮个正着！跟我们去见老师！"由于声线过于浑厚，我抬起头就目睹他们一脸受惊错愕的表情，正往后退了一步怔怔地盯着我。结果我也一脸错愕，眼前这一对儿是谁啊，路人甲乙。

"看错了。"我沮丧地说。

方童触到对方惊恐的眼神，神气地搭着我的肩膀，说："我们是学校督促组的，专门揪抽烟与恋爱的学生，你们恋爱违反校规请跟我们走一趟办公室。"

路人甲果断摆摆手："有这种组？我们没谈恋爱。"

"不管有没有，先走一趟吧。"方童义正词严。

"走啦，关我们什么事啦。"我心灰意冷地戳他。

"什么嘛，你不是冲最前啊，好帅。"

我勉强扯起一个笑脸，假惺惺地跟随"真有那么一回事"的方童走着，背后是两个倒霉鬼。由于被没收了写有班级姓名的校徽，那两人也不能跑。我心想他们真是上辈子玉米吃多了，化学公式背多了，才会遇到这种事。不然就是遇到什么妖孽才会这么倒霉。

结果一想起我就是那只妖孽，顿时脸刷刷地红了。

说时迟，那时快，耳畔隐隐约约地传来微弱的声线。我循着声源扭头往教学楼下的拱形建筑物张望。

察觉确实是一男一女并且女的矮男生一个头后，我的肾上激素瞬间茁壮成长。

察觉那张脸是陆俊后，我的荷尔蒙充当催化剂，我立马开花了。

是陆俊和他女友！隐约还听见他们之间的争吵声。我立马朝方童喊："你们先走！你先带他们走！"

"怎么了？"

"有点事，就这样。"

我迅速地转身，却被方童扯住了胳膊："方童，你干吗?!"

"不许走！"

我拨开他再次拔腿，朝前直跑。那家伙绕过校道走廊的近道，不知死活地拦住了我。

"想死吗！"我胡乱拍着他的手，"那两人快跑了！"

"你任务还没完成就逃脱！"

我往左挪，他就往左挪，我往右拐，方童就往右拐。

"你想死是吧！别妨碍老娘！滚开！阿童木！"我一阵河东狮吼。

"哈哈，班长原来还蛮有趣哦，还叫我阿童木？"方童居然脸红了。

"哎呀！"我怒气冲天，狠狠地踩了方童的右脚，推开他，"神经病！"方童趔趄着抱起腿，我趁机跑开了，背后的他还在叽叽喳喳地乱吼。

我停在了陆俊与黄莹大约五米远的地方，嘴角嚅动着，正在琢磨要怎样插上话的时候，方童从背后抵住了我的胳膊。我直勾勾地盯着眼前的两位主人公。

"你别这样……"哽咽的黄莹用手背在脸上抹泪。

"这样你我都好。"陆俊双手插在裤兜里,偏过了脸,"我有女朋友了。"

"骗人。"

方童用指甲掐进我的手臂肉,提醒我:"听到没,他们是情侣!那个还是主席!"

"我!"

陆俊与黄莹惊讶的眼神一同砸向了我,我看了一眼方童,他呆若木鸡。

我抿了下嘴,手指暗自捏了下衣角以壮胆,再次鼓起勇气:"我!"

空气里凝结起尴尬的氛围,我平缓地走了过去拉起了陆俊的手,他的手很冰凉,贴着我那汗水津津的手心,就更冷了。他试着抽离。

"我就是他女朋友!"脸涨红起来的我扫了他一眼,他瞪圆着眼睛,一脸茫然。

"这……"黄莹说不出话。

"你不是不信吗?我就是,没什么不好承认的。"我抬高了下巴。

"呃不是!我们是学校督促组的,你们谈恋爱,我要上报。你们得,得跟我们走一趟。"方童用手指了指陆俊还有黄莹。

"不可以上报!"我与方童面面相觑,"听不懂我说什么吗你们!我是陆俊的女朋友。"我鼓了鼓腮帮,转头触到陆俊失了焦的眼睛,"对不对?"

陆俊没有回应,像一根没出息的木头。我撞了下他的身体:"问你呐!对不对!"

"对……对。"

黄莹动用了另外一只手,双手捂住脸,原地蹲了下去。背后是啜泣声，还有方童的嘀咕："我们不是反恋特工队吗……"

我拉着陆俊的手逃向了操场的夜晚。

4

二姐用十分鄙夷的语气投掷我，问："有什么好哭的？买不到夜宵？"

我躲在被子里，捂着脸啜泣，使劲地摇了摇头。在她一句"难道是被阿明养的宠物猪亲了？"的时候我腾地站起来用枕头砸她的鬼脸。二姐看到我乱糟糟的一撮头发还有脸上纵横的老泪，捧腹嘲笑我。我虚脱在床上使劲揉着眼眶，她递过纸："擦擦你的脏脸。"

我陡然大喊一声："陆俊那个贱男人是同性恋吗？是性冷淡吗？不然为什么不喜欢我？"我又捂住了脸。

"算了吧你……给。"

我的肩膀被戳了一下，抬起头看到二姐手里有两张票。她补充道："周末突然要补课，电影票不能白买了，你跟好姐妹去看看吧。"

隔天是星期三，课间操期间方童走到我桌位，大眼瞪小眼。他责骂我的行径——

"怎么回事？很好玩？到底怎么回事！"

我邀他到走廊，递给他一张电影票："不好意思方童，我以为好玩，昨晚是我的错，我请你看电影好不？"

我怎么会告诉方童我的糗事？昨晚陆俊到了操场便使劲地松开了我的手，语气浮躁："你是谁啊？"

"你女朋友啊。"

"什么啊？！"

"没啦，就是想当你女朋友啊。"

"很好玩?"

我喜欢你。我在心里责骂陆俊,吞了吞唾液:"帮你开脱,只是想帮你。还有,我……"

"……"

"我是说真的。我想当……"

"关你什么事啊!"

一刹那我也恼怒了:"不管我屁事,你刚才干吗说对啊对啊对对对你妹啊!"

最后陆俊做出一副"你真是不可理喻"的表情,撇下我离开了。他越是平淡地离开,我就越难过,我在原地被遁入黑暗。

方童看我郁郁寡欢,于是没有再过问,从初二到现在他给我最好的印象就是此时了。他只是接过票,问我:"班长会去看吗?"

"不然让我家强壮的同桌跟你去?"

"不了不了,嘿嘿。"他摆手,末了还小心翼翼地说了句,"贾佳楠,你……你喜欢陆俊吧,就昨晚那家伙吧?"

我愣了下,怒火中烧,扔下句"有病就去治"便回到了教室。我重新趴在课桌上,脑子里却都是陆俊昨晚离去的背影。接着桌肚里的手机振动着,一翻开是方童的短信:打起精神来,今晚仍然要反恋交差,后天休息。

中午,我从学校的行政楼经过,恰巧碰到黄莹手里捧着书,从里边一脸倦容地走出来。应该不是被抓了吧?我心里揶揄着,发觉自己还是不喜欢她——

"当上了学生会主席,就觉得连自己的胸都挺了?!"

但是听说双方结识的时候自己还在穿着开裆裤,于是又不得不重新审视下自己喜欢陆俊的原因。仅仅是因为他有着牛奶皮肤吗,还是因为从身体里散发出的气质，或者是自己青春期凌乱的情愫？

说不清楚。

那些天我一直在思考恋爱到底是怎么一回事，一边乏力地在晚自习或者傍晚的空档与方童进行任务。方童一直试图让我这只病恹恹的猫开心，经常回忆初二的往事。

就在我还在重新为自己开肠破肚找寻理由之际，我收到了陆俊的短信，在周六的下午两点十三分。在我去电影院的路上。

陆俊不知从谁那里打听到我的手机号码，手机上的信息察觉不出他的感情色彩：我是陆俊，三点钟到学校附近的冷饮店一趟可以吗，上次对不起。

我编辑着信息，又全部删除，回了"好"。

电影放映时间也是三点，我先到影院等方童，打算先跟他告知，无奈到了两点四十五分还没见到人。就在我掏出手机想拨电话给方童时，陆俊的短信又来了：忘记说了，我接受你做我的女朋友。

世界顿时坍塌。

5

"那天你有去电影院吗？"

几天后的夜晚，我与方童例行任务在操场碰面，这几天方童一直没与我联系，在教室里也一言不吭。最后我还是问了方童。

"啊？对了，不好意思没跟你道歉，我那天家里有点事没去。你……去了吧？"方童窘迫起来。

"对嘛，难怪没见到你。"我打着哈哈，心里的一块石头落下了。

"对不起。班长，今天有流星雨知道不？"

"知道的。"传说今晚有流星雨，所以今晚是情侣们约会的绝佳时机。

"那你怎么没跟陆俊去约会哦，要来反恋特工队。"

"你，"我瞪大了眼睛，"你怎么知道！"

"没事，我不会上报的。"

我扑哧一声笑出来。那天，陆俊僵直地坐在对面，表面并没有短信上表现得那么强势，他说："……希望不要上报上去。"

"可是我觉得，他不是真的喜欢你。因为我看到他们还在一起。"方童用怜悯的眼神看着我，"我发现你没之前那么活蹦乱跳了，其实你也察觉了对吗？其实你也不开心对吧，别跟陆俊在一起了。"

我与方童在黑色炭渣跑道上越走越慢，踱着步挪着步。

我的鼻子一酸，微微地抽动了两下鼻翼，有股暖流在喉咙深处攒动着，险些溢出来。

是的，打起精神来啊金刚芭比贾佳楠，这样才能拆散学校的所有恋人。可是越是这样想就越难过。

"我们不是该聊些反恋特工队的趣事吗，对了，我们拆了多少对了哦？"我怕哭出来。

"你的号码是他向我要的，他不是真的喜欢你。"方童无视我转移注意力的行径。

"够了混蛋，别说了。"

"不相信是吧！或许你觉得我没资格说你什么，可是我至少是你的朋友啊，我把你当朋友！不相信是吧！"

我不知道他所谓的"不相信"是指我不相信他把我看成朋友还是陆俊不喜欢我。我无从考究。我只是喉咙里很潮湿，情不自禁地哽咽起来——"别说了。"

方童停下了脚步，沉重地呼吸着。

一口、两口、三口。变成了喘气。我还在他旁边往前低着头走路，他一把扯住了我的手臂。

我满脸阴霾地回头，方童死死地盯着我。偏头，伸起手，直直地向某个方向指去。我循着他的手势看去，是的，陆俊与矮他一个头的黄莹牵着手坐在河对岸的石桥阶梯上。

"我跟他说今晚全校的反恋特工队都没任务，因为今晚有流星。"

"有联系吗？"我出奇地平静。

"没联系，但是他信了。"

"……"我抱了抱手臂。

"班长……"方童好像在喊我，我听不怎么清楚。

"我很坏。"我哽咽，不知道身上哪条防线被狠狠地击垮，泪水就砸了下来。

"没有。"

"我很坏。为了接近陆俊，拆散他们，我加入了特工队。"

"没有。"

"我很坏。就是坏。"我蹲了下来，哭出声音，泪水在指缝间挡也挡不住。

"……嗯，你很坏。"

我哭得更大声了，一张口，鼻涕也挤了出来。我觉得自己很丑、很荒唐、很好笑，但是我就是哭，不知所以。

"还是喜欢班长骂人踢人的样子欸，别哭了。"

我卡住了声音，跌了声线站起来猛地推开方童，然后跑开。太丢人。

泪水在脸上蒸发，我死命地跑远。

只是身后有了小骚动，众多恋人们朋友们惊呼的声音响起来——

"哇，流星，流星耶。"

天空被流星划过。我停下来回头，却看见远处的方童正愣愣地盯着自己的方向，我用手背抹了把脸扭头继续跑。这时背后响起的却是方童歇斯底里的喊声——

"班长——！我一定为你做主！不让你受欺负！"

蠢货。

6

隔天午后，我拽着我的特工队身份卡，走进了学生会领导的办公室。敲了门后，却发现看向我的眼睛有好几对。方童上前把我拽了过去，在我耳边说："我正想给你打电话。"

我扫视了下办公室的人，厌恶地瞪他："谁要你上报？！"

黄莹和陆俊被上报了。

"不是我，是她，她才是陆俊的女朋友。刚要说她就来了。"黄莹意味深长地指着我，然后用复杂的眼神与陆俊交流。

陆俊却说："她不是我女朋友。"

秃头领导呵斥道："干吗呢这是！狡辩什么！黄莹你身为学生会主席，自身不给同学做好榜样！只好把你职务撤了！"

"不是，不是这样的……"黄莹委屈地哭了起来，身体哆嗦起来，"不要，不要撤。"

我平静地开口："是的，我是陆俊的女朋友，是我自己没有上报。"

"不是。"陆俊偏过脸。

方童粗鲁地推了我一把，吼道："你干什么！你看看你在干什么！你就不会体会别人的感受吗！"

"是你！你上报什么！还不是你！"我咬紧了牙，喘着粗气喊他。

"你一直都在袒护他！一直都在袒护！没救了！"

方童第一次憋红了脸，眼睛也烧红了，摔着门走了。

我想我应该去注意领导的表情，一定很扭曲很好玩，可是我眼睛却模糊一片，根本开心不起来。

"不要撤，不是这样的。"黄莹的哭声夹杂着让人心凉的话语。

"是的。黄莹不是我女朋友，别撤她职务了。贾佳楠才是我的女朋友。"

我歪着头定定地看向陆俊，眼睛反而清晰起来。他窘迫又尴尬地站着，双手好像不知道要放在哪里。

为了黄莹就承认了对吗？真是大公无私？

在领导还没嗔怪我们这些黄毛学生的时候，我笑着把工作卡放在桌上，然后打了陆俊一个耳光，离开了现场。

一切都是那么平静。

7

根本就没有在一起过。

那天坐在自己面前的陆俊还是说出了自己的心声："我们可以试试看，但是你要答应我，不要上报黄莹……算是我拜托你好吗？希望不要上报上去。"

"她会被撤掉主席的位置的。"

我答应了陆俊的要求，但是我没有与陆俊在一起。我恨他。

那一刻我知道我为什么要加入反恋特工队了，因为，原来在我们这个年龄，真的什么都不懂，真的不能谈恋爱。

谈了认真了，就输了。会输掉很多东西，有可能把自己的纯真都给赔了进去。所以我不是为了陆俊才加入特工队的，我这样想着，可是却哭了很久。我重新跑到电影院的时候已经散场了。

是的，我，金刚芭比贾佳楠，收到情书会上交给老师，会加入反恋特工队的队伍，但是我何尝没想过恋爱是什么滋味，何尝没想过为什么大家宁愿放弃名牌学校栽在它手里，何尝没想过——

总该试一试，试了就知道了。

我退出了反恋特工队，大波霸也找我谈过话，她说，佳楠，看你月考的成绩退成什么样了。

我从办公室出来，越过人群远远地就看见方童坐在二校区的洋槐树下，闷头喝着汽水。

"阿童木。"我走近叫他。

他没理我。于是我接着问："你生气了？"

他起初不吭声，喝了口汽水后就问："他们呢？"

"谁？不要跟我说起那个人。"

方童笑了："不想理你们的事了。你不正义，一点都不正义，我才是反恋特工队里的正义方……上次其实我去电影院了，等了一个下午。"

"西门？"

"东门。"

"哦，其实我在西门，你一直不在我才去见了那人。"我站起来拍了拍屁股，"方童谢谢你，其实我……"

突然一声嘶喊——

"你们！对！就你们！"两名陌生的同学向我们跑了过来，粗鲁地拧下了我与方童衣服上的校徽。

"我们是学校督促组的，督促学生抽烟还有恋爱！你们得跟我们走一趟办公室！登记下名字！"

我愣了一下，我们反被特工队逮捕了？我捂着嘴大笑："谁谈恋爱了！有没有搞错啊你们！"

方童慌张地挺直了腰杆补充，"我们只是同学，在这里聊天而已，顶多是好同学关系。"

"不管，先跟我们走一趟校务处！登记下名字！"对方强调。

"走屁啊。"我斜眼，"没有谈恋爱登什么记！"

方童把我支开，独自跟他们纠缠了一会儿，最后那两名同学终于被轰走了，还给我们校徽。我还在幸灾乐祸，笑得四仰八叉。

"好同学？"我回味了下方童的口吻，"你说顶多是好同学关系……唔。"

"唔，应付嘛？"

"也对。"

"其实，我挺喜欢你的。"

"笨蛋！"我再次拍拍屁股，像拍去所有不快乐以及懵懂。径直迈起脚步，背后仍然响起了方童的喊声——

"班长，你退出特工队了？"

"……"

"喂！干吗呢？！"

"去登记名字啊混蛋！"

长满春天的树

还有来年吗？

来年的春天还会开花吗？

1　末日预告

2013 年 12 月 22 日，传说中的世界末日并没有如期引爆我们的地球，人类提到喉咙口的好奇心被硬生生地给压抑了下去，几近病态的期待好像也已经过了时。

2014 年，我十九岁，北京让人痛心的雾霾使得人类变成了蒙面超人，恐怖分子的暴恐袭击事件使得和平缺口露出端倪，飞机莫名在天际消失得无影无踪的马航事件让贪图安逸的人类失去了安全感。

一觉过后，还有童话般的存在吗？

紧跟着，电视机里最新的一则末日预报更是把我们的安全感削到了最薄的尺寸——

"2013 年，我们提心吊胆地度过了传说中的世界末日，然而，天体物理学家已经预测出了下一个人类文明毁灭的日期。这次科学家预测太阳系将会死于可怕的'酸云杀手'。

"英国天体物理学家舍尔温斯基说，酸云会摧毁一切在其轨道上的物体和星球。它已在离银河系中心不远处的黑洞附近出现，正在慢慢地靠近地球。关于太空威胁，国际向公众隐瞒这则消息是为了避免引起恐慌。

"据舍尔温斯基计算，'酸云杀手'将在 2014 年中旬到达地球。

"这次……

"世界真的走到尽头了。"

酸云杀手。

新的威胁来临，世界即将毁于一旦。

这次真的完蛋了，恐怕活不过十九岁了吧。

"纪西，我们死定了。"一向悲观的妈妈在探病的时候就给了我这样的憧憬。

真可惜，我觉得我还没有活够我花一般的人生。

2 2014 年，倒数两个月

病房里。

电视机正在播报着世界毁灭的最新消息时，鹅黄色的光线夹杂着傍晚的暖风漫在了我的床尾上。

"今年进入太阳风暴的活动峰年以来，太阳黑子剧烈爆发，加上酸云杀手的抵达，两个月后的第二个星期天，人类的世界就会毁灭终结。请多跟爱你的人聚在一起吧，我们的时光不多了……"

笃笃笃——

这个时候，急促的敲门声响起来，我侧过头便看见阿树从门后露出来的脸。

"纪西，好消息！"

"你回来了？快看这则新闻！"

"先听我说，医生说你恢复得很好，马上就可以出院了。两个月内可能还会有点后遗症，头痛乏力什么的，但是无大碍，挺过去就好。"阿树灿烂地笑，抬头纹又眯了起来。

太好了。

我听着阿树带来的好消息，刚准备雀跃起来，就听见房间外的走廊里猝然响起了一片嘈杂声，哄哄哄……是一阵又一阵令人心慌的脚步声，混乱中还夹杂着"不好了不好了！"这样沮丧的尖叫。

医院的这一层顶楼，住着许许多多无望的病人，他们一天只能站在窗边凝视太阳的起落，否则就只能长时间地对着电视机发呆，跟我一样。

大概是病人们看到了电视机里世界毁灭的消息便开始恐慌起来，或者是愉悦也说不定——对于患有绝症的人们而言。

可是此刻我不同，我只感到难过。

4 月份，即将可以逃离医院过上梦寐的生活之际，却传来了这样的消息。

"终于能出院了当然是好事，可是大事不妙了，听到房间外的骚动没？"我对阿树说。

"嗯?"

"电视机里报道,末日来了。"

"我听说了,这次好像是真的要完蛋了。"不比去年,阿树在这一次也露出了笃定又神伤的眼神。

我沉默了。

"纪西,马上就可以出院了!"我在心里对着自己欢呼,可是世界末日就要来了。"或许活不过十九岁了吧……"我小声嘟囔着,怕被阿树知道。

"又不只有纪西你一个人死掉,还有我以及世上所有人都会跟你一起死掉。没有不一样,也不孤独,怕什么,笨蛋。"阿树却好像知道我在想什么,嗔怪地说了一句。

一阵风刮进来,落地窗的帘子就被吹得鼓鼓的。我挪着身子朝向落地窗的方向侧躺着,背对着良树。

"我们去旅行吧?"我盯着余晖眨巴着眼睛,声线降下来,"还记得我们拉过钩吗?"

"啊?"

"旅行去。"

请多跟你爱和爱你的人聚在一起吧,我们的时光不多了……

屋子里的气息沉淀下来,瞬间就安静了。

"末日前,带我到世界尽头。"

3

去年九月份,网络预言过一次世界末日。

那一天,是我第二次住院的第一个星期。旧病复发,做完手术再次每天躺在病床上发呆。当时坚信世界末日的我，大概觉得再这么等死下去也不是办法，一直在等着时机逃出去。

"绝对不能死在太平间里，很狼狈。"

后来有一天，医生以长住户需要精心疗养为由，说要把我的床位移到医院的顶楼——

医院的两层顶楼，住的几乎都是被遗弃的患者。有些病人甚至是昏睡几个月都无法醒来，最后家属们都懒得来打理，长期躺在床上，背部都会长痱子。

因为妈妈也无法经常来照顾我的起居，和她商量未果后，我就要入住那样的楼层了。

"好可怜哟。"隔壁床的老人用同情的眼光看着我，被同样是患者的人可怜，真是丢人。

伴随着药物刺鼻的味道，我到达顶楼，连走廊都混杂着酸腐气。

"一个小时后我会再上来，你可以休息一下。"

"点滴已经会自己换了吧？"

我双眼放空地点头称是，护士把我安置完毕，就逃跑似的离开了。我环顾着昏暗的顶楼，闷得几乎窒息。

"真要命。"

我拔掉了手背上的针管，轻轻跳下床，蹑手蹑脚地跑了出去。穿过阴森的走廊，进入楼道杂物处，走上了无止境的楼梯，不远处就能到达一片死寂的休息区。

如果穿过那里，就可以到达天台了。

远处有光线稀稀拉拉地从门缝外挤进来，借着薄弱的光，我开始拎着心脏摸索前进。可只走了一半，突然发现堆积在一起的废弃椅子旁边，有星星点点的光，明灭闪烁。仔细一瞧，有烟雾腾起来。

再一看，有人在盯着我！

医生？

对方突然站了起来。

"啊！"

真糟糕，我反应过来准备逃跑，对方就喊了出来："不要叫。"

"医生，我不要在顶楼！"

我语无伦次起来，直到对方走进光线区域的时候，才松了一口气。这不是医生，身穿着普通的便服，像是其他楼层的患者，看上去精神不太好，在抽烟。

应该是同病相怜的患者，二十六七岁的样子。想到有人"跟自己一样"，不禁感到有点开心。

"你为什么上来？"听上去声音在颤抖。

"还以为你是医生，吓一跳，我要逃出去。"

"逃到哪里？"

"外面。"

"外面不是也一样吗？"

"不一样，世界末日快到了，我还有自己的事要做，不能被困在这里。"

"不要装大人的口气，骗人的啦。"对方语气鄙夷。

"我先走了。"

发现对方并没有打算自报家门的样子，我就懒得搭理。而却在转身之际，他猛地拉住了我的手，我被迫停了下来。

"天台右转往后走，有个水箱样子的铁盖，翻开它会看到一条隐蔽的楼梯，那里可以下楼出去。"

　　我在心里比画着路线，良久才反应过来："你怎么知道？"

　　"我对这里很熟。"

　　"谢谢，可是……你怎么像在发抖……"

　　"没事，你走吧。"

　　"你没事吧，你在发抖呀。不会是病发作了吧。"发现他的身体战栗得越发明显，我的声线也跟着飘起来。

　　对方没有说话，把我朝天台推了推，我顺势打开了门，视野瞬间豁然开朗。天台上一排又一排的晾衣竿晒着病服还有被单，楼顶的风清爽地吹过来，泛着淡淡洗衣液的清香。

　　我朝右转直走，刚走了几步就停了下来，想起刚才那名发抖的患者。

　　"真可怜。"我嘟囔着，心想他也是跟自己一样吧，每天困在医院里哪也不能去。能知道暗道楼梯，是曾经试过逃跑吧，逃跑过多少次呢？竟然知道这样的秘密通道，那么是住了多久呢？一个星期，一个月，一年？

　　…………

　　"跟我一起走吧。"那名患者还蹲在那里吸烟，我跑回去一把抓住他的手，把对方给吓了一跳。

　　"去哪里？"他似笑非笑地看着我。

　　"我……我想要去看海，你跟我一起去吧。"

　　"看海？"

　　"末日到了，我一定要完成心愿。"

　　"说过了，都是骗人的。"

　　这个时候，走廊另外一头终于响起了护士还有朋友花路的喊叫声，一步一步逼近——

"纪西！纪西！你跑哪里了？"

"糟糕，被发现了！"我惊呼。

"那你回去吧。"

"我看你也很想离开吧？明天这个时间，这个地方，我们一起走。等我哦。"我嘱咐道，真诚地看着他，"我叫纪西。"

"我叫良树，我明天不会来了。"对方笑了一下，像在嘲笑我。

"纪西！纪西！"楼道间响起了急促的脚步声。

"我明天还会来的，你一定要来。"

我再次嘱咐着，然后就朝走廊另外一头重新走回去……身后突然暗了下来，光线消失殆尽，良树好像把天台的门给关起来了。

就在那天，我认识了良树先生。奇怪的是，我重新回头一看，良树消失得无影无踪，不知道躲到哪里去了。

再后来，如他所言，去年的世界末日并没有到来。

或许在他眼里，相信世界会终结的我，想要跟同病相怜的陌生人"一起走"的我，真的非常天真。

4

十九岁这一年，世界又开始倒数了。

我想在生命终结时，去世界的尽头看一看——

"就像以前电视机里的纪录片一样呀，也有先例的，也有人去过世界尽头。我们可以按纪录片里的走就好了。"

"这旅途风险很大，不要太天真了，纪西，你成年了。"

"阿树，我想去。"我试图说服阿树。

末日预报出来后不久，妈妈就在市中心打来电话——

"不得了，你爸跟我道歉说要重新跟我结婚，他是不是疯了。"

我笑着对妈妈说，挺好的呀。仿佛在要死之前，大家似乎开始念旧和忏悔。

一夜之间，仿佛所有人都开始计划着自己最后的余生，这座都市开始像能量充沛的机器，无声无息地运转起来。不夜城夜夜笙歌，霓虹灯像星星一样闪烁到天亮，没有夜晚。

"为我们的余生干杯！"

酒鬼们夜不归宿，吃货们每天挤在各类高档的店铺前排队，山吃海吃。街道上挤满了欲望膨胀起来的善男信女，穿着新衣裳走进繁华的霓虹区。老人们挤挤挨挨地待在公园里打牌晒太阳，情侣们抓紧在街头拥吻。每天，头顶的天空划满了一道又一道滑翔的痕迹，出游的飞机航班频繁地穿行在棉花云朵里。

吃喝玩乐，更像是末日前的狂欢。

而从那一天起，我出了院，开始每日每夜地锻炼身体。阿树原本怕我的身体承受不了严寒，争执一番过后，最终还是决定完成我的心愿。我们开始安排行程，终于在世界终结的前一个星期，启航了末日前的探索之旅，大概也是人生最后的一次生命旅行——

到世界的尽头去，奥伊米亚康。

5

纪录片，奇迹栏目。

"生活需要奇迹，这里是奇迹纪录栏目。当世界终结时，我们能在预定的日期里做些什么呢？今年的世界末日备受关注，在这个宏大的背景下，有人前往了世界的尽头，这是对我们生存意义的探索吗？这背后又有着怎样的奇迹呢?"

　　我是在十七岁那一年被查出脑袋里长了东西的,也住进了医院。

　　当时,妈妈的公司倒闭,外婆在医院里病逝,就在这样紧急的关头,爸爸出轨了,然后跟妈妈离婚了。

　　那年天气异常,厄尔尼诺现象、火山喷发使得气候多变,加上温室气体浓度升高,当年跻身历史最热年份的前十榜单。同时各地地震不断,社交网络上被悼词还有蜡烛填满,热门话题总是灾难与救赎。

　　住院的那些日子,最常听见妈妈说的话是:"你好在没有成年,不用承受呀,成年后的生活只会越来越糟呀。"

　　生活没有童话,童话的美好都是狗屎。

　　好像就是这个意思。

　　"一切都不靠谱!"

　　悲观的妈妈对于生活几乎绝望,挨到我第一次出院后,就替我办理休学手续,让我到一个偏僻的小城镇里疗养身体。住在一幢院前种有大片栀子花的老旧别墅里头,年代久远的屋子是植木风格,踩在木梯上还能听见咯吱咯吱的响声。

　　听说,别墅里住着一名没有朋友,喜欢自己一个人独处的女生,职业不详。另外还住了一名不肯到医院去工作的著名医生,原因不详。

　　有时候城镇上的一些老人会到楼上去拜访,起初我见到楼梯下每天都挤着一排排拖鞋会蹙起眉头,后来才得知大家都是来看病的,也就习以为常了。

　　基本都是不爱出门的人,井水不犯河水,住进去后从来都没有碰过面。日子就一个人无聊地过下去……

直到一个月过去后，一天凌晨，我躺在床上准备睡觉，天花板上响起了钝重的敲击声。

嘣嘣嘣——

别墅里的房间都是木质地板，天花板上如同安了一枚打字机般聒噪起来，不久脑袋就被吵得发痛。

"半夜在打战呀，吵死了。"我捂起耳朵却还是失去了全部的睡意，最后，我挨不住怒火跑上了楼，烦躁地敲门。

我怀揣着最后几丝耐心，抱着双臂等待着答复。终于，门开了……开门的却是一个极其肥胖的女人。

我有点吃惊地盯着她稍稍扬起的双下巴，她把门往后推开一点，手臂上的肉块便缓缓地弹开来。我心惊肉跳地咬紧了下嘴唇，一下子就没有了原先的火气……原来是在减肥！看到她憋屈着的脸，想着她是在努力地做着很难坚持的事情，顿时就泛起了同情心。

"你好，有事情吗？"她疑惑地问。

"很晚了，我在楼下听到这里，嗯，有点吵。"

"啊，我在跳绳，不知道打扰了，我不跳了。"对方羞赧地点着头，试图结束对话。

可就在一瞬间，我觉得有点于心不忍，便下意识地用手抵住了房门。她愣了一下，再次泛起疑惑的眼神。

"妈妈给我买了跑步机，要不然你可以过来我这里跑步。"

"这个……"对方有点欲言又止。

原来她就是那个不喜欢交朋友的女生，年龄跟我一样大，叫花路。

后来，我开玩笑地叫她"有病小姐"，因为花路的口头禅是"我有病"，永远携带着一副很焦虑的眼神还有愁容。

有病小姐患有健康偏执症，起初我并不知道。

6

"我们从北京出发，沿路经过满洲里，后贝加尔斯克，赤塔……
朝俄罗斯边境迈进。就在世界毁灭的倒数第三天，我们终于抵达距离
奥伊米亚康 800 公里的雅库茨克。

因为奥伊米亚康没有旅馆，气温最低的时候达到零下 71 摄氏度，
世界寒极，是个几乎没有生灵的地方，没有司机愿意陪同我们前往。
最后，我们通过当地的广播局，才找到了愿意一起去的美国大叔迈克
先生，另外还有同行的三个探险者。"

"我有病。"

"人类都有病哟。"

"不是这个意思，我是指我真的有病，真的病那种。"

从那一天起，花路常常来我的房间里启动跑步机，一边跑步一边
恐慌地跟我聊天。她一天只吃一餐，还量身计划热量摄入，拼命运动。
可是一个星期过去，花路还是一点都没有瘦下来。

有一天我在沙发上吃蛋糕，她就在跑步机上目不转睛地盯着我手
中的食物咽口水，又开始焦虑起来。

"我心慌，心脏偶尔会跳得非常快。我的血糖在升高，不然怎么一
直这么胖。血糖太高血压就高，最近天气变热，我都不敢突然蹲下去，
我怕我血管爆裂……"

"是不是心理作用呢？"

"不是，我有病。"

这一次，花路按停了跑步机，然后扶着手柄无助地看着我。沉默

了一会，良久，她开始猝不及防地哭起来。

嗒的一声，眼泪就掉了下来。好像已经忍了很久。

"花路，你没事吧?"我不知所措起来。

"我觉得生活好无奈呀，每天睡觉闭着眼睛想到明天就又要来临，真的好想去死呀。都是因为我在生病。"

"唔，真没事的，"我沉默下来，良久，眼珠子转了一下，"这里不是有一名医生吗，要不，我们去他那里看下就知道啦。"

"啊?"

我二话不说，拉着花路站在了二楼最里头的房间前，仔细地盯着门前的挂牌——

"看病请撕下旁边的纸条写下名字，从下面的门缝里塞进来排号。"

花路笨重地撕下纸条写下名字，蹲下去把纸条塞进了门缝。哆哆哆，我顺便敲了门。过不久，房门就门半掩着，示意让花路进去，我便在门口等待。

"才不是这样的!"十分钟过去了，房间里突然响起了花路崩溃的哭声，然后房门就猛地撞开了。

"发生什么事了?"我焦急地看着她。

"他不肯给我看病，说我只是胖……他不肯给我看病，纪西，你说他是不是在嘲笑我!"

花路看上去很难过，她呜呜咽咽地流着泪水然后撇下我就回到自己的房间去……

一急之下，我撕下了房门上贴着的门诊预约电话，然后就下了楼。

7

"倒数第二天。铁皮车子底下，是世界十大危险公路之一的 M56

公路，几乎有六百公里的无人区。公路上插满了十字架，以前在修这条路的时候死了很多人，每一公里的路基下都埋了很多死人。

"就在那个时候，我的身体开始有了反应，感觉很难呼吸。迈克先生看我难受，声线颤抖，要求我们先下车，祭河。

"为了保佑在河面上行驶不发生意外，当地人都选择祭河。"

我回到了房间，给"绝不去医院的医生"打了一通电话。缓慢的连接声过后，听到沉闷的一声"喂？"

"喂，你好，请问你有医生资格证书吗？"

"什么？"

"作为医生怎么可以这样呢？"

"你什么意思？是患者吗？"

"为什么不给刚才那名患者治病？"

"她很健康，或者说……"对方愣了一下，然后才想起来。

"作为医生，不愿意给患者治病这算什么东西？实在不行，不是应该安慰患者，把患者的疼痛降到最低吗？"我忍无可忍。

"她……"

"每个人不是都有自己的痛处吗！为什么不能把治愈患者作为最终目的，而是为所欲为地让别人难过。你作为医生，你为什么就不去医院呢？你有本事你为什么不去医院呢？"我几近蛮横，咄咄逼人。

"小女孩，你不可理喻。"

"你才不可理喻咧，有本事你去医院呀，不要待在家里呀……"

嗒——

嘟嘟嘟。对方把我的电话猛地一挂，我这才把话筒狠狠地放下去。

那个时候，我并不知道花路其实患有健康偏执症。她每天都要检查自己吃的食物是否符合健康以及瘦身的规格，一直觉得肥胖给她带来了很大的威胁，让她生病。

缺乏成年人观察视角的我，一向爱心泛滥以及正义，冲动起来为所欲为。在那之后的日子里，我开始了报复"绝对不去医院"医生的计划——

"等着瞧。"

我隔三差五就给他打电话，或者在他门缝下塞进纸条，所有的语言都围绕着"有本事你去医院呀！"。

"有本事你就去医院呀，不要不敢去呀胆小鬼。"狠狠地戳着对方的软肋。

这种恶作剧让我惩罚到他，为花路出气。因为从那天起，花路几乎只喝水，连饭都不吃了。

拨电话。

"喂？不要再打来了！"

"不要当胆小鬼呀哈哈哈，去医院。"

啪嗒一声，然后我再挂电话。

这种事端挑了半个月之后，我的意志就开始消沉下来。中间有一段时间已经懒得再去做这种事情了，莫名地觉得自己很幼稚。

终于有一天下午，我在家里打扫房间，经过电风扇的时候没有注意，拌到了电线便一头栽倒在地上。原本以为只是跌倒并没有大碍，却在不久后莫名感到头晕发冷，走路都没有了力气……

我的身体开始颤抖起来，抓过手机便惊慌失措地挪到了二楼，敲响了花路的房门，可是她并没有在家。我半飘着走到了医生的门前，使劲地敲他的门，没有反应。

我给他打电话，没有接。我心里请求着，一定要接，一定要接，然后期盼着打了第二通电话过去。

"小女孩你还小！很多事情你不懂！不要再打来了！你这样占线会害了其他患者你知道吗！"奇迹般地，对方接了电话。

"等一下！"我使出了全身的力气喊出了一声，扶着房门便闭上了眼睛。我感到眩晕。

"怎么？"对方愣了几秒。

"带……带我去医院。"我有气无力地央求着。

"你！"

"带我去附近最近的医院，我在你门口……"我意识开始混乱，呼吸急促起来，上气不接下气，"急诊……脑……脑部肿瘤科……我病了……"

"不要再开去医院的玩笑，不要开玩笑！"

"如果你没有带我去医院，你要对我负责！"我语无伦次。

"什么东西？"

哐当一声，我脑袋剧烈地绞痛，眼前一暗，就栽倒在了他的房门前。

那个时候我觉得，如果世界末日来临，大概也就是那个样子吧。身体疼痛，无边境的绝望，没人陪伴的那种心情，统统铺天盖地地袭来……

末日，就是那个样子。

8

"倒数一天半，四周是无止境的黑暗，还有隔绝于另外一个世界的鬼灵。我们在祭河的时候撞见了凶猛的雪狐，恐慌地跑回了车上，而就在那个时候我的身体开始莫名产生巨大的反应。我咳嗽，头部剧烈地痛起来，想吐。我扶着男朋友的手朝旁边猛烈地一咳，血液就开始从嘴巴里稀稀拉拉地流出来……

"像是诅咒，世界末日仿佛真的到了。"

我一直都认为，十九岁以前的那些岁月，统统都应归结为"未成年"的范畴。无论我们的成人礼耀眼或者平庸，于心智上，我们也还是无法马上过渡到世俗里头的。

至少对于我而言，以前未成年的我，性格躁动，热爱幻想，相信童话，执拗又不可一世，认定了一件事情会马上孤注一掷。也会开口假装大人那样去谈人生，心中永远有不死的美梦和衷信，永远有典型的情愫在涌动——

好比，我认定第二天良树先生一定会在天台等我。

次日。

走上楼梯，天台的门敞开着，走廊的这头一扫昨日的阴沉，非常明亮。远远地，我就听到"咯咯"的响声，以为是良树在椅子堆里发出的声音，心情莫名豁然开朗，便加快了脚步。可是踏上最后一层台阶，却看见活动区域里只是一名护士在清理杂物。

"患者不能上来这里的，你是不是经常上来？"

一声吆喝，我往后缩了一步。天台外的阳光明晃晃地照进来，地上只有曝晒的衣物印下的影子，斑驳地晃动着。

我眯着眼睛察看了四周，没有良树的身影，也无法自己逃出天台爬下隐秘的楼梯。我感到落寞和失望。混蛋。

"对不起。"我对着护士虎头虎脑地应了一声，准备转身离开。

"唔……你是原先三楼脑部科搬到顶楼来的纪西吧？"好像认出我来，语气松懈了。

"您是？"

"三楼的值班护士，帮你输过液呢。你最闹腾，护士们都记得你，吵着不要住院。"

"这样呀。"我不好意思起来。

"这里灰尘多，患者的禁区，不要再上来咯，纪西。还好你不是昨天上来呢，以前偷偷上来没有遇到过什么人吧？"

"嗯？什么人？"

"昨天有一个心里有阴影的医生上来过，他非常害怕来医院，一旦发作起来可是会做出很可怕的事情的，可能对人都会造成伤害。"

"医生？"

"嗯，这里最年轻的主刀医生，国外留学回来的。为自己的女朋友做手术失败，就患上了阴影，怎么也无法来医院工作做手术了。说起来，昨天会来好像是女朋友的忌日呀……"护士抖了抖手中的鸡毛掸子，重新戴上口罩，声音闷闷的，"……以前好像就住在你现在的房间咧，顶楼的 T301。"

我愣愣地盯着她，一个字也说不出来。灰尘扬起来，在阳光的笼罩下飞舞。我站在接近天台的这个地方，像站在宇宙的最中央，感到前所未有的寂寥还有空旷。顶楼的那股腐酸的味道混杂着灰尘，一层层地滚起来了，很呛鼻。

"啪嗒！"

天台的门板后面发出一声撞击声，护士转过身去，我瞬间屏住了呼吸。一个身影从门后哐当一下就朝前跑去，普通的便服，需要微微抬头仰视的身高，还有一抹烟的雾气。一下子就离开，消失了。

是良树先生，原来他有遵守我无厘头的约定，一直在天台等我。

都……被听到了？我瞪大着眼睛，还没缓过神来，良树先生已经跑开了。

"啊，是谁呀，怎么还有患者上来！"护士朝外面走去，留下我怔怔地站在原地。我在发呆，满脑子都是——

良树是医生？患上阴影而无法来医院上班的……医生？难道良树先生是别墅里"绝不去医院的医生"吗？！

我感到难受，转身的瞬间就一个箭步跑下了楼……

我走错了几个房间，失魂落魄过后才找到了护士守着的患者探望室。我的嘴唇颤抖起来，胃部感到灼热，慌乱地在办公桌前乱翻了许久，终于找到了我的入院记录本。

哗啦哗啦。

纸张飞快地翻起来。我一行一行地用手指甲按压过去，终于瞄准了第二次入院那一天的记录。

患者：纪西。

时间：9月7日。

签名那一行……赫然写着，陈良树。

脑袋轰隆一声，我傻站在原地，如鲠在喉……良树该怎么看待我这种人呢，咄咄逼人，蛮横无理，处处揭人痛处，死咬着别人不放，这不就是我吗。

我莫名感到委屈和难过，掏出手机，点开已拨电话列表，满满的一排下来，全是给他的骚扰电话。我紧握着手机再一次按了拨打按钮，手心都出了汗，咬着牙，半晌才听到了话筒里传来了一声熟悉的："喂？"

"喂？"我的声音黏糊开来。

"你好！"

"……"

"喂?"

"良树……对不起。"突然有点想哭，脑海里一直浮现着他不屑地给自己指示路线，脸上似笑非笑的样子。

我感到愧疚。没有恼怒地拒绝自己的任何一个电话，是怕自己哪天真的需要帮助却得不到救援吧。

明明是这样为自己着想的人，却处处刁难着他。

"你是?"

"谢谢你今天有来，我是纪西。"

我用力地闭上眼睛。本以为接下来会是重重的挂断声，最后那一声令人心寒的"啪嗒"却一直没有响起。

半晌。

一秒，二秒，三秒过去，才听见了良树的声音。

"没关系，我明天再来。"

"说好的。"

嘟嘟嘟，心里却早已经响起了短路的声音。

9

"倒数一天。世界一片黑暗，可怕的诅咒彻底来临了。

我们的车子在那个时候停了下来，引擎一直无法启动，迈克先生让我们快速到探险者们的车里避寒。我的呼吸没有了节奏，只剩下一点气力被搀扶着往回走，却一直等不到探险者们的车子驰来。过了很久，就在我们全身都布满雪块的时候，终于看见了那辆停在路边的车子。

"探险者们的铁皮车亮着车灯却没有声音。我们靠近朝里头一看，顿时一声惨烈的尖叫划破了夜空。

"车窗冻裂，暖气外泄，车子里只剩下三尊有着恐惧表情的冰像……迈克先生那个时候像是疯了，号叫着跑开，像是要逃开这个被诅咒的地方。"

从那一天起，良树先生每一天都会在天台跟我相遇。一直在医院的天台见面，良树先生的"医院恐惧症"已经有所好转了。

晕倒在良树房门前的那一天，其实他并没有在家。我在晕眩之际并没有看见门口挂着"今日停止门诊"的提示牌。后来才听说，当时在超市里的良树拼命地跑回家，撞倒了超市里的一排食物架。

"赔了两百元，后来。"

提起这件事情的良树，总是会捧着肚子笑，看上去很开心的样子。

跟良树的相识有点绕着弯子，但是这样的相遇留在脑海里的总是稠密的甜。从约定后的第二天开始，良树每天都来医院看望自己。在他无法控制身体颤抖的时候，就到天台上抽烟平复心情。很多次看见他极力控制自己的时候，脸部都会轻微地抽搐起来，但是他都强忍着身体的战栗，故作镇定。

有时候也会想，良树大概在跟自己的过去做抗争吧。因为医院这种地方，他来一次，回忆都会涌入脑海里一次。

"你说，为什么明明那么害怕医院，却还是每天来探望我。"我问花路。

"因为……他喜欢你?"

"我也这样觉得。"

"哈哈不要脸。"

也很多次，跟花路两个人趁着良树去抽烟的时候，躲在医院的顶楼病房里吃吃地窃笑。第一次觉得，住在顶楼好像也不错。

去年的 12 月 22 日，我跟良树是在海边度过的。尽管良树不相信那些人云亦云的传言，却还是陪我吹了一天的海风，实现了我看海的愿望，陪我等待末日。

"为什么要看海呢？"海风把良树的头发吹拂得乱糟糟。

"从小我的身体就不好，一直都待在家里或者医院里。爸爸喜欢给我讲童话，跟我说，海的对面跟童话里一样，有王国、有城堡、有璀璨的星球，有一个不会消失的美丽世界。妈妈每次都说，等我身体好了就带我去看海。用这样的诱饵骗我吃药，骗我好好活下去。"我顿了顿，看着良树，"我其实不笨，我怎么会不知道那些都是童话呢，但我就想要亲身体验下，我愿意相信……可是现在不一样了。"

其实我早就遗传了妈妈的悲观情绪。

"现在呢？"

"现在真的不相信啦。你看，海的对面空空的，什么都没有。但是我就是想来看一看……好像有点凉了呢。"我笑笑。

良树脱下了外套，披在我的身上。然后两个人都沉默了，看向海上的天空，直到它慢慢暗沉下来。

"良树……"

"嗯？"

"如果今天能活下去，没有末日，那么你以后……也不要来看我了吧。不要来看我了。因为……"我缓缓地逼自己说出口，噎了下喉咙，却再也无法继续说下去。

"我懂你的意思，没事。"开朗的声音，"你怕我害怕得发抖吗？哈哈。"

其实他不懂我想要说什么。

"纪西，"他挪动身子靠近我，用手指向海的远方，"看见了吗？那边，海的那边，我们看不到的那边，其实是有东西在的。尽管我们看不见，但它不是空空的。"

"是什么？"

我认真地看着良树，良久，终于听到了他的答案——

"世界的尽头。"

世界毁灭前，时间终结时。

"那里有王国、有城堡、有璀璨的星球，有一个不会消失的美丽世界。我们看不见的那里，世界的尽头。"

"如果可以，我愿意带你到世界的尽头。"

"不是骗你的，我们可以拉钩。"

"拉了这个钩，你一开口，我无条件带你去。"

"一定带你去。"

10 2014 年，倒数一天

"那生命倒计时的最后，到达世界尽头了吗？"主持人的声音。

"迈克先生疯狂地跑开时，我也失控般尖叫了起来，那是前所未有的恐惧。"

"良树先生呢？"

"我倒在了雪地上，他在抱着我。我开始后悔我的一意孤行了，因为良树可能也会跟着我一起死。"

世界的尽头，漫天雪花，雪地上响起了哭声。

"良树，对不起。"我倚在阿树的身上，跟着他哽咽起来。

"良树……"我轻唤他的名字，受到巨大惊吓后的我终于说出了口，"你都是骗我的吧?"

"什么?"

"世界末日。"

"……"

根本没有末日吧。

良树以为我还会天真地相信末日预言，其实我早就已经不相信了，我已经十九岁了。听妈妈说，要承受更多糟糕的事情了。

"我一直都知道你在骗我……我的脑袋每一秒都在痛，我知道我就要死了。"我开始呜呜咽咽地说着。

"纪西，你在胡说什么呢?"

"我没有胡说。"

天大的谎言。

只不过是良树的谎言罢了。我只剩下两个月的生命了，为了不让我孤单地死去，让我以为是全世界一起毁灭，而不是只有我……

世界末日到了，只有我即将死去。借着末日的幌子，骗我活下去。可是面对现实，这一切只不过是我生命终结的倒数呀。

"我怎么会不知道。"我的意识开始恍惚起来。

呜呜呜，良树没有说话，他只是在哭。

"别哭，你快点找到迈克先生，一起回去……"

他却哭出声音来了："我们回去，我们回去!"

大雪很快就覆盖了我们的身体，一阵阵寒风吹过来，我却在一瞬间感觉到了温暖。好像去年的海边，良树跟我说出那些话的时候，海风习习地吹在了脸上——

"那里有王国、有城堡、有璀璨的星球，有一个不会消失的美丽世界。我们看不见的那里，世界的尽头。"

我的眼神变得空洞起来，视野开始模糊了，只看见夜空一片又一片的雪花以凛冽的姿势落在我的眼前……

"纪西，我为你做手术！"

恍惚中，雪地里像是响起了一声撕裂的喊声。

世界终结时。

"如果今天能活下去，没有末日，那么你以后……也不要来看我了吧。"去年在海边，还没有说完的话，现在就说完它，"因为知道你每次来看我，都要感受那种我即将死掉的难过，我宁愿你不要来看我了。"

曾经隔三差五就让你唤起恋人死去的那种痛苦，让你想起为恋人做手术失败的那种难过，现在绝对不想再让你去尝试和想起这样的痛楚，直到……

这一次，轮到我需要被患有阴影的良树，进行脑部肿瘤切割手术。

12 2014 年，倒数两个月

一个傍晚的下午，我在走廊里寻找护士换药水的时候，听到了护士跟良树先生在楼道里的对话。

"陈医生，你怎么看？"

"这个手术不是只有我能够胜任吧？"

"纪西的脑肿瘤一直复发，这次恶化非常严重，已经压到了脑神经。梁医生让我先跟您说一声，希望您能够回来主刀。这个案例您以前在国外是做过的，脑切片回办公室可以给您看，因为……如果做手术，成功的概率有百分之二十，如果不做手术，纪西可能只剩下两个月的生命了，对方家长还不愿把这个消息告诉她。"

"可是我现在……"良树的声线剧烈地颤抖起来。

不可以，无法做到……再次为自己的恋人做手术吧。

我的心脏剧烈地绞痛着，使命挪动了脚步，慌张地跑回了顶楼病房。原来这就是，我住进顶楼的原因吗……

我就要死了。

病房里。

电视机正在播报着世界毁灭的最新消息时，鹅黄色的光线夹杂着傍晚的暖风漫在了我的床尾上。

"今年进入太阳风暴的活动峰年以来，太阳黑子剧烈爆发，加上酸云杀手的抵达，两个月后的第二个星期天，人类的世界就会毁灭终结。请多跟爱你的人聚在一起吧，我们的时光不多了……"

笃笃笃——

这个时候，急促的敲门声响起来，我侧过头便看见阿树从门后露出来的脸。

"纪西，好消息！"

"你回来了？快看这则新闻！"

"先听我说，医生说你恢复得很好，马上就可以出院了。两个月内可能还会有点后遗症，头痛乏力什么的，但是无大碍，挺过去就会好。"

电视机里的声音被拉扯到了脑后。

恰恰好……

只剩下两个月，世界终结。

13　2015 年

"良树先生用末日的倒计时来隐瞒自己的生命倒计时，最后还是陪你到达了世界的尽头，你觉得这段旅程最大的奇迹是什么呢？"

"走出自己，还有相信童话。世界有尽头，精神或许没有尽头。

"曾经一直在消灭幼稚，期盼让自己挑战恐惧，期盼让自己变成大人，不要幼稚不要想象，快快长大。等到了十九岁的年龄，才发现……"

春天，沿海的山坡上。

"纪西，今天怎么样？"轮椅的身旁，是良树的声音。

"很好哟。"

"给。"良树往我的手里塞了一朵花。

"山坡上开花了吗？"

"当然啦，很漂亮。"

"可以想象。"我似乎看得到。

在英国，良树给我做了手术，抓住了百分之二十的概率成功地活了下来，由于神经受损，导致了双眼失明。今天，妈妈在中国的北方都市里跟爸爸复婚了，花路还在一边减肥一边跟医院打探眼角膜的捐赠消息。

海风吹在脸上的时候，眼睛里浮起了一层画面，里头有王国、有城堡、有璀璨的星球，有一个不会消失的美丽世界。

"纪西，好消息。"

慵懒的阳光下，还没有睡着前，听见良树在耳边轻轻地唤我的名字，良久，话筒里传来了花路肥胖的声音……

原来成年人更需要童话。

生生不息。

像来年的春天又会开花。

水消失在水中

1

谁都没有想到，第一个被水鬼拖下水的人，竟然是河西的妈妈。

捞尸人将尸体像大鱼一样捕在网中，然后捆在汽艇边沿拖上岸来。湖堤上都是人，站着的，蹲着的还有坐着的，眼神热忱，像是期待一件出土文物的面世。

我带着妹妹挤到岸边的时候，爸爸正在帮捞尸人收网，在看到我和妹妹的刹那便沉下脸去——"灵山，把你妹妹带回去！有什么好看的！"

我立马将妹妹的眼睛捂上，她使劲掰开我的手指喊道："明明就很好看啊！"可是话毕，尸体在收网中翻了个身，水鼓鼓的眼睛直勾勾地瞪着大家。大白天的午后，顿时像是被套了真空压缩袋，不见声音了。那尸体没有瞑目，长发细得很，跟水草一样黏在脸上，浑身煞白，脚踝上还有一圈触目惊心的暗紫色瘀青。

像是被爪子擒过的暗紫色瘀青。

空气被拧紧了。

还好有一名孩童哇的一声哭了出来，随后小孩们的哭声接踵而至，我的呼吸才因而顺畅了些。

我四处寻找河西的身影，妹妹将脸埋在我手臂里说，"许灵山，我们还是回家吧"。就在这时，我终于看到了河西。他发疯似的挤过人群，先是发慌地盯着岸上的尸体，随后像是求救般地跟我四目相对，哪知道不一会儿便一头栽倒，昏了过去——他可能无法置信，自己的妈妈从此成了水鬼。

水鬼索命，就从这个时候开始了。

2

水城的水鬼传说，是从三年前开始的。

三年前的一天凌晨，一辆长途大巴途经水城，司机在景观公路的途中瞌睡，将那辆满载乘客的大巴侧翻驰入湖中，一车活人丧了命。自此，湖中总有奇声怪语，一时谣言四起，大多都是跟水鬼有关。说是阴魂不散的亡灵不能投胎转世，必须找人做替死鬼才得以轮回，否则不得超生的灵魂将永远困在黑暗水底——宛若永困无边地狱。

所以，一旦谁被当成了替死鬼，便成了下一个怨念缠身的水鬼，只能靠找其他亡灵顶替自己，才能轮回圆寂了。

这几天，水城的人茶余饭后都会说起河西的妈妈溺水这件事，都在猜想河西的妈妈是怎样被水鬼拖下水的。

听多肉的爷爷说，河西的妈妈死得冤枉。事发的时候，河西的妈妈趴在窗台上，伸手去够屋檐上的衣架，身子不稳便朝湖里栽了进去。当时他正从市街上回来，在湖边捧一把水洗脸，没想眼皮上还沾着水珠，看到那一幕时还以为把自己的眼睛洗蒙了。

河西的妈妈残疾，两条腿不能动。她掉下水的时候，湖水肯定跟水泥一样灌入她的嘴巴，她木讷地挥动着双臂，就像挥动两只船桨，可是没有用，两条腿柴柴的，只能筷子般地竖立在水中。随即，湖的深处传来了哭声，她看见湖底有一抹血，可是很快地，血晕开了。血晕开了，她才看清楚，那是两只红色的眼睛。水鬼浑身油亮，无数空空的囊孔，又像海蛇，身上好像一直还有黏液在渗出，它游了过来，抓住她的脚踝，一把将她拖下湖底去。

死了。

也是直到河西妈妈死了，人们才想起，河西家跟水鬼其实早有渊源——

河西家就住在湖边，屋子是以前的巡岗房，湖堤上就一家，也最有可能见到或者碰到水鬼。

还记得一周前，也是我最后一次见到河西妈妈活着的那天，河西家就传过一个跟水鬼有关的谣言。那天放学后，我跟河西正准备回家，多肉满头大汗地跑到我们面前，语气分不清是亢奋还是紧张，急忙说道："河西！你阿爸钓到了一个水鬼！"

"可神了，一个水鬼！"

我们朝河西家里赶去，一路上，爱看热闹的人也都朝湖堤上跑。当我们到河西家时，屋外已经围满了人。河西的爸爸将人群挡在屋前，矢口否认说根本没有那回事——"真的没有钓到什么水鬼，是一只死猫，我随手就扔了！"

"你肯定藏着了，我们进屋看。"有人起哄着，说明明有人看到河西爸爸在湖边钓到了一只黏答答的黑色怪物——也就是有着魂灵附体的水鬼，被他迅速藏起来了。

"没有就是没有。"河西的爸爸就是不肯让别人进门，他眼神里透着不耐烦，"水鬼力气那么大，我怎么可能钓得到？"

"你以前是出海打鱼的，敢说自己体力不行？钓一只水鬼怎么了，你钓什么都行！"

"就是呀，可生猛了呢！"

最后一句话是住在市街上的叶海风说的，我们都叫她叶姐。她可能一时兴起，在人堆里帮忙起哄，可是话语刚落，河西的妈妈就用轮椅撞开了门，将一只拖鞋狠狠地甩在了她脸上。

"婊子要脸吗？"河西的妈妈尖叫起来。

听人家说，河西的爸爸跟叶姐私下有来往，两人偷情不是一两天的事了。因此，河西家经常吵，战火连天，多半时候河西只能找我陪他出去遛弯透气。

叶姐不知是隐忍还是大度，她先是瞪着河西的妈妈，然后似笑非笑的，捡起地上的鞋子就走了，走之前用纤细的手指头戳了戳河西爸爸的胸膛："想要拿回这鞋呀，你只能上我家来。"

河西的妈妈再次撞门，房门大敞了之后，屋里的景象一览无余。杯瓶碗罐碎了一地，分明是刚吵过一架，见不得人的狼藉。她咬牙切齿地说："你们不就是想看笑话吗，进来啊，我招待你们，都进来！"

河西妈妈的怪脾气是出了名的。一直以来，都听说她生性执拗又怪异，身边的大人都不喜欢她。

就拿去年的那件事来说——因为水城常年患水灾，在去年，一场大水又把水城搞得人仰马翻。城里想兴建水库，计划给河西一家换房，河西爸爸没什么主见，可是河西妈妈死活不肯，劝告无解的人只能私下嚼舌说她是害群之马，骂骂咧咧之后，还是拿她没有办法。从那之后，大家跟河西妈妈闹得很不愉快，河西妈妈也成了众矢之的。

"她早就该死了！"

为此，谁又能想到，第一个被水鬼拖下水的人，是河西的妈妈。

大伙见河西妈妈这么撒泼，自然也经不起那样的盛情邀请，悻悻然地，倏忽就都散了。

后来，听说在河西妈妈的丧殡上，叶姐将带回家的那只鞋子捎去灵堂，将鞋子扔到了焚纸炉里。她说："摔下水死的，死得不值啊。够自己够不到的东西，这不是自轻自贱，咎由自取吗？我们本无冤无仇，谁知道会变成这个样子。"

至于河西的爸爸究竟在湖边钓到了什么，便再也没有人问起了。

3

"你信我，河西他妈妈会成为厉鬼。"

河西妈妈的丧殡一过，再过不久就是龙舟节。在水城，每一年都会举办龙舟竞赛，以往的节日上，我、河西还有多肉都会一起参加。但是今年在节前发生了溺水事件，搞得大家人心惶惶，水城的生活似乎都被打乱了，大人都给孩子们下了禁止令，没家长看守一律不准去湖边。

学校给河西批了很长时间的假，班上的同学羡慕不是，不羡慕也不是。河西每天都待在家里，我和多肉已经很久没有见过他。

仔细想想，能让河西早点开心起来的办法只有龙舟赛，所以我最近一次去找多肉，原本是想找他商量说，我们去找河西赛龙舟吧。

那天晚上到多肉家，我刚穿过走廊，他家后院便传来一声尖叫，随后是多肉的喊叫声："救命啊！"

我循声跑进后院，多肉裸露着身子，正在后院的池塘里挣扎，冲我一本正经地喊道："快救我啊，许灵山小哥哥，我要被水鬼拖下水了！"

我气急败坏，捡起地上的石头就朝池里扔了进去："死胖子！很好玩吗！"

多肉一通嬉笑，高举着他那像藕一样的胳膊，比划着水上芭蕾的动作潜入水中——"许灵山小哥哥，你看我像不像一只天鹅？"

"你开这种玩笑，就不怕真的被水鬼拖下水？"我说。

"要拖也是拖你这种旱鸭子，"多肉起身坐在池边，狐疑地看着我，"你不会没听过大家在传的话吧？"

河西妈妈变成水鬼了。

多肉再次跟我重申了一遍，还更新了说辞："她怨气重着呢。你信我，河西他妈妈会成为厉鬼。"

"胡说八道！"

"我有证据。"

"不知道你又在瞎掰什么。"

"算了，你别管了。反正你是旱鸭子，你千万别去湖边。"多肉头朝下，一个翻滚便又潜入水中。

至于龙舟赛，多肉还是那句话，奉劝旱鸭子的我就别去凑热闹。

第二天，龙舟节将至，湖边开始搭建木棚，大小龙舟开始聚集着推在石桥下。傍晚，张灯结彩的景象之中，我在石桥上瞧见了河西的身影。

他坐在湖堤边，看上去心事重重。我走过去，原本想在他背后吓唬一下他，但又觉得不是开玩笑的氛围，一时半会没了主意，只是怔怔地站在他身后。

"许灵山，你吓了我一跳。"河西察觉背后有人。

"你还好吧?"我怀疑他在走神，不然怎么几分钟了才发现我。

河西捡起一块小石头，朝湖面打水漂。直到涟漪消失，他眼睛盯着湖面，半晌才应了声，"嗯"。

"你听，湖底有声音。"河西突然说。

我们缄默，只有风的声音，随后只有柳叶掉在水面上，我以为柳叶会有声音，结果它并没有。

"我们要搬家。"

"搬家? 搬哪去?"我诧异。

"不知道，这里要建水坝，我妈以前不是不肯搬吗，我妈死了，我爸说反正屋子是分配的，可能还会搬到市街去。"

"真好，有新房子住。"我竟有点羡慕。

自从河西妈妈死后，谣言不断，我想安慰一下他，谁知他自己问道:"许灵山，你最近听到了吧? 你觉得呢? 我妈会不会变成水鬼?"

"你别听他们胡说!"

"我觉得会。"

"……"

"龙舟节，你别去。昨晚我妈给我托梦，说她想圆寂，要找替死鬼!"

我毛骨悚然地盯着河西。他眼神直直的，又黯淡又冷清，他忽地站了起来，像是说错了话，一把推开我的肩膀，随即跑开了。

"河西！河西！"

他的背影看上去很愤怒，就这么不顾我的叫唤，奋力地跑远。我一阵心慌，刚想离开，脚边的石头便滚到了湖中。

我这才发现湖堤的石面上有字，是河西用石头刻出来的，上面不明就里地写着——妈妈！求求你！火！

4

龙舟节的这一天，朝气蓬勃的锣鼓声从湖边传到了家里。尽管我将电视机的声音继续调大，喧天的喜庆还是充斥着我的耳朵。我越是想起那天河西跟我说的话，就越是如坐针毡。

那天过后，河西便不再出门。

而我每天夜里辗转反侧，一直想起石面上刻着的那几个字，却不明白到底是什么意思。

妈妈！求求你！火。

此时，窗户外玻璃上出现了雨点，我看向窗外，天空灰蒙蒙的，像是一张马上就要哭出来的脸。再看了一下时间，下午两点，龙舟竞赛马上就要开始了。

水城的人们几乎集体出动，正围着湖畔举办一场大盛宴。

我在屋子里坐立难安，这时妈妈拎着一袋纸元宝回家，瞧见我如同异类地自己在家，便惊讶起来："许灵山，你不去看热闹，自己一个人在这里干吗？"

"我刚睡了午觉。我妹呢？不是跟你一起去市街？"

"许灵焓顺道去看龙舟了，她还说要赛龙舟呢。"

"赛龙舟？"

我心里咯噔了一下，随即妈妈取出烧纸铜炉，开始烧纸元宝，念念有词："今天端午节，许氏一家祈求龙王保平安。"

话毕，妈妈一边将纸元宝投进火中。

我望着铜炉里的火光，眼睛失了焦，半晌像丢了魂，额头冷不防地渗出汗来——"献祭。"

妈妈！求求你！火！

"妈，许灵焓为什么叫许灵焓？为什么起焓字？"我心头一紧。

"你妹五行缺火，所以起带火旁，怎么了？"

我的膝盖一软，屋外锣鼓喧天，声声将我击垮。一个可怕的念头在我心里浮现，水鬼莫非是要找缺火的人献祭？

"许灵焓！"

我腾地一下便朝湖边跑去。

头顶的乌云黑压压的一片，看着马上就要下雨了。我停在半坡上喘气，远远望去，湖边挤满了人，一只只龙舟如同蛟龙，在众人的喝彩和锣鼓声中，于石桥下游向湖中。

湖的尽头是深山密林，湖中的绿色倒影浓稠而深邃，在阴天里就像晕开的墨水。

眼看龙舟少年组就要出发，我心急如焚地追赶而去。

桥下的石阶处堆满了少年组的龙舟，我从人群中探出脑袋，好不容易才看见了许灵焓的身影。

她跟多肉和河西一起，正准备登舟，看她的表情，跃跃欲试，充满惊喜。

"许灵焓！"

我奋力挤下阶梯，一把拽住她的手腕。许灵焓一见我，一副大事不妙的样子。我望了多肉一眼，又瞥了河西一眼，河西的眼神闪烁，倏忽便转移了视线。

"你给我回家。"我惊魂未定地下令。

"我就知道你不让我玩！从小都是这样！你就知道欺负我！"许灵焓二话不说开始发疯，用仇恨的红眼睛瞪我。

我一把将她拽到了岸上。

"谁让你上的龙舟！"

"你管我！"

就在我们互相推搡的时候，一声口哨声响起，少年组的龙舟马上准备就位。"女孩子家，回家去！"我心虚地厉声命令。

"人家要比赛！"

"没你的份！"

我一脚踩上龙舟，霸占在三人座的后座上，像个彻头彻尾的无赖。此时此刻，其他龙舟已经蓄势待发，河西和多肉赶紧坐了上来，拿起船桨。半晌，多肉才回头暗戳戳地嗔怪道，我不是让你别来了吗？

"许灵山，我恨死你了！"岸上的许灵焓尖叫起来。

就在这时，哨声响起，一切准备就绪。我警觉地按住多肉的肩膀："你们穿上救生衣。"

"来不及了。"河西和多肉几乎异口同声。

"穿上救生衣！"我坚持。

多肉勉强扯过救生衣往身上套，河西还没接过救生衣，裁判员一声令下："各就各位！"

呼——

少年组的所有龙舟游向湖中。喝彩声像是一阵风，刮着我们的后背，推着我们向前。

我的视觉和听觉变得前所未有的敏感。

我的视线越过多肉的耳朵，紧紧盯着河西的后脑勺。当我们远离了湖岸，黑色的湖底似乎腾起了一阵嗡声。隐隐的，像是湖底下的低吟。

"你们听见了吗？"

像是没人有所察觉，没人听到我的质问。我们已经在湖中，游进了密林环绕的区域，湖水变成了墨绿色。

我抬头环视，此时的我们像在一只盛满水的碗中。

群鸟在头顶一飞而过，顿时，呼啦啦的一阵，倾盆大雨猝不及防地倒了下来。"太奇怪了！"我的心脏狂跳不止。

——"所有成员赶紧撤退！"

为了以防不测，每年的少年组比赛都会有一个监督员陪同全程，此时的监督员吆喝起来，所有龙舟纷纷掉头折返。

余光中，循着声线，我朝监督员的方向看了一眼，竟是河西的爸爸。他的目光朝我们的方向一闪而过，随即也掉头而退。

"快撤！"多肉拽过河西的船桨。

我们迅速掉头，密林里却突然腾出一阵朦胧的雾气，那些掉头的龙舟在雾气中渐行渐远，直至被淹没了身影。

时间仿佛停滞，当雾气消散，所有人都已经走远——而我们被雨水包围了。

"怎么回事？"

"什么怎么回事，不就大家逃得快嘛！"多肉在雨中眯起眼睛，"撤就对了。"

"船在晃，等等，是谁在晃？"河西突然扯着喉咙，颤抖着说。

我们都停下来了。

　　四周一片萧然，随即，黑色群鸟又从我们头顶呼啸而过。船只停在四面楚歌的湖中，犹如一只猎物。

　　"大事不好，快走！"多肉挥动船桨。

　　就在这个时候，我们的船只晃起来了。"船头，在船头！"我惊呼。

　　"我这里在晃！"河西惊慌地按着船身，船只却晃得越来越凶。

　　"是我妈妈！一定是我妈妈！"

　　河西像要哭出来了。他的一阵叫嚷，彻底让我和多肉屏住了呼吸。河西突然探出身去，将手伸入湖中。

　　"河西，你疯啦！"多肉极力抱住河西，河西的手臂在水中拨动，像在感受湖水的温度。

　　但下一秒，河西的手臂就被"人"扯住了，身子顿时溜出了一大截。我们的船只随即剧烈地摇晃起来。

　　"是我呀，妈妈！"河西如同魔怔。

　　我们紧紧地抱住河西，良久，多肉才道了一句，恐怕他是中邪了！

　　我顿感不妙，开始呼救。河西突然回过头，面目狰狞，朝多肉的手臂猛咬了一口。就在多肉收手的一瞬间，河西的身子往下一沉，犹如一只鱼，被看不见的鱼线拽进了湖中。

　　"河西！！！"

　　河西识水性，但此时的他却一直挣扎着往下沉。

　　我脱下我的救生衣要扔给河西，多肉阻止道，你这个旱鸭子！话毕，多肉将救生衣脱下投给了河西。

　　"不好了，我就说过不该来！"

　　多肉一边痛定思痛，河西拽过救生衣，好不容易套在了头上，但随即又诡异凄然地朝我们笑了一下。

我们怔怔地望着他，他停在水中一动不动。随即，扑通的一声，湖面只剩下一波涟漪。

——河西淹没在了湖中。毫无声息。

"河西！！！见鬼了！！！我就说过，河西的妈妈是被人推下水的，我们就不该来！我去救他！你千万别动！"多肉慌张起来，怒吼着对我吩咐道，随即二话不说便朝湖中一跃而入。

我惊魂未定地想抓住多肉，却只是抓了个空。

湖面剧烈地溅起一片水花，我迷了双眼，身处陡然寂静下来的旋涡之中，像被吸走了魂，半晌没回过神来。

"多肉，多肉？"

湖面上安静得可怕，只有剧烈的水泡往上涌。我揪心地盯着那些水泡，四处摸索，发现船尾有两条绳索。于是我颤抖着双手，将绳索的一头绑在船头，另一头绑住自己的脚踝。随即，我放掉自己身上的救生衣的气体，将吹气管咬在嘴上，捡起另一只绳索，跃入湖中。

湖水是刺骨的冰。

我在一团绿蒙蒙的气泡中张开眼睛，浑浊中，我发现了在水下拨动的脚掌。我胡乱划着手臂，企图游到水底，将绳索绑在河西和多肉身上。

那只脚掌却在往下沉。

突然，我感觉我的脚踝被人猛地一拽，回过头去，我看见了河西的脸——"嘭"的一声，我和河西腾出了湖面，极力地呼吸。

我们拽着绳索，将身子伏在船上。

"多肉？多肉在哪儿?！"我的胸腔像压着一块石头。

河西的眼神暗淡下来，他看向湖底，随即我也看向湖底。那里仍然是一片深不见底的墨绿色。

5

捞尸人捞了半小时，终于将多肉的尸体捕在网里。远远望去，多肉泡在水中，露出了他的白色肚皮，仿佛我们儿时一起玩时，掉在水缸里的那只皮球。

多肉的妈妈在岸边声嘶力竭地哭喊着，船只越朝我们靠近，她的哭声就越凄厉，到了最后，声音就钝了。还没等船只靠岸，多肉的妈妈哭岔了气，倏忽便一头栽倒了过去。

就在这个时候，大人们请的法师来了。法师亲自将多肉拖上了岸，嘴里默念着，"善哉善哉"。

龙舟节出了命案，原本来的不应该是法师。

但在我跟河西上岸后，我们跟大人描述了所有的经过。河西转述了他在湖里的所见，说他看到了水鬼。

不是"妈妈"，而是"水鬼"。河西在昏迷中被水鬼拖住了腿，等他清醒过来，发现多肉被水鬼拖了下去，换了他一条命。大人们听完面面相觑，决定最后应该请的是法师。

湖堤上都是人。

我望着那些人，没有人说话，仍然是站着、坐着、蹲着。湖中有雾气，蒙蒙细雨又下了下来。在雨中，他们像是没有了面孔，我莫名感到有点害怕。

"今天是回魂日。"

法师掐指一算，今天正是河西的妈妈的回魂日，又碰上了龙舟节，按理说，应该在每只龙舟的船头系上一条沾过符水的红布条，象征引火前行，因为水鬼怕"火"。

可是我知道得太晚了。

微风带过我的脸，泪痕干了，我才反应过来，刚才自己可能流过泪。仔细想，又想不起是在哪个瞬间，哪个时刻。我只是盯着多肉的雪白脚踝，侧头仇视着河西。

我和河西被安顿在湖堤下的石墙角落，我不知道我为什么要对他使出那样的眼神。但我此刻仇视着他，我问："河西，水鬼长什么样？"

"黑色的。"河西声线飘忽不定。

"它有眼睛吗？"我在克制自己，不让自己崩坏。

"红色的。"

河西抱起脑袋，恐怕是不想再回忆了。我莫名其妙地推了他一下，像在生气，又像在对自己置气。河西一个踉跄，无措地望着我。

我握着拳头，感觉自己的眼睛在发烫。随即我站了起来，一声不吭地在湖堤上奔跑，一路跑回家去。

夹着雾气的雨天，呼吸都是湿的。

6

按法师的推算，多肉的还魂夜在死后的第十天。水城的习俗，要在还魂夜给多肉超度送灯。

在这十天里，河西一家都很少出门。偶尔经过河西家，会看到他家的窗台里亮起火焰，听说，他们是在给河西的妈妈烧纸，送河西的妈妈离开。

也是在这十天里，我经常梦到那天多肉溺水的画面，又经常梦到自己睡在一间屋子中间，墙壁上有一个小窗台，有时候月光会透过窗户在天花板上荡漾，直到夜更深了，我的呼吸更平稳了，窗台上出现了一双眼睛。那是一只黏糊糊的黑色生物，眼睛血红狰狞，它趴在窗上望着我。

我惊醒过来，思来想去，梦中我所处的屋子，应该是河西的家。

随后，我如同梦游般跑去找我爸。我跟我爸说，河西的妈妈是被人推下水的。

"你听谁说的？你在胡说什么？"我爸将手放在我的额头上，测探我的体温，直说我烧糊涂了。

但我总觉得，他应该也是知道的。大人们应该都知道，否则不会都说，河西的妈妈怨气重，多肉死得冤。

多肉被当成了替死鬼，就这么死了。

回魂日当晚，月亮当空，明亮又凄清。凌晨时分，我穿戴整齐，起身去给多肉超度送灯。

我才走到桥墩，远远地，就听见一阵铃铛声在湖上回响——多肉的爸妈已经在湖堤边候着了。叮当。他们在摇铃，在给多肉招魂。

只见湖岸上摆着一张祭台，祭台上点着许多蜡烛，蜡烛的光亮在微风中摇曳。祭台下有一只焚烧炉，纸元宝、纸灯笼和纸房子就在炉前，整齐地堆放在一起。

我加快脚步赶过去。

多肉的爸妈站在湖水边互相依偎，身上绑着红线，手里摇着铃铛，背影孤寂，我不敢靠近。他们站定许久，只是望着泛着月光的水面，久久地摇铃，有时抬起胳膊，看着像是在无声地抹泪。

过了一会儿，束仔也来了。束仔是多肉的表弟，以前我跟多肉无聊的时候会去湖边钓鱼，束仔总会跟来，让多肉教他游泳。

法师说，送灯需要两名青年随同，我是其中之一，但多肉的爸妈不愿再见到河西，所以最后还是束仔来了。

时辰一到，多肉的爸妈转过身来，轻唤一声"时间到了"。我和束仔打了个激灵，哆嗦着开始准备送灯。

多肉的妈妈开始烧纸，多肉的爸爸开始剧烈地摇铃——从现在开始，我们都不能讲话。法师说，一般人死后，回魂时生者可能会听到脚步声，这时我们万不可说话，不然死者听到后就会留恋不肯离去，无法转世。

我和束仔一人点亮一只河灯，谨慎地将河灯放在湖面上，轻轻拨水，让河灯飘向湖中……

铃铃铃——铃铃铃——铃铃铃——

地上的纸元宝在我们脚边打着转，随即飘到了湖里。我屏住呼吸，目光紧紧地跟随河灯。只见它缓缓地游上前去，夜风轻轻地吹，烛光摇曳，缓慢而又迟疑。

微风习习。

风一点一点地吹。我感觉到它阴冷异常，在我们身上打转，莫名地挠人脊背。是阴风。我好像听到了声响，但又好像没有。纸钱在焚烧炉里忘我地燃烧。那些纸屑，像是有人在抓它们一样，突然剧烈地腾起乱舞。

我们都不敢言语，只是目送河灯，如同目送多肉的灵魂。可是不知道为什么，河灯上的烛光猝然摇曳得厉害。随即湖面上的河灯，漂着漂着，无来由地翻了。

……河灯灭了，翻在了湖中。

多肉的爸爸惊讶地停下了摇铃，而束仔紧紧地抓住了我的手。我们都被这不祥的景象怔住了。焚烧炉的火光映照在我们脸上，我颤抖地站了起来，感觉额头上的汗水在疯狂地往外渗。

……没有声音。

湖面上死寂得可怕，像是盛了一湖死水。终于，多肉的妈妈忍不住崩溃地哭喊："儿啊，你走吧，你安心地走吧！"

"叫法师，快去叫法师！"多肉的爸爸惊呼起来。束仔像是吓傻了，只是微张着嘴愣在原地。

"我去叫！"

我拔腿就往市街的方向跑，结果没跑多远，我的背后扑通一声，随即便是一阵刺耳的尖叫。

我猝不及防地回过头去，岸上已经没有了束仔的身影，他在水中挣扎，多肉的爸爸朝湖中一跃而入。

我见状拾起路边的长竹竿，折返回去："怎么回事？"

"造孽啊，造孽啊，束仔说要扶灯，下水了！儿啊，你安息吧，儿啊！"多肉的妈妈恸哭不止，她胡乱地摇铃，对着湖水嘶声大喊。

"来人啊！有人落水了！"

眼看束仔被湖水淹没，多肉的爸爸也一同没了身影，我一边呼救，一边将长竹竿插进湖水里。"抓住竹竿！"

湖边的人家开始星星点点地亮起灯来，随即闻声朝我们跑过来了。

与此同时，我的竹竿被扯住了，我紧紧地拽着，多肉的妈妈过来帮忙，但水下的力量奇大无比，倏忽，竹竿开始拽着我们游动起来。

水下的力量在挣扎，在博弈。

竹竿诡异地朝堆着渔船的竹桥方向游动，我拽着竹竿跑动着，极力呼救。水面剧烈地腾起气泡，突然，竹桥水下星星闪闪，像是电鳗鱼群，一阵又一阵地亮起光亮。

——我目不转睛地望着那些光，那究竟是什么？

嘭的一声，多肉的爸爸腾出了水面。在一片呼救声中，镇上的人们一拥而上，大家穿着睡衣，睡眼惺忪地站满了竹桥。多肉的爸爸抓住竹竿，大家将他拽上了岸。

多肉的爸爸脸色煞白，躺在板上瞪着眼，半晌才回过神，止不住地啜泣道，儿啊，儿啊，你怎么不走了啊。

"不好！"

就在这个时候，不知谁大喊了一声，随即大家围上前去，拉起了捆在竹桥下的捕鱼电网，而束仔已经死在了其中。

束仔嘴巴微张，翻着白眼，死不瞑目。

我无法置信地盯着束仔的脚踝，胃部绞痛，跑到一旁吐了起来。余光中，我看到了河西。我能感觉到他在人群中的眼神，茫然而又无助。我望向他，可是他扭头跑开了。

哭声，惋惜声，质疑声乱成一团。"水鬼，是水鬼索命啊？"大家议论纷纷。

"你们说我儿是水鬼？我儿哪是水鬼！"多肉的爸爸推搡起来，可是他越失控，大家越笃定他看见水鬼杀死了束仔。

没一会儿，束仔的家人来收尸。得知束仔被捕鱼电网触死了，他们恸哭，崩溃，随后是愤怒。原是亲戚的一家，跟多肉的爸妈扭打在一起。

混乱中，有人质疑："罪魁祸首是电网，但是，谁会在夜里放捕鱼电网？谁这么缺心眼？"

大家正一筹莫展，可是市街上的流浪汉噒夲佬突然蹿了出来，欢天喜地地叫嚷着，说他在白天看到过撒网人。"我看到了，我看到了，撒了好大的网，哈哈哈哈。"

谁能想到，目击者竟然是噒夲佬。他平时就是个傻子，只会四处溜达捡破烂还有自言自语。

"水鬼吃人了，水鬼吃人了。"喽犇佬口齿不清，手舞足蹈。

"喽犇佬你到底看清楚谁了没啊？"

"庆儿，西门庆儿。"

大家一通询问，但是喽犇佬答非所问。束仔的爸妈忍无可忍，哭喊着上前撕扯，将喽犇佬一脚踹到了湖里。

喽犇佬在水中挣扎，还在叫嚷着水鬼索命，在场的大人们面色惨然，大家聚在一起，只是面面相觑。

而我的心却空了。

7

三条人命过后，人们都说，水城被诅咒了。城里先是炸开了锅，随即肃然冷清了下来，以往的欢声笑语自然匿了迹。第二天，市街的警察终于出动，他们在湖堤边上了长长的围栏，立上了警示牌，阻止所有孩童靠近。

湖被围困住了。

警察也阻止了束仔接下来在湖边的回魂仪式。束仔的爸妈去警察局大闹了一场，但之后的事便无人知晓了。

这些天，爸爸总是让妹妹许灵焓守着我，避免我出门。原因是，我只要一见到水，就会在水中看到多肉或者束仔的人脸。

爸爸说我病了，他很后悔让我去帮多肉送灯。但我总觉得，是多肉和束仔在提醒着我什么。我一直想偷溜出门去找喽犇佬，问清楚他见到的撒网人到底是谁。因为我想，世界上根本没有什么水鬼，多肉和束仔都是被人杀了。

然而，平时都在街上游荡的喽犇佬，如今却不见了踪影。没有人知道，也没有人关心他去了哪里。

三天后的夜晚，我正准备入睡，外面突然传来喧嚣声，随后许灵烩偷溜进我房间，她说："哥，虽然爸叫我别告诉你，但我总觉得纸包不住火对吧？你知道吗，湖里浮了具尸体，是喽伞佬。"

当我挤过人群的时候，警车也刚抵达湖边。喽伞佬浮在黑色的湖水中，被捞尸人牵着绳拽着，他嘴巴灌满了泥，如同被抛掷的易拉罐。

因为没有亲人，无人前来认尸。

我盯着喽伞佬的脚踝，听到有人说，喽伞佬被发现不久，貌似从山林里滚下来，不慎落水淹死的。

随后，我在人群中寻找到河西和他爸爸的身影，趁他们没注意到我，我扭头便朝河西家跑去——喽伞佬嘴里有泥巴，半小时前才下过雨，莫非刚死不久，凶手应该还来不及清洗自己的衣物。如果我能在河西家找到带泥的衣物，我就去跟警察说，河西的爸爸就是杀人凶手。

我曾经看过河西，在他家门口的花盆下取过备用钥匙，所以我轻易就潜入他家中。

木制地板上很干净，没有一点泥巴。我失望地朝他们的浴室走去，可是就在这时，我听到了一声奇怪的鸣叫声。声音貌似来自客厅的隔断帘子后面。我一步一步靠近，呼吸已经乱了节奏，随即我牵起帘子一拉……

那是一个被布蒙着、被木板盖着的大鱼缸。鱼缸里又有嘶嘶嘶的鸣叫声。我颤抖着手，将布掀了开去——

木板重重地掉落。缸里有一只深棕色的怪物，它浑身长满毛发，血红小眼，一嘴獠牙。

是"水猴"。传说中的水鬼化身。它看见我，龇牙咧嘴地撞向玻璃，我一个踉跄往后跌坐了下去。

"你怎么在这里？"我惊慌地起身要跑，河西却突然在我身后出现。我匆忙地转过身去，河西站在客厅中间，正阴森地盯着我，又望了一眼鱼缸。

"你发现了？"

"你爸是凶手。"半晌，我艰难地挤出一句。河西却用疑惑的语气问我，你在说什么？

"你妈是你爸推下水的，对不对？多肉看到了，所以你爸杀死了多肉……还有，还有嘍夲佬。"

"我不知道你在说什么。"

"世界上根本就没有什么水鬼！我看得很清楚，多肉、束仔还有嘍夲佬的脚踝上，根本就没有印子。"

"那我妈妈呢？"河西质疑我。

"你爸钓到一只水猴，为了制造你妈是被水鬼拖下水的假象，故意让水猴在她脚踝上留下印子！"

"才不是！我爸钓到了一只水猴，说在找有需要的人卖个好价钱，我们才偷偷养着。后来水缸裂了，我妈在抓它时被挠伤，所以才有印子。我爸没有推我妈下水！"河西朝我吼叫。

"多肉看到了，他说他看到了你妈是被人推下水的，他一定看到了凶手，他才会被杀死。是你爸！"

"你不要胡说！"河西崩溃了，他朝我逼近，指着我的鼻子，"多肉是我淹死的，是我淹死的。"

"你！"我难以置信地摇了摇头，"你在说什么？"

"我妈死了，我不能让她成为水鬼！谁会让自己的妈妈成为水鬼！"河西突然将手挡在眼前，哭了起来。

"那只是传说，根本没有水鬼！"我被钉在了原地，冷静下来，"那束仔和嘭华佬呢？多肉的妈妈说，束仔自己想下水扶灯，可是我知道，一直以来，束仔下水游泳的时候，他都是先扶坐在岸上，再用双脚下水，根本就没有下水声。那天我听到了背后扑通一声，束仔一定是被推下水的！多肉的爸爸是不是跟你爸联手了？"

"我不知道！除了多肉，我真不知道！"

呼——

就在这个时候，鱼缸中的水猴突然跳了出来，湿答答地驮到了地板上。"呲呲呲！"它望着我们，露出牙齿，突然开始暴躁地胡乱窜动。

"抓住它，快抓住它！"河西着急起来，拾起了堆放在木桌下的火把，都是龙舟节剩下的。水猴朝我扑了过来，我惊慌地一躲，河西急匆匆地点燃了火把，用火头去戳水猴。"怕火，水猴怕火！"

水猴开始上蹿下跳，剧烈地发出嘶叫声。所过之处，都是黏液。

突然，水猴爬上了墙，跳上了天花板，双爪紧紧吸着墙板，正瞪红着眼，蓄势待发地俯视着我们。

"怪物。怪物。"我不寒而栗。

下一秒，水猴猝然朝我们一冲而下，河西用火把一甩，水猴便朝窗台上跳了出去。随即，河西扑向窗户，朝水猴一抱，身子悬空——

"河西！"

我露出半个身子，一手搭在窗台上，一手紧紧地扯住河西的手臂。我们悬挂在窗台上，河西望着我，艰难地笑了笑，表情异常冷静："我妈一定就是这样掉下水的。"

"不要松手！"

可是，我的头顶出现了嘶嘶声，我艰难地抬头，只见水猴张着嘴巴，在外墙上猝然朝我的脸扑了下来。

我眼前一暗，便和河西一同落入了水中。

8

冰凉的湖水将我们吞下了湖的腹中。

我在混沌中张开眼睛，河西正在我身下游着。他游过来将我托住，但我却看见，河西的身下腾起了一团黑色。

水猴早已经消失了，游走了。它逃走，以及自由了。但有一团黑色圈住了河西的脚踝……我窒息地望着那团黑色，它慢慢显现了身上的无数的毛囊，就像一坨没有眼睛的鬼影。绿色的黏液渗出来了。

它扯着河西的脚往下拉。河西挣扎着，一把将我推了开去。我看到河西在往下沉，河西定定地望着我，仿佛一个木头人，又仿佛是在跟我告白的眼神。

等我恢复意识的时候，有人在按压我的胸腔，呼吸顺畅的一刹那，我侧过身去呕吐。

余光中，河西的尸体被人抬了上来。

警察、法师，还有所有大人们围着我们，议论纷纷，说水鬼索命不断，水城不太平。

我偏过脸去，去看河西。河西的脚踝上，出现了一大片深紫色的瘀青，一个前所未有的印子。

有人说，水鬼又来了！

而我发现，原本在接受警察调查的多肉的爸妈还有束仔的爸妈，他们望着河西的尸体，竟然露出了如释重负的神情。

很多年后，我们全家已经搬离了水城。

河西死后，我爸再也不相信我说的任何话，他反复说我病了，水城不能再住人了。

离开水城的那一天，大巴最后一次经过那一片湖。我望着湖边的河西的家，又望着湖中凸起的一块磐石，想起我和河西小时候，经常坐在磐石上聊起水城的传说，说湖中的这块磐石其实是以前陨石滑落砸下来的碎片，它原本是天上的星星。有人在下雨的夜晚见过磐石上站着一个孤零零又可怕的水鬼，仅此一次，再没人看见此般奇景。

水鬼真孤独。

我和河西聊累了，躺在磐石上睡觉。河西的妈妈叫河西去吃饭，河西的妈妈一瘸一瘸的，河西亲密地快速地跑上前去，紧紧地抱住了她。

没想到，离开之际，回想的竟然是这样一幅画面。

只有晚风吹来

是看她第一眼的时候。

何先生爱上棠小姐，是在他看她第一眼的时候。别人看不出来，我还看不出嘛。二十年前，我还在百乐门当歌手那会儿，那种眼神我也是见识过的。那些富甲一方的茶商，银行家，不明来头的老爷，以及来上海滩停泊的外国人，点台，跟我聊些风花雪月，搂着我的腰跳舞。我点上烟，一手搭在男人的肩上，左几步右几步，跳西洋传来的双人舞。他们喝了酒，时间都抛在脑后，流连忘返。舞池里头，那些微微醺醺的眼神，我是见过不少的。

何先生的眼神有些不同。眼睛里似乎将他的灵魂勾勒出来了，那种深情而不自知的眼神，又没有酒精的陪伴，可是真真少见的。他就看了棠小姐一眼，眼神儿里便织出花来。棠小姐眉目一抬呀，人生相感动，金石两青荧。像金石相撞出的细小青荧，沉默与黑暗里，电石光火，照亮肺腑，然后又熄灭。大概就是如此吧。

不好不好。

我心里觉得糟糕，这世人相爱，多不是什么妙事。这对我一个当时四十五岁还沦落过风尘的老女人，不是什么高明的觉悟。可何先生和棠小姐那时二十出头，风华正茂，又可曾知道呢。

棠小姐叫棠珍，出生那年，我去棠府做过一阵子乳娘。没想多待，可是棠小姐长到了八岁，便爱上唱歌和演戏来。她喜欢唱周旋，爱看阮玲玉。棠老爷不悦，棠府千金成何体统呢。但嘴长在棠小姐身上，棠老爷奈何不了，看我曾经也是正统名门出身，便让我去给棠小姐做教师。暗暗地学，偷偷地唱，京剧和西洋乐也学，靡靡之音就少一点。棠老爷终究是疼女儿的。我也就做棠小姐的随从，做到了她死去。

棠小姐原先是不想我跟她去法国的，按她的话说，这可是逃难，指不定就要做大半辈子的难民了。可我哪舍得离开她呢。棠小姐不知道，我比她想象中更爱她。更何况，我已经人老珠黄，那时的百乐门也已改成了红都影剧院。爷们都看戏，不跳舞了。我不做棠小姐的随从，难道还能再做回歌女吗？

我要追逐她去了。

第二日，连棠老爷都没料到，柳月荣毙命的消息竟不胫而走。报刊都登出来啦，祸水已经朝棠府淌过来了。棠府前，报刊记者围着，撞着，大家紧紧叫着。旗袍、胭脂、雪花膏、香水，我都匆匆挑了棠小姐的喜好，收到了雕花檀木箱子里。棠小姐跪在棠老爷跟前，眼泪像掉线的珠子。只听到棠老爷一直吩咐道,别回来,别回来,咱家已经殁了。我给棠小姐的发髻包上围巾,给她披上貂毛大衣,临别前,棠老爷恐怕是不忍看,只是手臂用力又利索地挥了挥,想绝情一点。棠小姐镇定下来,不再泪如雨下了。我们搀扶着走,这该是永别了吧。

踏出棠府的后门,我竟然又回忆起第一次来棠府的光景,棠老爷在后门静静地等候。那天下雪,棠老爷站在雪中来牵我。"芬芳,怪我,你冻着了,通通都怪我。"棠老爷终究是个温柔的男人。如今两鬓发白以后,也还是跟初雪一样温柔着。

"今日大报,棠府的枪声,柳月荣导演惨死于血泊之中!"

街上都是卖报童的叫嚷声。我紧紧握着棠小姐冰一般的手,疾疾走过。

春寒料峭,我跟棠小姐经过愚园路口,曾经的百乐门就在我的面前。我记得我贪婪地望着,恍若能把那个红都影剧院又望成百乐门似的。恍惚间,又恍若一个年轻的我,在红都影院门口呆呆地杵着。我与那个如花似玉的李芬芳望了望。当年百乐门那些黛绿华年和声色欢愉,很快,好像一阵风吹过去了。

一到巴黎,我们就去找棠老爷的故友。公寓在卢浮宫附近,踩上咯吱咯吱的楼梯,敲了门,应声的是劳伦斯。脸很窄,鼻子很高,性情温厚,可惜腿脚不太方便,应该是瘸了。劳伦斯不擅上海话,只看到了棠老爷的手笔,便让我们住下了。

棠小姐一路是冷静的,可真安顿下来之后,时常看到她呆坐在窗边,用手绢擦泪。愁思苦呐。几日过后,棠小姐呼唤我去遛弯,我知道,棠小姐没有被打败,她想振作起来。我们下楼,门口蹲着一个乞丐竟然捏着一朵玫瑰花,要送给棠小姐。那乞丐倒也整洁,没吓着我们，他说了一句听不懂的法语，又背了一句蹩脚的中文，是的，看得出他在吃力地背诵。

"加油，你的微笑很巴黎。"

巴黎的街道有上海滩的味道，可是那些上海话自然是听不到了。我和棠小姐前往巴黎圣母院，又一名穿吊带裤的孩童将我们拦住，也从背后掏出一朵玫瑰花来。嘴咧得开开的，扔下一句法语，还有一句含糊中文，加油，你的微笑很巴黎。我们觉得稀奇极了。那天行走过的地方，店员，行人，逢人都给棠小姐加油，送她一朵娇艳欲滴的玫瑰花。我找到了劳伦斯，劳伦斯再去托个会说中文的寡妇，那句法语究竟何意呀？那老妪说，此意是棠小姐的笑让巴黎更美，送花人要让棠小姐多笑笑。棠小姐听完，就这么久违地笑了。这大概是好心人代表巴黎欢迎棠小姐的仪式，也是最好的馈赠。

那人自然便是何先生。

老妪朝歌剧院的方向指过去。"那头有个显赫贵族，酒庄世家，珍妮太太掌柜的，拿破仑还喝过他家的酒呢。能有这番作为的，只有珍妮太太的儿子何先生，何斯年。"棠小姐定定地望着。随后让我去取些牛皮纸，棠小姐便心细地折起纸花来。

棠小姐生而温婉，蕙质灵动，那时一袭素衣，两袖却飘香，纤纤玉手翻转间，拈纸已折成细小的玫瑰蕾儿。棠小姐细细地折，像缝衣时手中的线，颤颤地，熟练地穿过针孔，妙不可言。

我跟棠小姐寻去府上探访，何宅的金漆大门花雕盘错，头顶的水晶吊灯斑斓闪闪的，西洋的玩意就是浮华。酒匠们进出出的，四处飘着一股发酵的香味，应该是葡萄的果味，不然就是橡木桶味了。

何先生风度翩翩地走出来。他跟酒匠们打趣着，笑声爽朗，听着不是个拘谨的人。他一身名牌西装，皮鞋发亮，衣袖上还有袖珍别致的袖扣，看上去绅士而又讲究。他用黑色礼帽遮住脸庞，蕴藉地站在棠小姐面前。

"听说先生姓何？何先生，谢谢你的花。原先想提礼答谢一番，可是我现在有难处，只能给你折些不上台面的纸花玩意儿，中华手艺，何先生体谅，等有机会，再把玫瑰花蕾换成体统的礼物。"棠小姐将纸花捧递给我，再让我承给何先生。

何先生蒙着脸，却笑得豁然。"这春寒时节的玫瑰花难找，还不比棠小姐的花蕾令人心生向往，"何先生接过纸花捧，摘帽子后闻了闻，"中华手艺跟《石头记》一样好，我能闻出香味来。棠小姐，这个妹妹我曾见过。虽然未曾见过她，然我看着面善，心里就算是旧相识，今日只作远别重逢，亦未为不可。"

棠小姐自然是读过曹雪芹的《石头记》的，但把贾宝玉第一次见林黛玉的词儿赠予她——真吓人一跳！要是出自二十年前在百乐门里的男人之口，该是另一番油腻味。可是眼前的大活人，年轻，高挺，细净的手指像三月的柳条，又是稀罕的浪漫美好。这么不拘小节，棠小姐是第一次见。

见棠小姐没有反应，何先生的口吻温润清透，他狡黠地放下礼帽，露出他清新俊逸的脸庞来："棠小姐？"

这不是我跟棠小姐见过的那位先生吗？

上次在航班上，棠小姐刚落座，一位肥胖鲁莽的太太正巴巴地撞过去，把棠小姐的报纸挤到了地上。过道上的男人俯身去捡，看了眼报刊上的标题，正发怔地望着棠小姐，棠小姐眉目一抬，温声答谢着。谁知那人像是出了神，捏着报纸便没了动静。棠小姐轻轻一抽，那人呆头呆脑才回了窍。

棠小姐问我："芳姨，我脸上的妆可是哭花了？"

我正摇头，便听到后座有人砸巴嘴道："柳月荣死在了棠府？哪个柳月荣？哦，他不是正在大势追求棠珍吗？难道是情杀不成？这演艺圈唷，够演艺的！"

要不是棠小姐摁住我，我险些跳起来，指着她们的鼻子骂"闲得慌的长舌妇"。事到如今，我不顾了。大不了撕扯一通。女人老了之后，就不要脸了。更何况，我长得像好人吗？大伙都知道我尖酸刻薄，我就当泼辣是个性了。

棠小姐还是摁住我。过道那头的男人，也在暗暗侧耳。他望着棠小姐摁我的架势，竟抿嘴偷笑了一声——实在令人恼火！我眼睛还没花呢，我眼尖得很。我这才注意起这人，长得人模人样，就是不知好歹了点。他拿着牛皮本子，跟握雪茄一样握着钢笔，时不时在本子上敲一敲，偶尔还会打量棠小姐。装正经人不是？我觉得可疑，下飞机后挽着棠小姐就走。"有位先生在后头跟着，有几分报刊记者的样子。"

我跟棠小姐躲在一堵残墙后，等那位先生一出现，我抢着箱子就朝他砸。砸了有四五下，听他呼哧呼哧地喘，我跟棠小姐才跑开去。

谁知道何先生是个华裔，还是个作家呢。

我道明缘由："打已经打了，这不怪我的，我要保护我家小姐。"

何先生倒只是笑笑："确实坏事情，那天之后，棠小姐让人好找。"末了，何先生又掖紧了那捧纸花蕾："棠小姐又把我当贼不成？可以的话，我跟棠小姐偷一样东西——一个黄昏就好，塞纳河边散散心行不？"

棠小姐摇头，很是大方："何先生，谢谢好意。不到时候，好黄昏千金难换。我会再让芳姨给你送些礼物来。"

何先生不纠缠，却有几分天真无邪："喏，倒不要什么礼物，棠小姐送的花蕾要是能开花就好了。"

棠小姐转身走了。何先生唤我，慢条斯理道："芳姨是活菩萨，你跟棠小姐说，是我太心急了。我会给棠小姐写信。她是我心头之人。"

何先生是有心的。否则在偌大的巴黎找一个上海来的旗袍女子，哪那么好找呢，这铁定是下了功夫的。那天过后，何先生怕吓着棠小姐，不便见面，便常常给棠小姐写信，几乎是一日一封。信件里透露说，何先生的父亲是香港人，母亲是法国人。又透露说，何先生正在写关于棠小姐的小说。棠小姐只是偶尔回复，我问起，棠小姐有些无奈："冷淡些好，现在我是暗淡的人，保持礼数吧。"

棠小姐一直是个好强的人。曾经学唱歌那会儿，我嘴巴是很毒的。管家骂我泼妇一个，还向棠老爷告状，但棠小姐很多时候都一声不吭，很是听话，一个人脑袋撞墙也要把东西学会。因为一个京腔韵律，棠小姐能一天不吃不喝，彻底琢磨透了。这股劲儿，难怪棠老爷也拗不过她。

越看棠小姐长大，越明白她这个人，生怕别人怜悯。仿佛生错了年代，那会儿，哪个女子不想得到男人的疼爱和垂怜呢。棠小姐偏不，她心里清楚，棠府恐怕是回不去了，从此便是自力更生了。

我跟棠小姐去找活儿干，何先生捎信说想帮忙，棠小姐倒是利索，信笺上回了两个字，"谢过"，看着像在生闷气。不过也是，想当初，棠府什么时候得过别人的施舍呢？只是换作现在，棠小姐还是太年轻，不懂变通了些。

一些时日过去，我跟棠小姐也学会了一些简简单单的法语。一天，劳伦斯告诉我发生了怪事，拖我下楼去。不晓得为何，门前有许多人拿着一张报纸，就着报纸上的地址，东张西望。我和劳伦斯买来报纸，才看到何先生发表的新文章。

何先生又开了个玩笑。他写道：有一位东方来的女子，有神庇护，谁只要将棠小姐迎回家，或者弯腰被棠小姐踹一下屁股就能好运连连。于是，大伙都来雇棠小姐，等棠小姐开门，一堆人撅着一排屁股等着她去踢一把呢——荒唐死了！

棠小姐又气又笑，哭笑不得，我跟劳伦斯早就笑坏了肚子。何先生真会捣鼓一些让人乐不可支的事儿！"何先生，你孩子气归孩子气，你可是把我害惨了。"棠小姐跟何先生算账。

何先生还不知道，棠小姐在上海滩是小有名气的。如果柳月荣不死，棠小姐是要当明星的。虽然棠老爷根本就不乐意。那时大报刊举行过歌唱选秀，棠小姐一鸣惊人，经纪人都围上来了。不夸张地说，上海都知道有个叫棠珍的歌手要出碟了。怪只怪在，柳月荣看上了棠小姐。有些人的出现，便是要让你成为逃命亡徒。

虽然那排屁股多半都是洋屁股，但也有一两个华人来凑热闹。其中有人认出了棠小姐，嘴里喃喃，忙问，那人不是棠珍嘛，是不是棠珍？

巴黎那时候睡得早，入夜，我又开始收拾棠小姐的衣物："恐怕又得搬一遭，躲躲风头。"

棠小姐惘然："我们又能搬到哪去？"

话毕，何先生的手下便上楼来，把箱子都搬走了。何先生请棠小姐住到何宅去，棠小姐怎么会听呢？何先生又俏皮起来："扰乱你的安宁，得对你负责不是？"

棠小姐嗔怪道："你这可是幸灾乐祸。"

何先生扬了扬眉："美丽是藏不住的，才华也是藏不住的。时日长短而已。"得知棠小姐还有唱歌的本事,何先生寻到宝似的,乐坏了。

何先生意气风发起来,可令人难忘。他将棠小姐蛮抱起来,棠小姐继续不依,何先生把棠小姐驮起,扛在肩上,又笑得开朗:"我今天就不绅士一回了,棠小姐能不能别闹?"

棠小姐这才不作声,随着何先生一起走入那良夜。

我跟棠小姐就是在那段时日学会做衣服的。做布匠讲究心灵手巧,手起刀落,裁面穿针,还要自己给自己生出些幸福感来,这样给别人做出来的衣服才会合身好看。我跟棠小姐住在客房,何先生的房间就在对面。我去何先生的屋子里送过东西,那捧纸花蕾儿插在了印度风的琉璃花瓶里,蒙着透明中带着银丝的薄纱,好生照料着。

那段日子,绵长幽静得像画里的水莲。棠小姐倔归倔,却经常借何先生做衣服的人台。让何先生呆呆地站在那,像惩罚孩子一样,让他张开双手,一动就挨打,再给他细量。量手,量腰身,量腿。何先生倒也乐不思蜀,常常想穿新衣裳。一开始,棠小姐除了何先生的衣服,其他人的都做不好。每每看到棠小姐将别人的衣服缝坏了袖口,做小了领口,何先生就故意取笑棠小姐,笑她心不在焉,又盖不住一脸的满意。直到后来,棠小姐喜欢上了那门手艺,才又精巧了些,终于上得了台面了。

棠小姐不喜欢寄人篱下的滋味,常跟何先生道,无以回报。何先生则说:"棠小姐在屋子里,唱唱歌,做做衣服,只要坐在那里就很美好了。实在不行,棠小姐把旧故事借来一用,给我当灵感。"

何先生好奇柳月荣的旧事,也好奇棠小姐的往事,但从来不问。他只是喜欢想。有时望着眼前的天使雕塑想,有时坐在窗边望着明月,笔杆就在牛皮本上敲。棠小姐不吝啬把旧事分享,只是嘱咐道:"何先生够意思，就给一个好结局吧。"

何先生也教棠小姐弹琴。两人于钢琴前，手指交叠，你侬我侬。偶尔，棠小姐会唱几句，管家和我这些随从们，就在旁边停驻，看得投入，听得入迷，都忘了自己的分内事。情情爱爱终究危险，但多美好呐。何先生是作家，又像画家，总能给棠小姐新风景。他们读书，经常去古董店里买画，还会去歌剧院。棠小姐一听歌剧便丢了魂。

那次，何先生和棠小姐听完歌剧，我在楼下抽烟等候，他们到了家门，棠小姐的手帕遗留在何先生那，何先生要归还，棠小姐说："明天再还我吧。"何先生心领神会，得悉第二日又有机会再约棠小姐，哼着歌儿上楼去。至此，棠小姐终于表明了心迹，玫瑰花蕾儿开了花，她对何先生的爱算是尘埃落定了。

次日，何先生听说有铺子进了些新鲜果子，嘱咐管家去买些给棠小姐尝尝，又怕管家坏事，便自己出门选去。我跟棠小姐在大厅唱歌，谁知家中传来一声女人的干咳声，刻意的很，细问之下，才知道珍妮太太远洋回家，已经歇着了。那几日，我胸口总堵着，总觉得不对劲。

珍妮太太是法国名媛，管着这么大一酒庄，怕是个狠女人。才过了两天，家里的随从们便开始忙里忙外，珍妮太太要在家里开宴席了。法国人不爱喝下午茶，觉得那是英国老太太的习惯，对比茶宴，谈笑风生的酒席便是隆重戏了。

当晚，珍妮太太邀请棠小姐去喝酒，还吩咐我也一定要一并过去。十米长的桌席上摆放着满满当当的金器银器，把器具上的葡萄和法棍都衬得明亮。宴席还没开始，珍妮太太坐在主位上，旁边还坐着一位不施粉黛的法国姑娘，叫艾玛。

珍妮太太跟棠小姐和艾玛小姐搭话，看她们相谈甚欢。转眼，珍妮太太郑重其事地问棠小姐，用中文："棠小姐，我知道你曾是名门千金，今天特意来劳烦你，你帮我看看，艾玛小姐的言行举止算不算一名合格的千金？艾玛小姐是我精挑细选的儿媳妇，艾玛家族几乎掌管着巴黎的建筑业，何斯年跟她结婚，配得上郎才女貌吗？"

难怪让我一并过去，原来是想当着随从的面让棠小姐难堪。珍妮太太可真懂上海那一套。棠小姐回头与我相视一眼，知道我愤愤不平又牙尖，喜怒也都挂在脸上，劝我不要没了规矩呢。棠小姐回说："珍妮太太好眼光，艾玛小姐绮年玉貌，哪个女人看了敢比较呢？"

珍妮太太优雅地点了支烟，她实在华贵美艳，举止典雅至极，可心跟蛇蝎似的。她笑了一声："言重，棠小姐就不错。"

棠小姐轻轻说，那还是远远不够的。

随即，棠小姐离席了。临走前，珍妮太太吩咐我，趁着何先生去酒庄做事，让我帮忙打扫下何先生的屋子，说夏天快到了，别留着春寒的东西，把花花草草都换了。我知道，珍妮太太在说那个印度风的琉璃花瓶。

回房之后，棠小姐静静地坐在床边，不言不语。过了很久，我再次睹见她许久未见的那好强的眼神："芳姨，趁何先生还没回来，现在就搬。"

原先的家是回不去了，好在劳伦斯继承了一个做婚纱的衣裳铺子。原先学做衣服，也是劳伦斯提的主意。

何先生在衣裳铺外站一夜了。棠小姐把自己关在屋里，不哭不闹，闹腾终究不是棠小姐的习惯，但我宁愿她闹腾些。让何先生苦等也不是办法，棠小姐又开始折起花来。冷漠地，小心地折不是蕾儿的花。我把那些花儿捧给何先生："棠小姐让我给你，她说，花已经开过了，剩下的就等它谢了。"

何先生傻了。呆呆地站在原地，人台似的，好像还在等棠小姐去给他量衣裳。何先生家也不回了，一直在等天亮。棠小姐终于忍不住，在屋里哭了起来。她问我："芳姨，你说爱要紧，还是活着要紧？如果爱要紧，没皮没脸的，那也活不成了。"

我不免伤感起来，问她："棠小姐，你还记得我曾经是你的乳娘不？当时，因为我的女儿被抱走了，我什么都没有，只有奶水。"

棠小姐吃惊，还有这事？我斟酌片刻，才细细跟她说起，我曾经的那些翡翠美梦。动动荡荡的那些年，我还年轻，四处寄人篱下。直到百乐门落成了，我才去里头唱歌。那会儿，谁不知道百乐门，卓别林都去那里跳舞呢。周旋、姚莉也来唱过歌的。

"我唱了两年，便遇到了自称唐思弦的唐先生。"我回忆道。唐思弦每夜来看我，只有在唐先生面前，我敢喝醉。喝醉就会暴露我的尖酸刻薄，喝醉就不能再温温细语。可是唐先生还爱我，他把我的真面目看得透透的，但还爱我，还想娶我。

"那时候去百乐门的，多是达官贵人。我这种身份，配不上的，谈爱还自找无趣了。无奈唐先生着了魔。唐家不让我进门，可我有了身孕，是唐先生的。我无处可去，常遭人奚落，是万福娶了我。"

说到万福，我就掉下泪来。万福遇到我，这辈子算是白搭了。那时候，百乐门的第一支华人爵士乐队叫"杰米·金"，万福是杰米的学徒，每晚八点到十一点，都在里头拉大提琴和弹贝斯。那段时日，我跟万福搭过几次话。万福是个好男人，不爱说话，气度很大。大家怪我是个没人愿意娶进门就怀孕的荡妇，百乐门待不下去了，万福说要娶我，便给了我名分。万福说他爱我，一直都爱。尽管我骂他是个蠢爷们，用最恶毒的语言骂他，想让那厮从我身边滚蛋，好有个新人生。可他就是不走。

天知道我有多想万福离开我这个祸害。我欠万福太多了。我想我这辈子是不会瞑目了。

棠小姐握着我的手，像我当初握着她的手路过百乐门一样。我把泪擦掉："唐思弦的女儿生下来，唐家就来把我女儿抱走了。棠小姐，这年代，最自由的是风，不是爱。珍妮太太不会善罢甘休的。"

恃强凌弱的事情见多了，凡事便有了直觉。那天，何先生等棠小姐到了天亮。隔着店门往外看去，管家请何先生回去："先生你一夜未归，太太说你失了身份，这会儿正在跟大家问责呢！"

何先生前脚刚走，珍妮太太的女仆和几个法国巡捕便把我们的店门撞开了。女仆逮着趾高气扬的机会，朝我们抬起了下巴："珍妮太太说何先生丢了把金梳子，怀疑有人手脚不干净，特意来搜查一番！"

巡捕们一通捣乱，翻箱倒柜，我揪起女仆的衣领就骂："胡扯什么！"女仆吓得往后躲去，反倒是一壮汉把我牢牢地按住。

棠小姐不为所动地坐在床边，冷清地看着眼前的这一出烂戏。女仆拿出一张纸状来，扔到了地上，指着棠小姐道："珍妮太太知道你的底细，让你离何先生远远的。这是人身禁制令，从此见到何先生必须离何先生三百尺（1 尺 ≈ 3.33 厘米），你们是做衣服的，三百尺有多远不用我说了。否则珍妮太太狠起心来，要把你这个难民赶出巴黎去。"

女仆和巡捕们扬长而去，门铺已经一地狼藉。棠小姐沉着脸起了身，开始收拾布料，一句话也没有说。我担心她，轻轻唤她，她也不说话，只是收拾，收拾，收拾。仿佛任何话都是浪费口舌，都没了意思。从那之后，棠小姐的话就越来越少了。

何先生怎么都想不到，不过是一场酒宴，从此他便只能远远地望着棠小姐了。只不过离开棠小姐一趟，回来便是宛若一个天涯的三百尺。

衣裳店开张之后，棠小姐开始早起，一股劲地打理门铺，夜间却常常睡不着觉，有时在铺前望着月亮抽烟，再把烟头扔到地上碾碎。白天的人流似乎从不打扰她，她总能闷头裁衣，像在生自己的闷气，又像在生何先生的。歌剧院已经很少去了，偶尔去也会挑人少的时候。似乎真的铁定了心，不想再见何先生。

何先生每天都会在三百尺外的街头，远远地望着衣裳铺子。街头的桥柱上，有一尊雕塑。何先生每天在那儿出现，停驻片刻，空落落的，仿佛也是一尊雕像。夜色沉下来，何先生便在那只雕塑的缝隙里，插上一朵玫瑰花。每天一朵，不管刮风下雨，总有玫瑰花在那儿摇曳着。

一眨眼，三个月过去了。一天午后，我去送衣裳，看到了何先生被人从博物馆里轰了出来。何先生衣衫褴褛，见到我却还笑得出来，赶紧捋了头发，想留个好印象。我吓了一大跳："何先生，谁还敢轰你？"

何先生着急："芳姨，快跟我说，棠小姐还好？"

我心酸起来："何先生，你还想棠小姐？"

何先生苦笑一声："我知道棠小姐瞧不起我，活这么久还没靠过自己谋过日子，家里有个了不起的娘。我出来试试，想说做个孤儿，有手有脚，还可以再去找棠小姐。这不，你也看到了，整条街都听珍妮太太的，把我的生计堵死了。现在这文艺的瘾儿犯上来，人家还把我当讨饭的，活活把我赶出来了。"

我真想落泪！

自力更生又岂是何先生这种白嫩书生的活法？何先生算是求我："芳姨是活菩萨，我这窘态，还是别让棠小姐知道！"

我心一横："何先生，你跟棠小姐都太痴了！这可由不得你，你别真把自己活成了石头记。我会一五一十地跟棠小姐说去，我不是活菩萨，我就一长舌妇！"

第二日，我在桥柱边上等何先生。黄昏来临，何先生手里攥着一朵玫瑰花，果然又从夜幕中踱了过来。他的衣裳，看上去比昨天更破烂了。我毕恭毕敬地承上一套西装："何先生，棠小姐家道中落，这其中的滋味她尝过，她不想你也尝，要你回去，做个风流倜傥的活人儿。棠小姐按何先生的身形，做了一夜的衣裳，说这件衣裳，给何先生穿。不是给你现在穿的，是给曾经那个何先生穿的。"

何先生怔怔地接过那套西服，喃喃说："她还记得的。"

我劝他："何先生，何不顺应天命呢？"

何先生不甘，握紧了拳头，朝衣裳铺子凶凶地跑去。我一边拦他，可他已到了门铺。他拍打着店门喊："棠珍！棠珍！我不信你舍得我！要顺应天命，我就顺着让这命烂去！"

棠小姐没有应声。何先生终究是走了，棠小姐为我开门，我望着她脸上挂着两行泪，竟无知觉得忘了擦。

在那之后过去了一个月，何先生跟艾玛小姐结婚了。

艾玛小姐找上门来，让我跟棠小姐给她做婚纱。艾玛小姐一声不吭，啥也不说，就干坐着，眼珠子转来转去，看棠小姐做衣服。待到婚纱完工，艾玛小姐拿起婚纱，哼的一声扭头便走。

桥头上，很少再看到何先生了。只不过那柱石雕上，依旧每天都有一朵玫瑰花在那儿摇曳。

摇曳着，摇曳着。如此光景，一下子便是两年。

说日子难过，时间却跟流水似的。偶尔见过几个从上海来的中国人，我跟棠小姐都会去问问上海滩的消息。上海滩的靡靡之音当然还时兴着，也有熟络的客人给我们捎一些当下正时兴的黑胶碟。那些婉转的歌声在巴黎流转起来，听得人悲伤又神往——棠小姐的歌声本该在这些碟里的，如今的上海滩还有人记得棠珍吗？

我跟棠小姐只有不停地做衣服，排解排解寂寞。针线交织间，哗哗的，春去冬又来。后来，一天夜里，只听哐当一声，衣裳铺子的橱窗竟被人用石头砸了个窟窿。法国人经常夜里买醉呢，我也没当一回事儿。谁晓得再过些时日，又是平白无故遭殃，又有人来砸石头。

是哪个混蛋那么缺德！我想揪出那个贼来，每天好生蹲着，结果又一天夜里，我看到艾玛小姐手持一把尖刀，头发乱得不成样子，站在街对面，恶狠狠地死勾勾地瞪着这头。真是把我吓得流汗！

我托劳伦斯去打听，才听说珍妮太太家不太平。何先生跟艾玛小姐结婚后，每日郁郁寡欢，怕是生了抑郁症。他从没跟艾玛小姐说过一句话，艾玛小姐发疯，发着发着就真疯了。

说棠小姐心硬，跟磐石一样硬，可棠小姐到了这会儿，听到何先生得了抑郁症，身子一软，一病就几天过去。想说再看看何先生的身影，可是到了这会儿，桥头上头一回没了玫瑰花。棠小姐哭成了泪人："我原本想躲得远远的，免得再有念想，可谁晓得我无时无刻不想他。这两年，何先生每一次停驻我都盯着，每一朵花我都盼着的！今日他没来！"

我又何尝不知道呢。

棠小姐每次都巴巴地望着，她终究是放不下何先生。

如今该去哪里找何先生？我正慌神着，这时候忽然有人急急地敲门，铺子外站着一个端庄的姑娘。她问，棠小姐也没歇下吧？

姑娘素未谋面，大步地走进屋子，得得体体地找个椅子坐下："棠小姐，我是何斯年的未婚妻。第二个妻子。长话短说，有两件事：一件，何斯年得了郁症，你恐怕得去会下面，不然怕何斯年有个什么三长两短，没人痛快；还有一件，实不相瞒，你别看那些个贵族世家，有钱就是大奶奶的样子，不过都是山雨欲来风满楼，还不是要靠血统连枝，所以也别怨何先生，哪由得了他？但这桩婚事我不稀罕，你要跟何先生有情，我送你们走，后面怎么处理，我想办法就是了！"

棠小姐怔了怔："什么时候？"

外头的秋风还在刮着，马上就要入冬了。

第二日，黄昏一到，巴黎正是要打瞌睡的时候。我跟棠小姐上了车，劳伦斯在后头一瘸一瘸地跑了两步，随后停在路口抹起了眼泪。棠小姐跟我一样，不敢再回头看，怕自己舍不得走。

我们总是辜负他人，又怕悔恨。棠小姐望着窗外，想再最后看一看巴黎。她已经看了一夜的巴黎了。

昨晚，何先生的未婚妻领着棠小姐去到了爱桥。我跟姑娘远远地站定，只见何先生已经在爱桥上等候了。棠小姐走得很慢，像在确认何先生的气息。棠小姐已经两年没这么近见过何先生了。何先生消瘦憔悴，棠小姐也是常常没了微笑。只听何先生说："这位妹妹我见过。"棠小姐便流下了泪去。

他们热烈地吻着，脸上还挂着泪，晚风还在四处蹿着。棠小姐给何先生唱歌，唱正时兴的那首《今宵多珍重》。恨别之际，未婚妻将何先生带走："明日再会吧！"

现在终于到了告别的时候！

我们的车子在塞纳河边等着，却一直没看到何先生。棠小姐着急。眼看天都黑了，我决定去桥墩下让那艘轮船再迟些开。棠小姐拦着：

"芳姨，不会有错吧？"

我又开始觉得不对劲："我怕珍妮太太知道了。"

我开了车门，棠小姐拉着我的手："天冷。"

棠小姐把她的斗篷递给我，我披着下了车，真冷，我左右探着，忽然"砰"的一声，一颗子弹便朝我的身体穿了过去。

我重重地躺在了地上。眼珠子烤了火似的，我望着乌漆麻黑的夜，有那么一刻，我觉得我终于要死了。那感觉似曾相识，如同就发生在棠府。

我又想起唐思弦和万福。想起那一夜。

那一夜，柳月荣是要把棠小姐带走的。他恨透了棠小姐，棠小姐再不接受他，他便来抢了。二十年前，柳月荣常常来百乐门点我的台。那些老爷们都说，柳月荣是大茶商，有钱得很。但我知道，柳月荣就是一个幕僚，是一只走狗。我最恨汉奸，我巴不得他去死呢。后来柳月荣逃走了，二十年过去变成导演了。没脸没皮，还敢看上棠小姐。

柳月荣想折磨死我，三天两头来闹事，日子是没法过了。我跟万福说过，我真没法活了，可万福就是不滚。那一夜，我想跟柳月荣同归于尽。柳月荣掐着我的脖子说："你敢告发我，我就去跟所有人说，你这个舞女就是棠府的姨太太，棠珍有你这样的娘！"

我当初能陪在棠小姐左右，棠府跟我约定，我是一辈子都不能跟棠小姐相认的。我哪里配呢？我跟唐思弦，就是棠老爷，永远都不能有名分的。

柳月荣为什么还要活着？我一定要告发他！

柳月荣终究想掐死我，棠老爷和万福都上楼来了。棠老爷拿起花瓶就去砸那个汉奸，谁晓得，柳月荣掏出枪来，万福为了让我活着，挡在了我面前，还在死前抢过手枪，一枪开在了柳月荣的额头上。

"棠府的枪声，柳月荣导演惨死于血泊之中！"宛如听到了卖报童的叫嚷声，我惊醒了，懵懵地望着棠小姐。

我喃喃道："柳月荣的儿子追到法国来了。"

棠小姐紧紧地握着我的手，我的手却很热乎。等等，棠小姐还在我旁边，那不是还没见到何先生？这怎么得了！

屋子很陌生，我不晓得自己在哪里。这时候劳伦斯匆匆从衣裳店里赶来，又是法语又是中文："有人敲了店铺的门，在地上留下了一份报刊！我追出去看，是何先生。他走到桥头，在石雕插上一朵玫瑰花，然后走远了。"

我们摊开报刊，看到了何先生发表的小说。他怎么还惦记着要写棠小姐的旧事？

何先生写道，棠府有个千金叫棠珍，温婉如玉，与一个叫柳月荣的导演惺惺相惜。可惜棠府家道中落，柳月荣的母亲逼迫柳月荣跟另一个千金结婚。柳月荣郁郁寡欢得了郁症，妻子也疯了。他约好跟棠珍远走高飞，却被母亲锁在了家中。母亲告诉他，棠珍被开枪打死了。柳月荣心如死灰，他买了一把枪，约母亲到了棠府，正用枪指着母亲，没想到疯掉的妻子因爱生恨，朝柳月荣开了一枪。第二日，报刊上全是棠府的消息。

"棠府的枪声，导致柳月荣导演惨死血泊之中！"

这还得了！

棠小姐六神无主地扔下报刊。我叫上劳伦斯，赶紧送棠小姐去找何先生。

车子开到了何宅，我跟棠小姐踩过华丽的木板，跟跟跄跄地推开了客厅的门。只见何先生拿着枪指着珍妮太太，珍妮太太被吓得往后靠在装饰柜上。还没等棠小姐叫喊——何先生把枪反举到自己的太阳穴，扣下了扳机……

珍妮太太一声惨叫，棠小姐瘫倒在地上。

屋子里，黑胶碟还在转着，正播放着那夜棠小姐唱给何先生的歌。声声环绕，回响。如风，在摇曳的玫瑰花上抚着。

南风吻脸轻轻，飘过来花香浓。
南风吻脸轻轻，星已稀月迷蒙。
我们紧偎亲亲，说不完情意浓。
我们紧偎亲亲，句句话都由衷。
不管明天，到明天要相送。
恋着今宵，把今宵多珍重。
我俩临别依依，怨太阳快升东。
我俩临别依依，要再见在梦中。

图书在版编目（ＣＩＰ）数据

突然好想大哭一场 / 黄伟康著 . -- 北京 : 中国友
谊出版公司 , 2020.7（2020.9 重印）
ISBN 978-7-5057-4933-7

I. ①突… II. ①黄… III. ①短篇小说—小说集—中
国—当代 IV. ① I247.7

中国版本图书馆 CIP 数据核字 (2020) 第 105324 号

本书中文简体版权归属于银杏树下（北京）图书有限责任公司。

书名	**突然好想大哭一场**
作者	黄伟康
出版	中国友谊出版公司
发行	中国友谊出版公司
经销	新华书店
印刷	天津创先河普业印刷有限公司
规格	889×1194 毫米　32 开
	10.5 印张　200 千字
版次	2020 年 8 月第 1 版
印次	2020 年 9 月第 2 次印刷
书号	ISBN 978-7-5057-4933-7
定价	45.00 元
地址	北京市朝阳区西坝河南里 17 号楼
邮编	100028
电话	（010）64678009